KB111036

양만춘3

양만춘 3

초판 1쇄 인쇄   2008. 1. 5.
초판 1쇄 발행   2008. 1. 10.

지은이   이 지 욱
펴낸이   김 경 희
펴낸곳   (주) 지식산업사
          주 소 **본사:** 경기도 파주시 교하읍 문발리 520-12
                 서울사무소: 서울시 종로구 통의동 35-18
          전 화 **본사:** (031)955-4226~7 **서울사무소:** (02)734-1978
          팩 스 (031)955-4228
          인터넷한글문패 지식산업사
          인터넷영문문패 www.jisik.co.kr
          전자우편 jsp@jisik.co.kr
          등록번호 1-363
          등록날짜 1969. 5. 8.

ⓒ 이지욱, 2008
ISBN 978-89-423-7047-4   03810
ISBN 978-89-423-0052-5   (전3권)

책값은 뒤표지에 있습니다.

이 책을 읽고 지은이에게 문의하고자 하는 이는
지식산업사 전자우편으로 연락 바랍니다.

차 례

1. 신세대

당나라 침략군이 물러가고 난 다음 해, 만춘은 큰 걱정거리가 생겼다. 요동 일대에 흉년이 들어 양곡이 턱없이 모자라게 된 것이다. 게다가 작년에 당군이 침략했을 때 곡식을 많이 빼앗긴데다가 신성 · 건안성 등에 비축했던 곡식도 군량미로 충당한 까닭에 비축 양곡도 다 동난 상태였다. 이 궁리, 저 궁리 하는 가운데 뜻밖의 손님이 찾아 왔다. 고구려에 사신으로 왔다가 들른 성충이었다.

"형님! 축하합니다. 이세민의 코를 납작하게 만들었다면서요."

그는 여느 때처럼 호쾌하게 말했다.

"운이 좋았지 뭐."

"형님은 너무 겸손해서 탈입니다. 그 전만 하더라도 당군은 무적이라 하지 않았습니까? 돌궐, 임읍, 고창, 토곡혼 등등 모두 당에 무릎을 꿇었는데 오직 형님 앞에서 이세민이 참담한 꼴로 도망쳤으니…… 형님은 우리 삼한의 영웅입니다. 영웅!"

"쓸데없는 소리 말게. 아직 싸움은 완전히 끝난 게 아니야. 그래, 백제 형편은 어떤가?"

"백제야 괜찮죠. 신라가 당을 도와 고구려를 친답시다고 북쪽으로 3만 명을 보낸 사이에 우린 동쪽 신라 접경의 일곱 성을 탈환했으니까…… 그런데……."

성충이 말 도중에 미간을 찌푸렸다.

"어부지리를 얻은 셈이군. 그런데 뭐가 찜찜한가?"

"우리 왕께서 너무 자만하시는 게 맘에 걸립니다. 지난번 조정 회의 때는 이제부터는 문관을 우대해야겠다고 망발을 하시질 않나……."

"그게 어찌 망발인가? 당연한 일이지. 우린 거꾸로 무관이 우선이라 하니 그 병폐가 이만저만이 아니야. 무관이야 싸울 때 필요한거지. 싸움이 해마다 일어나는 것도 아닌데 어찌 무관을 문관 보다 높게 두겠나?"

"물론 문무의 우열을 논할 수는 없겠지요. 영역이 다르니까…… 적당한 균형을 이루어야 하지 않습니까? 그런데 우리 임금은 가끔 주흥이 오르면 무관들을 무식하다고 비웃기까지 하시니……."

"수양이 부족한 군주로군……."

"요즘은 조정 안에서 문관 사이에 당파가 생겨 서로 헐뜯고 난리입니다. 다행히 아직까진 왕이 저를 크게 신임하고 있으니 망정입니다만……."

"군주란 자들은 다들 용처럼 겨드랑이에 비늘이 있다하네. 그걸 건드리면 물어 죽인다고 하니 자네도 그 비늘을 건드리진 말게."

"글쎄요. 전 형님이 참 부럽습니다. 이렇게 멀찍이 떨어진 성에서 국왕의 눈치를 보지 않고 소신껏 해도 되니……."

"그건 겉모양만 본 것이고. 지금 양식이 모자라 죽을 지경이네. 요동 지방이 다 마찬가지야."

"형님, 백제는 올해 작황이 좋습니다. 식량이 100만 섬 넘게 남아돌 것 같습니다."

만춘은 갑자기 표정을 바꾸었다.

"아우! 이러면 어떨까? 백제는 우리한테 식량을 주고, 우린 뭐 백제에 필요한 걸 주는 방법은 없을까?"

"요동에서 나는 특산물 중에서 가져올 수 있는 걸 찾아봐야지요. 구리나 철, 이런 건 어떨까요?"

"그거야 얼마든지 가능하지. 쌀 한 섬에 구리나 철 몇 근 이런 식으로 정하고 맞바꾸면 어떨까?"

"좋습니다. 지금 백제와 고구려 사이가 아주 좋으니 가능할 겝니다. 저는 저대로 돌아가서 왕께 승인을 받도록 할 테니 형님은 형님대로 고구려 조정에 승인을 받도록 해 보시지요."

"우리 조정에서야 반대가 없을 걸세. 먹는 게 먼저니까…… 아우가 백제 조정을 잘 설득해 주게."

성충은 교역 조건에 대해 만춘과 구체적으로 상의한 후 돌아갔다. 그가 간 뒤 만춘은 곧 조정에 올릴 상소문을 지어 군승과 선백으로 하여금 평양에 다녀오도록 시켰다.

두 형제는 7월 말에 평양에 도착하여 조정에 상소문을 올리자 바로 재가를 받았다. 두 형제가 다시 안시성으로 돌아올 차비를 하고 있을 때였다.

평양성 내에 '여당전쟁 틈에 군사를 동원하여 비겁하게 고구려 뒤를 친 신라를 응징하자' 면서 지원병을 모집한다는 소문이 쫙 돌았다. 여기에 군승의 마음이 흔들렸다.

그는 사실 그동안 남모르게 고민하였다. 자신이 신라의 핏줄을 이어받은 사실을 알고 난 뒤부터 그는 괜한 자책감에 시달렸다. 그는 이제 고구려 사람이었다. 그러나 '신라가 침입했다', '신라가 잘못했다' ― 이런 소리를 들을 때마다 자신에게 무언가 잘못이 있는 것처럼 느끼는 동시에 신라에 대한 맹렬한 적개심이 일어났다. 그건 어쩌면 자신이 서자이기에 신라로부터 버림받았다는 피해의식의 발로인지도 몰랐다.

군승은 선백을 주막으로 데려가 코가 삐뚤어지게 술을 마시고는 결연하게 말했다.

"선백아, 나는 결심했다. 난 이제 신라 정벌군에 참가해 그간 아버지께 입은 은혜의 만분의 일이라도 갚아야겠다. 돌아가거든 아버님께 잘 말씀 드려다오."

선백은 깜짝 놀랐다.

"형, 그게 무슨 말이야? 가더라도 아버님께 미리 말씀 드리는 것이……."

군승은 고개를 좌우로 흔들었다.

"아버님께 말씀 드리면 틀림없이 허락 않으실 게다. 내가 신라 사람이라…… 내가 혼란을 일으킬까 봐…… 난 실은 그게 아닌데…… 어쨌건 이럴 시간이 없다. 안시성까지 갔다 오는 사이에 정벌군은 떠나고 만다. 난 신라 정벌에 갔다가 정벌이 끝나면 집으로 돌아가겠다."

"그건 안 돼. 정 그러면 나도 같이 낄 거야."

"뭐라구? 무슨 소리야? 너까지 나서면 원래 우리가 맡은 소임은 어떻게 하구?"

"그거야, 임금님의 허락이 이미 떨어졌으니 누굴 보내면 어때?"

"그래도 안 돼. 둘 모두 전쟁터에 마음대로 나선다면, 어머니가 뭐라 생각하시겠어?"

"아무튼 나는 형과 헤어지진 않을 거야."

두 형제는 옥신각신 말다툼을 하다가 결국에는 따라온 시종들만 조정의 감결을 지참케 한 뒤 돌려보냈다. 둘은 소위 신라 응징을 위한 의용군에 참가했다.

약 3만 5천의 의용군은 철원군(鐵圓郡: 강원도 철원)을 신라로부터 빼앗고 근평군(斤平郡: 경기도 가평) 쪽으로 기세 좋게 전진하였다.

신라에서는 동북쪽 땅을 잘릴 위험이 있는 이 공세에 깜짝 놀라 급히 김유신을 찾았다. 유신은 마침 서쪽 국경을 침입한 백제군을 깨뜨리고 2천여 명의 수급을 베고 집으로 돌아오는 길이었다.

'아, 요번에는 단 사흘만이라도 꼭 집에서 해 주는 밥을 먹어야겠구나.'

그는 이렇게 생각하며 자기 집 동네가 빤히 보이는 곳까지 왔다. 한 달 전에도 유신은 집 바로 앞에까지 왔다가 돌아섰다. 그때도 싸움터에서 돌아오는 길이었다. 왕에게 복명하고 집으로 향하는 도중에 백제의 대군이 또 변경에 침입했으니 나가서 막으라는 왕명을 받고 곧바로 돌아서야 했었다.

'이번에는 고단한 몸을 좀 녹여 보자. 냇물에 발도 담그고⋯⋯.'

'어머니는⋯⋯ 이제 완전히 폭 늙으셨겠지. 빨리 손주 보고 싶다고 또 말씀하시겠지⋯⋯.'

50이 넘은 유신은 아직도 총각이었다. 그는 처음에 천관과의 결혼에 결사 반대한 어머니에 대한 반항심으로 다른 혼처를 거들떠보지도 않았다. 어영부영하는 사이에 세월이 지나고 그 다음부터는 전쟁터로 바쁘게 돌아다니느라 오붓한 가정을 꾸릴 기회를 놓쳤다.

불현듯 천관이 보고 싶었다.

'비구니가 되었다는 소문이 있었는데 지금은 뭘 하고 있을까?'

아련한 추억을 떠올리고 있을 즈음 어느덧 집 앞에까지 왔다. 집안의 노비들이 문 앞에서 서성거리고 있는 모습이 눈에 들어왔다. 그때였다.

"어명이오!"

뒤쪽에서 말굽 소리가 요란히 났다. 유신은 고삐를 당겨 말을 멈추었다. 사자가 숨을 헐떡이며 말에서 내려 읍하고는 붉은 끈이 감긴 서찰을 유신에게 건네었다.

'고구려가 침입하여 철원군을 빼앗고 근평군이 위기에 처해 있다. 나라의 존망이 공의 한 몸에 달렸으니 수고로움을 꺼리지 말고 가서 이를 도모해 주시오.'

유신은 서찰을 사자에게 넘겨주며 말했다.

"지금 바로 떠나는 것을 보고 왔다고 대왕 전하께 이르시오."

그는 아무 말도 하지 않았다. 유신은 집을 바로 앞에 두고도 집으로는 눈길을 주지 않았다. 대신 당번병을 시켜 집의 우물물을 한 그릇 가져오게 하여 이를 마셨다.

"아, 우리 집 물은 아직 옛맛 그대로구나."

유신은 급히 군사를 몰아 죽령을 넘어 북쪽으로 갈 길을 재촉하였다.

도중에 전선에서 전갈이 왔다. 근평군이 고구려군에 넘어가고 적군은 지금 벌력천(伐力川: 강원도 홍천의 홍천강) 쪽으로 진출하고 있다고 했다.

유신은 이 사실을 아군에게도 비밀로 한 채, 데리고 온 2만여 군사들을 벌력천 동쪽의 산악 지대에 숨겼다. 부장 비녕자(丕寧子)만을 데리고 싸움이 벌어지고 있는 곳까지 와 현지 책임자와 함께 산꼭대기에서 싸움터를 관망하였다. 두 고구려군 장수가 선두에 서서 신라군을 무인지경처럼 짓밟고 다니는 것이 보였다. 그들이 이르는 곳마다 신라군들이 개미떼처럼 흩어져 달아났다.

"저 둘은 형제라는데 싸울 적마다 저렇게 선두에 나서 설치는데, 아군에는 당해 낼 장수가 없습니다."

"으음, 창을 휘두르는 솜씨가 보통이 아니로군……."

유신은 가벼운 신음 소리를 낸 뒤 골똘히 생각하다가 지도를 펴 놓고 현지 책임자에게 지시했다.

"우리 응원군이 도착한 사실을 적은 물론 아군에게도 절대로 알리지 마라. 내일 싸움이 붙으면 적을 유인하면서 벌력천 상류에 있는 이 도사곡으로 후퇴하라. 우린 이 골짜기 양쪽에 숨어 있다가 적을 기습하겠다."

이튿날, 고구려군과 신라군 사이에 다시 치열한 싸움이 붙었다. 신라군이 다시금 밀리면서 산속으로 도망치기 시작했다.

"쫓아라!"

고구려군의 지휘를 맡은 고덕구가 소리쳤다. 군승과 선백이 선두로 신라군을 맹추격하였다.

"계곡 쪽으로 도망치는 게, 혹 복병을 숨겨 놓고 우릴 유인하는 건 아닐까요?"

부장이 고덕구에게 말했다.

"유인책으로 거짓 도망하는 병사라면 무기를 버리고 도망가지 않는다. 그런데 저들의 태반이 무기를 버리고 도망치고 있다. 또 군사들의 숫자가 어제 싸움 때와 거의 같다."

고덕구의 설명을 들은 부장도 고개를 끄덕였다.

"신라의 지원군이 도착했다는 첩보는 아직 없었는가?"

"없었습니다."

부장이 대답했다. 그런데 사실은 김유신이 집에도 안 들르고 워낙 빨리 군사들을 몰아왔기 때문에 서라벌에서 고구려의 첩보원이 오기도 전에 신라군이 먼저 도착한 것 뿐이었다.

군승과 선백을 필두로 한 고구려군은 산만하게 도망치는 신라군들을 쫓으며 골짜기 깊숙이 들어갔다. 약 20여 리쯤 전진했을 때였다. 갑자기 골짜기 양쪽에서 함성이 크게 일며 화살이 비 오듯 쏟아졌다. 함성의 크기만으로도 엄청난 규모의 군사라는 것을 단박에 알 수 있었다.

"복병이다! 후퇴하라!"

군승이 소리쳤다. 앞쪽에서 쫓겨 가던 신라군들도 처음에는 어안이 벙벙해 있다가 어디선가 "김유신 장군이 도착했다!"는 외침 소리를 듣고 용기가 되살아나 방향을 바꾸어 공격해 왔다. 양쪽 산 기슭에서는 군데군데서 큰 바위들이 굴러 내려와 후퇴하는 고구려 군을 토막토막 내 놓고 있었다. 독 안에 든 쥐 잡기란 이런 경우를 두고 하는 말이었다. 군승과 선백은 죽을힘을 다해 혈로를 뚫으려고 안간힘을 썼지만 어느새 주변에는 아무도 없었다. 말도 죽어 자빠지고 칼은 둘 다 부러졌으며 투구도 온데간데없었다.

"저 둘을 생포하라!"

높직한 곳에서 내려다보며 지휘를 하던 유신이 명하였다.

부장 비녕자가 곧 장창부대 100여 명과 그물을 가지고 가서 군승과 선백을 잡아 왔다.

"그 자들의 얼굴을 보여라!"

유신이 명하자 군승과 선백의 좌우에 있던 군사가 머리칼을 잡아 고개를 젖혔다.

순간 유신은 속으로 작은 신음 소리를 냈다. 그는 4년 전 문훈과 춘추가 연개소문에게서 탈출할 때에 만났던 군승의 모습을 또렷이 기억하고 있었다. 군승도 김유신을 알아보았다. 군승은 유신이 모르고 있는 사실, 즉 자신과 유신이 부자지간인 사실까지도 알고 있었다.

"저 자들을 단단히 묶어 가두어 두라!"

유신은 명령을 내리고 돌아섰다.

그 이튿날, 유신은 휘하에 종군하고 있던 분훈의 아들 시득(施得)을 은밀히 따로 불렀다. 그는 사지(舍知) 벼슬의 초급장교로 이제 겨우 스물을 갓 넘은 나이였다.

유신은 군승과 선백을 언급하며 조용히 말했다.

"네가 부친에게서 들은 적이 있는지 모르겠지만 그 둘과 그들의 부친은 임인년(壬寅年)에 그대 부친과 춘추 공이 평양에서 탈출할 때 결정적으로 도움을 준 사람들이다. 신세를 졌으면 갚는 게 마땅한 도리이다. 지금 네게 저 둘을 호송할 임무를 줄 테니 그 이후의 일은 네가 알아서 처리하라!"

그리하여 시득은 군사 10여 명을 이끌고 군승과 선백을 호송하여 서라벌로 향하였다. 그들이 죽령을 넘을 때였다. 밤이 되자 피곤한 병사들은 모두 잠들고 초병 하나만이 졸리는 눈을 비비며 포로 옆을 지키고 있었다. 이때 복면을 한 자가 초병의 뒤통수를 쳐 잠깐 기절시킨 뒤 엉성한 대나무로 엮은 함거(檻車)를 칼로 자르고 군승과 선백을 데리고 나왔다. 숲 속에 이르러 복면은 달빛에 얼굴을 드러내었다. 그는 시득이었다.

"이는 대장군의 명이요. 나는 김 문자 훈자 어른의 아들 시득이라 하오. 신세는 이것으로 갚았고 다음에 전장에서 만나면 정정당당히 싸웁시다. 북쪽에는 우리 병사들이 첩첩이 깔렸으니 서쪽 백제 땅을 거치면 도망치기가 더 쉬울 거요."

군승과 선백은 잠시 어안이 벙벙해 있다가 급히 일어섰다.

"고맙소. 나중에 인연이 되면 다시 만납시다!"

인사를 하자마자 그들은 어둠 속으로 몸을 감추었다.

사흘 뒤, 그들은 가잠성 부근에서 백제군에게 잡혔다. 사비성으로 인계된 두 사람은 성충의 조카들이라 칭하여 결국 둘은 성충의 손에 넘겨졌다.

먼지와 핏자국으로 얼룩지고 군데군데 찢어진 복장을 한 그들이 성충의 집에 안내되어 몸을 씻고 방에서 휴식을 취하였다. 한 처녀가 얼굴을 들이밀고 내의를 들여놓고 물러났다. 또 조금 뒤에 다른 처녀가 얼굴을 들이밀고 겉옷가지를 들여놓았다. 잠시 후에는 또 다른 처녀가 과일 접시를 들여놓고 사라졌다.

"형, 이 집은 딸부자인가 봐."

세 처녀의 미모에 눈이 휘둥그레진 선백이 감탄하였다.

"친척인지도 모르지……."

군승도 상기된 표정이었다.

그들이 옷을 갈아입고 조금 뒤에 헛기침 소리를 내며 성충이 들어섰다. 둘은 황급히 자리에서 일어섰다.

"허허허, 백제 옷이 썩 잘 어울리는군. 앉게, 앉아."

성충은 그들이 앉자 말을 시작했다.

"자네들 소식은 마침 안시성으로 가는 우리 사자 편으로 전했네. 그동안 우리는 안시성과 물물교환 약조를 마무리 지어 얼마 후면 요동의 철과 구리를 실은 배가 기벌포에 도착할 걸세. 그러면 자네들은 그 배에다 양곡을 싣고 돌아가게. 그때까진 여기를 집이라 여기고 편히 지내도록 하게!"

"무어라고 감사를 드려야 할지 황송합니다."

둘은 거푸 사례를 하였다.

"감사는 무슨…… 나는 고구려에 갈 때마다 형님한테 신세를 지는데…… 우선 우리 집 식구들과 인사나 하게."

성충은 바깥을 향하여 소리쳤다.

"애들아, 이리들 들어오너라!"

이어서 성충의 식구들이 주욱 들어섰다. 자옥도 들어왔다. 성충의 식구는 성충 내외와 스물일곱 살 난 아들 성훈과 그의 아내, 태희·명희라는 쌍둥이 딸이 있었다. 태희는 결혼을 했는데 산기가 있어 친정으로 와 조신하는 중이었다. 그 외에 성훈의 처제인 미영이라는 처녀가 놀러와 있었다. 미영의 아버지는 계백 장군이라 했다.

저녁때가 되었다. 사랑방에서 선백이 성훈과 바둑을 두고 군승은 이를 구경하고 있었다. 바깥에서 누가 요란하게 발길로 대문을 차는 소리가 들렸다. 그러더니 집안이 떠나갈듯한 고함 소리가 들렸다.

"백년손님 왔다! 문 열어라!"

소리가 어찌나 큰지 문창호지가 부르르 떨렸다. 수상한 눈빛으로 문 쪽을 쳐다보는 군승과 선백에게 성훈이 혀를 끌끌 차며 말했다.

"허허, 젠장— 괴짜 매제가 또 나타났구만…… 아버님께서 술버릇을 고쳐 놔야 하는데 맨날 방치하시니 더더욱 기고만장해서……."

"아니— 그럼 저렇게 떠드는 사람이 이 집 사위란 말이오?"

군승이 놀라 물었다.

"그렇소. 그런데 겨우 열여덟 살 먹은 사위가 이 집 주인보다 더 크게 소리치니…… 평소에는 얌전하기 그지없는 사람이 술만 먹으면……."

그들이 대화하는 중에도 계속 발로 대문을 걸어차는 소리가 들렸다.

"아니, 아직 술을 배운 연조가 짧아 그런 모양인데, 손아래 매제 아니오. 버릇을 좀 고쳐 놓지 않구선요?"

군승이 말했다.

"근데 그놈의 힘이 어찌 센지…… 게다가 바둑은 귀신이니 내가 제압할 건덕지가 있어야지……."

어느 사이에 방문이 드르륵 열리고 시커먼 얼굴에 키가 일곱 자가 훨씬 넘어 보이는 기골이 장대한 사나이가 들어섰다. 술을 어찌나 마셨는지 술 냄새가 방 안에 진동을 했다.

"어! 웬 손님들이야?"

그는 혀 꼬부라진 소리에 불그스레 충혈된 눈으로 일행을 내려다보았다.

"인사하게. 고구려에서 오신 손님들이네."

"뭐이야? 고구려?"

그는 잠시 군승과 선백에게 눈길을 주더니 비틀비틀거리며 읍을 했다.

"난 흑치상지라 하오."

군승과 선백도 통성명을 하였다. 선백과 성훈은 다시 바둑을 계속하려는데 별안간 흑치상지가 "에이, 하수들이 무슨 바둑을 둔다고……." 하면서 손으로 바둑판을 쓸어버리려 하였다.

"잠깐!"

군승이 날쌔게 그의 손목을 낚아챘다.

"바둑 구경 좀 합시다."

군승이 점잖게 말하며 손목을 들어올렸다.

"어어, 이것 봐라. 기운 좀 쓰네."

흑치상지는 잡힌 손으로 주먹을 쥐어 옆으로 돌려 군승의 손에서 손목을 빼내더니 다시 바둑판을 엎으려 하였다. 그러나 군승에게 다시 손목을 잡혔다.

흑치상지의 눈썹이 쌍심지를 그었다. 상지는 이번에는 두 손으로 군승의 옷깃을 잡고 앞으로 잡아끌어 그의 상반신을 방바닥에 엎어지게 하려 하였다. 군승이 이에 지지 않고 흑치상지의 두 손목을 잡아 비틀었다.

"어쭈, 힘으로 해 보겠다는 거야?"

흑치상지는 벌떡 일어나면서 이번에는 군승의 목덜미 옷깃을 낚아채어 같이 일으켜 세웠다. 그리고는 업어치기로 군승을 쓰러뜨리려 하였다. 그러나 군승은 만만치 않게 버티었다.

"술 취한 사람 상대로 힘겨루기 하고 싶지 않으니 그만합시다."

"뭐라고? 건방진 고구려 촌놈!"

"뭐? 건방진 고구려 촌놈? 옛날 강가에서 낚시질이나 하던 뱃놈이……."

군승도 열이 올랐다. 군승의 말대로 흑치 씨는 중국 한(漢)나라 시대 이전에는 양자강 하구에 거주하던 부족이었다. 그들은 대를 내려오며 '뻴랑'이라는 열대 열매를 오래 씹어서 이가 검게 되었기 때문에 흑치(黑齒)라는 성씨로 불리게 되었다. 이들은 한나라 무제 때 절강성과 동남아시아 방면으로 이주하였으나 일부는 배로 이동해 백제에 귀화한 경우도 있었다.

"이, 이 고구려 멧돼지가……."

흑치상지는 다시 주먹으로 군승의 턱을 향해 휘둘렀으나 워낙 술에 취한 탓에 동작이 민첩하지 못 해 빗나가고 허리춤을 군승에게 잡혔다.

"바둑 두는데 방해하지 말고, 우리 나가서 합시다."

"좋다."

둘은 마당으로 나갔다.

"흑치 서방과 고구려 총각이 힘겨루기를 한다!"

성훈이 외치는 바람에 성충의 식구들이 우르르 몰려나왔다.

흑치상지가 먼저 웃통을 벗어 던졌다. 그는 힘자랑을 하듯, 마당에 있는 사람 키 높이의 석등을 번쩍 안아 들더니 열 걸음 정도 걸어서 세워 놓았다. 이에 질세라 군승도 웃통을 벗더니 그 석등을 다시 들어 원래 자리로 갖다 놓았다.

"흑치 서방이 오늘 임자를 만났군. 백제에선 당할 자가 없다고 큰소릴 치더니……."

성충이 싱글싱글 웃으며 놀렸다.

군승과 흑치상지는 서로 양팔을 마주 잡고 용을 쓰며 밀고 당기었다. 한쪽이 밀린다 싶으면 다른 한쪽이 밀리고 이쪽이 쓰러뜨리려하면 다른 쪽이 버티고, 하면서 좀처럼 승부가 나지 않았다. 그러나 결국 흑치상지가 군승의 발에 걸려 옆으로 넘어졌다.

"허허, 힘은 비슷하네만 자네가 술을 마셔서 오늘은 졌네."

성충이 흑치상지에게 말했다.

"으음, 분하다. 이따 술 깨면 다시 하자."

"언제든 좋소."

군승이 대꾸했다.

그들은 다시 방으로 들어갔다. 선백과 성훈이 두던 바둑을 계속 두었다. 흑치상지는 이제 방해하려 들지 않았다. 성훈이 여러 점을 덤으로 놓았음에도 선백에게 지자 흑치상지가 군승에게 바둑으로 붙자고 하였다.

"술 취한 사람 이겨서 자랑이 될까……."

군승이 넌지시 야유를 하면서도 거절을 하지 않아 둘은 바둑으로 다시 승부를 겨뤘다. 그러나 술 취한 흑치상지는 한 점 실수도 없이 차근차근 두었다. 결국 군승이 큰 집 차이로 패했다.

그 날부터 군승, 선백, 성훈, 흑치상지는 바둑의 호적수가 되어 날마다 바둑을 두었다.

넷 가운데 선백이 가장 잘 두었다. 그런데 선백은 성충의 집에서 묵는 날이 늘어 가면서 자신보다 한 살 아래인 성훈의 처제, 즉 계백의 딸 미영에게 반했다. 때문에 잘 두던 바둑도 그녀가 얼씬거리기만 하면 꼭 패착을 두었다.

한편 자옥은 군승이 믿음직하게 생겨 은근히 마음에 두고 있었다. 서른다섯인 그가 아직 총각이란 것을 알고 난 뒤 사위 삼을 욕심이 나 기회만 되면 딸 명회와 자리를 함께하게 만들었다. 당사자들도 싫어하지 않는 눈치라 군승과 선백은 저녁이면 바둑을 두랴, 낮이면 청춘사업을 하랴 시간 가는 줄 몰랐다.

더욱이 자옥은 옛 정인인 만춘의 아들들을 끔찍이 대접하는지라 군승·선백은 오히려 고구려에서 구리와 철을 실은 배가 되도록 천천히 왔으면 하고 바랄 정도였다.

하루는 성훈과 흑치상지가 한편이 되고, 군승과 선백이 한편이 되어 술 한 말을 건 바둑 내기를 했다. 첫 번은 한 사람이 두고 둘째 번은 다른 사람이 두는 연기(連棋)를 했는데, 종반에 이르러 군승·선백에게 유리하게 되었다. 성훈이 언뜻 계가를 해 보니 아무래도 다섯 집 이상이 부족한 것 같았다.

"백제 바둑이 세다더니 형편없군."

군승이 기고만장해서 야유를 했다. 성훈은 아무리 해도 묘수가 생각나지 않자 처제인 미영에게 몰래 눈짓을 했다. 미영은 나가더니 차를 날라 오면서 발이 걸려 넘어지는 척하며 고꾸라져 바둑판을 쓸어 버렸다. 군승은 얼굴이 벌겋게 되어 다시 복기를 해야 한다고 우기는데 선백은 화는커녕 점잔을 빼며 말했다.

"형님, 또 이기면 될 걸 뭘 그러시우?"

그들은 처음부터 바둑을 다시 두게 되었다. 그러나 이번에는 미영이 선백에게 자꾸 이 말, 저 말을 시키는 바람에 군승의 편이 지고 말았다. 군승과 선백이 쌈지에서 노잣돈을 꺼내 객줏집으로 가 넷이서 술을 마셨다.

술이 얼큰해지자 흑치상지가 선백에게 말했다.

"내가 오늘 계백 장군을 만났는데 좋은 사윗감이 있다 했더니 한번 데려와 보라고 합디다. 어떻소? 내일 당장 가 봅시다."

선백은 대답을 못 하고 머뭇거렸다. 군승이 부추기고 아울러 성훈이 미영을 침이 마르도록 칭찬하였다.

"글쎄, 아버님께서 아시면 뭐라 하실지……."

"아버님께는 내가 잘 말씀 드릴 테니 염려 마라."

군승이 거들자 마침내 이튿날 선백은 사위 면접을 보러 가게 되었다.

선백을 만나 본 계백 부처는 선백의 늠름한 기백이 마음에 들어 그의 생년월일을 묻고는 당장 사주를 뽑아 궁합을 보았다.

'장차 귀한 아들을 낳겠다.'

좋은 점괘가 나오자 계백은 성충을 찾아와서 만춘의 가계에 대해 물어보았다. 성충이 지난해, 당나라 침략군을 물리친 주인공이라 하자 더 물어보지도 않고 사돈지를 보내와 다리를 놔 달라고 하였다. 일이 이렇게 돌아가는 것을 본 자옥이 성충에게 바가지를 긁었다.

"아니, 당신은 남의 일엔 열심이면서 어찌 집안일엔 그리 무심하오? 우리 명희가 제 언니와 한날한시에 태어나고서도 아직 짝을 못 구해 속상해 있는데 딸의 심정을 그렇게도 모르겠소?"

"남녀관계란 다 천생연분이 있어야 되는 거지, 어찌 억지로 이루어지겠소?"

성충의 태평한 말에 그녀는 눈초리를 치켜세웠다.

"그러니 모두들 당신을 천황씨라 그러지…… 지금 명희가 군승이와 연애 중인 거 당신 몰랐소?"

"그게 정말이오?"

"이런, 이런…… 이런 양반한테 내가 어떻게 홀랑 넘어갔는지 몰라……."

결국 군승과 선백은 고구려로 돌아올 때, 쌀만 싣고 온 게 아니라 혼인을 바라는 양가의 사돈지까지 지니고 돌아왔다.

만춘은 기뻐해야 할지 어쩔지를 몰랐다. 아내 소연이 자신이 직접 백제로 가 보겠다고 법석을 떨었다.

"아니, 당사자가 서로 좋아하고 가문이 그만 하면 됐지, 새삼 당신이 가서 뭐 하우?"

"아니, 그러는 당신은? 우리 경숙이는 서로 좋아하고 가문도 좋은데 왜 반대를 하시는 거유?"

경숙은 만춘과 소연 사이에 난 딸이다. 이미 스물넷의 과년한 나이로서 연정토의 아들 안승(安勝)과 혼담이 오가고 있었다. 소연은 이를 찬성하였으나 만춘은 연 씨와는 절대 사돈을 맺을 수 없다며 버티는 중이었다.

"연 씨가 무슨 좋은 가문이요? 천하에 쌍놈이지……."

만춘이 내뱉듯 말했다.

"그건 당신 혼자 얘기지요. 또 외가는 가문이 아니오? 연 장군의 부인이 왕의 딸이고, 말하자면 승(勝)은 왕의 외손자인데 그 가문을 어떻게 쌍놈이라 하시오? 당신이 막리지에게 억한 심정이 있는 건 알지만 연정토 장군은 달라요. 모든 사람이 칭찬하는데 왜 당신 혼자만 멀리하려 하시오? 또 동생이 먼저 장가들어버리면 우리 경숙이는 뭐가 돼요? 아들만 자식이고 딸은 자식이 아니오?"

마누라가 이처럼 퍼부어대니 결국 만춘이 지고 말았다.

만춘은 이 해에 혼사를 한 달 간격으로 연거푸 세 차례 치르게 되었다.

2. 만리장성을 넘어……

 안시성 싸움이 끝났을 때 고구려 조정에서는 내 친김에 중원에까지 출병을 하여 중국 대륙 전체를 손아귀에 넣자는 주장이 있었다. 그러나 양만춘은 다음과 같이 반대했다.

"옛말에 한 번 싸워 영원히 이기는 자가 진정한 승자라 했습니다. 또 오자(吳子)는 이르기를 천하의 강대국 가운데 다섯 번 계속 이긴 나라는 화(禍)를 불러 들였고, 네 번 이긴 나라는 황폐해졌고, 세 번 이긴 나라는 패자(覇者)가 되었고, 두 번 이긴 나라는 왕자(王者)가 되었으며, 한 번 이겼으나 이를 지켜 간 나라는 천하통일을 이룰 수 있었다고 했습니다. 싸워서 이기기는 쉽지만 지켜서 이기기는 어려운 깃입니다. 이번에 이세민이 동원한 군대는 중원 전체 병력의 절반밖에 안 됩니다. 아직 절반은 온전하게 남아 있는 상태이며 이 숫자는 아군 전체 병력보다 많습니다. 게다가 적은 방어에 치중하므로 지리적 이점을 이용할 수 있는 반면, 우리는 공격해야 할 위치에 있는 만큼 우리가 수적으로 우세하지 않으면 안 됩니다. 또 우리가 출병하면 신라가 반드시 우리 남쪽으로 침입할 텐데 백제 군사력만으로 그들을 막을 수 있을지 의문이 갑니다.”

만춘의 추측은 맞았다. 설연타는 이때 거의 고구려와 국세가 맞먹었으나 645년 지도자 이남이 죽고 뒤를 승계한 아들 발작(拔灼)이 회흘인에게 피살된 뒤, 이남의 조카 돌마지(突摩支)가 칸이 되었지만 당과 섣불리 전쟁을 일으켰다가 패하여 북방의 맹주 자리를 잃었을 뿐 아니라 역사의 무대에서 완전히 사라지고 말았다. 그런데 해가 바뀌자 불안스런 조짐이 나타났다.

647년, 설연타를 궤멸시킴으로써 사기가 오른 이세민은 고구려에 졌던 일을 분하게 여겨 다시 군대를 일으켜 고구려를 칠 궁리를 하였다. 신하들은 모두 가망 없는 일이라고 생각하였으나 대놓고 반대를 하는 강직한 신하는 없었다. 세민은 이즈음 부쩍 의심이 늘어 전과는 달리 무고한 옥사를 일으켜 사람을 함부로 죽이는 일이 잦았다. 사람들은 고구려 원정 때 머리를 다쳐서 그렇다는 말을 하기도 했다.

이런 형편이라, 누구 하나 바른말 하기를 꺼렸다. 다만 또다시 친정(親征)을 하여 결과가 좋지 않으면 국내 사정이 어지러워질 우려가 있으니 친정이나 전면전만은 안 된다고 건의하였다.

이에 세민은 국지전을 결심하고 이해안(李海岸), 이세적, 우진달 등에게 3천 명에서 1만 명가량의 병력을 주어 수시로 고구려의 변경을 노략질하게 하였다.

사실 이러한 국지전은 아무런 명분도 실리도 없었다. 해당 지역

주민들만 괴로움을 당하는 화적질과 다름없는 짓이었지만 세민은
이미 사리 판단력을 잃은 뒤였다.

고구려는 처음에 이 노략질을 무시하려 하였다. 그런데 세민은
심지어 해적떼인 손이랑(孫貳朗) 등에게 관작을 주어 그 무리 3천
여 명이 변경의 작은 나성(羅城)을 침입하게 하였다. 이들은 갖은
악행을 다 저지른 뒤에 성을 불태우고 돌아갔다. 고구려는 드디어
응징에 나섰다.

"당나라의 이세민이는 황제를 자칭하고 있지만 이미 도를 잃어
품행이 일개 도적 두목만도 못 하다. 수차례 무의미한 도발을 그치
도록 사절을 보냈지만 황당한 답변만을 늘어놓았다. 이에 저들이
깨달을 수 있도록 응징하려 하니 제장은 각자의 의견을 거침없이
말하라!"

개소문이 고위 군사 평의회에서 말하였다.

심사숙고한 결과 다음과 같은 사항이 결정되었다.

1. 양만춘을 하북도행군대총관(河北道行軍大摠管), 연정토를
부총관에 임명하여 6만의 병력으로 요서로 나아가 만리장성을 넘
어 유주(幽州)를 친다.

2. 손가영이 이끄는 수군 5만은 내주(萊州)에 있는 적의 수군 근
거지와 해적들의 소굴을 소탕하고 주변 바다의 제해권을 장악한
다음 상륙한다.

3. 육군과 수군은 두 달 뒤에 범양(范陽: 지금의 북경 지역)에서
300리 서남쪽에 있는 낭아산(狼牙山) 아래에서 모인다.

4. 그 뒤, 육군은 하북주(河北州) 일대를 맡아 주민들을 위무하

고 다스리며, 수군은 내주 일대를 점령하여 제해권을 장악한다.

개소문은 만춘과 가영을 불러 구체적인 작전을 논하였다.

"장성이 견고하여 뚫기가 쉽지 않을 텐데 무슨 비책이 없겠소?"

개소문이 만춘을 보며 입을 열었다.

"적은 우리가 당연히 임유관 쪽으로 공격해 올 거라 여기고 방어선을 구축할 것입니다. 임유관이 아닌 이곳 북구(北口)나 육도하 쪽도 우리에게 불리하긴 마찬가지입니다. 제 생각에 절반은 임유관 쪽으로 보내되 나머지 절반은 이곳 500리 남쪽에 있는 당고(塘沽)에다 군사를 상륙시켜 뒤쪽에서 치면 장성 수비군들은 자연히 무너질 것으로 여겨집니다."

만춘이 지도에서 가리킨 곳은 발해만이 중국 쪽으로 가장 움푹 들어간 지점이었다.

"그것 좋은 생각이오. 거기가 우리 비사성으로부터 몇 리나 떨어졌소?"

개소문이 이번에는 가영을 향해 물었다.

"950리 입니다. 비사성에서 내주 가는 길 보단 두 배 이상 멀지만, 육로로 안시성에서 임유관 가는 것보다는 가깝습니다."

"적들이 상륙을 눈치 채면 안 되는데……."

"수군과 함께 출발했다가 도중에서 오른쪽으로 꺾어지는 게 적을 속이는 데 좋을 것 같습니다. 연정토 장군에게 3만을 주어 수군에 가담시키겠습니다."

만춘이 제의했다.

8월 중순에 만춘은 당나라로 출발하였다. 이번 출정에는 군승을 가영과 같이 가게 하고 선백은 자신과 함께 육군에 종군시켰다.

9월 초, 만리장성 아래 이른 만춘은 본격적인 싸움은 걸지 않고 밤중에 작은 쪽배 하나를 띄워 당고에 상륙한 연정토와 연락을 취하였다. 그들은 200리를 전진하여 당산까지 와 있었다. 나흘 뒤 장성 북쪽의 고구려군은 야간에 이동하여 임유관에서 서쪽으로 약 100리 떨어진 우심산(牛心山)에서 공격을 했다. 당나라 수비병들이 전력을 다해 막고 있는 사이에 뒤쪽 쌍령(雙嶺) 부근에서 함성이 일어나며 고구려의 대병력이 몰려왔다. 장성 수비군이 어지러이 무너졌다. 드디어는 관문이 열리고 고구려군들이 물 밀듯 쏟아져 들어왔다.

만춘은 전진을 계속하여 범양성을 포위했다. 범양은 당시 당나라 북부 지역의 병참 기지였다. 지난번 당이 고구려를 침공할 때에도 모든 보급 물자를 이곳에서다 쌓아 두고 원정군을 지원했던 곳이다.

한편, 고구려 수군은 내주만(萊州灣)을 봉쇄하고 당나라 함대 및 그곳을 근거로 날뛰던 해적선을 모조리 찾아 불사른 뒤, 상륙하였다. 그리고는 임뇌성(臨惱城)을 포위하고 항복을 종용하였다. 그러나 주어진 시각까지 성으로부터 아무런 답변이 없자 드디어 총공격이 시작되었다. 고구려 병사들은 성벽보다 세 길이나 더 높은 장대 수백 개를 세우고 그 장대에 그네를 매달고는 반대편 발판에서 힘껏 발을 굴려 성벽 위로 뛰어들었다. 낮에 시작된 싸움은 밤 늦게까지 계속되었다. 곳곳에 불길이 타오르고 드디어 성이 고구려군의 손에 넘어왔다.

같은 시각. 만춘은 범양성에서 치열한 접전을 벌이고 있었다. 워낙 중요한 성이고 보니 당군의 방어 또한 견고하였다. 뭔가 비상한 방법을 써야했다.

"행용부대(倖用部隊: 죄를 사면한 자로, 전공을 세워 명예를 회복하고자 하는 이들을 모은 부대)와 사분부대(死憤部隊: 전사한 장교의 자제로서 원수를 갚고자 하는 사람들로 편성된 부대)를 불러라."

그들이 오자 만춘은 사분부대를 서문 쪽 성벽 공격 최일선에 세우고, 행용부대에게는 남문 돌파 임무를 준 다음, 최신 병기를 집중 지원하였다.

먼저 쇠사다리 수십 개를 서문 쪽 성벽에 집중시켰다. 이 사다리는 종래처럼 군사들이 들고 뛰어가 걸치는 게 아니라 바퀴가 달린 수레에 장착되어서 수평으로 이동한 뒤에 위에서 아래로 떨어지면서 성벽에 걸치게 되어 있었다. 사다리 끝이 구부러져서 성벽에 일단 걸쳐지면 벗겨 내기 어렵게 되어 있었다. 또 철제로 만들어져서 부서지지 않았다. 이 쇠사다리를 이용한 공격부대마다 좌우에 대황육련노대부서(大黃六連弩大扶胥)라는 6연발 쇠화살을 갖춘 전차 여섯 대가 따라붙었다.

또 바퀴 지름 8척의 충차인 대부서충거(大扶胥衝車)로 남쪽 성문을 공격하게 하였다. 이 무기는 수레 천장을 목재로 덮은 후 다시 철판을 씌워, 위에서 돌이나 유황물을 부어 공격해도 안에서는 무사할 수 있게 만들어졌다. 제익소로부서(提翼小櫓扶胥)라는 휴대용 방패를 갖춘 소형 전차 여덟 대와, 무익대로모극부서(武翼大櫓矛戟扶胥)라는 쇠화살을 일제히 쏘아 차체를 지키는 전차 여덟

대가 충차 좌우에 따라붙어 지원하였다. 치열한 접전이 벌어졌다. 이윽고 서문 성벽에서 고구려군들이 대거 진입함과 거의 때를 같이하여 남문이 부서져 이곳으로도 고구려군들이 밀고 들어갔다. 마침내 범양성은 고구려군에게 넘어왔다.

그리고는 얼마 안 되어 당나라의 우령군중랑장(右領軍中郎將) 설인귀와 영주도독 정명진이 하북(河北), 하동(河東), 관내(關內) 지방의 군사 12만을 거느리고 범양성으로 몰려들었다. 그들은 한 달 동안 온갖 수단을 다하여 성을 뺏으려 했으나 실패하고, 오히려 성에서 나온 고구려군에게 급습을 당한 뒤 전의를 잃고 물러났다.

만춘은 성의 이름을 고쳐 고려진(高麗鎭)이라 한 뒤 성 안의 주민을 위무한 다음 남진하였다.

그가 낭아산에 먼저 도착하여 가영의 수군을 기다리고 있는데 급보가 날아들었다. 가영이 북상 중에 하간(河間)에서 좌우위중랑장(左右衛中郎將) 소정방(蘇定方) 등이 거느린 15만 군과 맞붙었는데 전세가 불리하다는 소식이었다. 하간은 만춘이 있는 낭아산에서 동남쪽으로 300여 리 떨어진 곳이었다. 사흘 만에 현장에 도착하니 가영은 낡은 성 안에 들어가 방어에 여념이 없고 소정방의 대군은 성을 에워싸고 맹공을 가하고 있었다. 만춘이 당군을 상림(商林)이란 숲으로 유인하여 섬멸하니 적들은 성 안에서 나온 수군과 협공을 받아 많은 군사를 잃고 물러갔다. 고구려의 수륙 양군은 성을 고쳐 고려성(高麗城)이라 이름 짓고 주민들을 위무하였다. 그곳은 수군이 주둔하여 지키기로 하고, 만춘은 도로 범양으로 갔다.

당 태종은 전황을 보고 받고 당황하였다. 그는 송주자사(宋州刺

史) 왕파리(王波利) 등에게 명하여 강남 12주의 공인들을 뽑아 큰 배 수백 척을 만들게 하였다. 이듬해 정월, 설만철(薛萬徹)·배행방(裵行方)을 보내 고구려 비사성 방면으로 역습케 했으나 실패하고 4월에는 다시 오호진(烏胡鎭) 장수 고신감(古神感)을 보내 바닷길로 요동반도에 상륙하게 했으나 역산(易山)에서 대패하는 바람에 군함들이 불타 버렸다.

6월에 세민은 다시 대병을 일으킬 것을 결심하고 좌령좌우부 장사(左領左右府 長史) 강위(強偉)를 검남도(劍南道)로 보내 전함을 급히 만들게 하였다. 당나라 수군은 645년 고구려 침공 때 함선의 대부분을 잃은 상태였다. 배들이 완성되자 설만철은 고구려 수군의 다수가 내주에 주둔 중인 틈을 타, 강도(江都)에서 바로 압록강으로 들어와 박작성(泊灼城: 압록강 중류의 북쪽 지역) 남쪽 40리 지점에 군영을 쳤다. 그는 배행방과 함께 성을 공격하였으나 박작성주 소부손(所夫孫)이 성을 철통 같이 방어하였다. 전투가 지지부진한 가운데 고구려 장수 고문(高文)이 오골성·안지성(安地城) 등지에서 모은 군사 3만 명을 이끌고 와 치니 당군은 드디어 달아나고 말았다.

이처럼 두 나라가 무의미한 소모전을 끝없이 벌이는 것을 보다 못 한 사공(司空) 방현령(房玄齡)이 임종에 이르러 유언을 받아 적게 한 뒤 황제에게 올렸다.

'노자(老子)는 '만족할 줄 알면 욕되지 않고, 그칠 줄을 알면 위태롭지 않다'고 하였습니다. 폐하의 위명과 공덕은 이미 만족하다고 할 수 있으며, 토지를 개척하고 강토를 넓혔으니 역시 그칠 만

합니다. 또 폐하께서 한 명의 중죄인을 판결하셨을 때에도 반드시 세 번을 되풀이하고 다섯 번 아뢰게 하며, 간소한 반찬을 올리게 하고 음악을 그치게 한 것은 인명을 소중히 여겼기 때문입니다. 그런데 이제는 죄 없는 우리의 사졸들을 몰아 적의 칼날 밑에 맡겨 두어서 비참하게 죽게 하니, 그들만은 불쌍히 여길 만하지 않다는 말입니까?

고구려가 신의를 어겼다거나, 백성을 못 살게 굴었다거나, 후일 중국의 걱정거리가 될 것이라면 없애버림이 옳을 것입니다. 지금 이 세 가지 죄목 가운데 하나도 해당 사항이 없사온데, 앉아서 온 나라를 번거롭게 하여 앞 시대(수나라 때)의 부끄러움을 씻는다 하시니, 어찌 얻는 것은 작고 잃는 것은 큰 것이 아니겠습니까?

바라건대 폐하는 고구려와 화친하시고, 파도 가운데의 배를 불사르고 징발한 군사들을 돌려보내면 자연히 천하가 기뻐하여 의지할 것이며 먼 곳에서는 삼가고 가까운 곳에서는 편안하게 될 것입니다.'

방현령이 죽었다는 소식을 들은 세민은 슬픔을 누르지 못 했다. 그는 수나라 말기, 선친 이연이 처음으로 군사를 일으킨 때부터 재상의 자리에 올라 죽을 때까지 32년 동안 그를 보필하면서도 공을 내세우지 않고 왕규·위징 등 문신과 이정·이세적 등 무신의 뒷전에서 요란하지 않게 이들을 조용히 관리한 어진 신하였다. 세민의 나이 이미 51세, 그도 언제 죽을지 모르는 하나의 자연인이었다. 마침내 그도 마음이 흔들렸다.

그러나 당 조정의 이런 분위기 변화 조짐에 크게 당혹감을 느낀

나라가 있었으니 그것은 바로 신라였다. 사실 신라는 이때 백제와 고구려의 압력에 하루도 편할 날이 없었다. 그럼에도 중량급 장군들은 모두 나이가 들어 현역에서 역할을 못 하고 김유신 혼자서 서분북주(西奔北走)하며 국경을 막아 냈다. 물에 빠진 사람이 지푸라기라도 잡는 심정으로 신라는 왜의 도움을 받아 볼까 하고 춘추를 왜에 사신으로 보냈다.

그 당시 왜는 백제인이었던 조메이천황(舒明天皇)이 13년 간 재위 후 죽은 뒤, 이어 즉위한 여왕 고교쿠(皇極) 재위 3년 동안 내내 권력 암투를 벌였다 친백제계(親百濟系) 소가 이루카(蘇我入鹿)가 반대파인 나카노 오에(中大兄) 왕자 · 나카노미노 가마다리(中臣鎌足) 대신 등이 일으킨 정변으로 목숨을 잃는 바람에 친백제계 세력이 움츠러들었다. 새로 왕에 추대된 고토쿠(孝德)는 종래 백제에 지나치게 의존했던 정책을 탈피하려 하였다. 그러나 춘추는 대접만 잘 받았을 뿐 군사 협력을 얻어 내는 데는 실패하고 빈손으로 돌아왔다.

외우가 있으면 내환이 따르는 법― 647년에는 상대등 비담(毗曇)과 이찬 염종(廉宗)이 명활성을 점령하고 모반을 꾀했다. 반란군과 정부군은 열흘 이상 대치하다가 겨우 유신이 국경수비대를 이끌고 와 진압하였다. 이 충격 때문인지 선덕왕은 죽고 그녀의 4촌 동생으로, 진평왕의 아우 국반(國飯)의 딸인 승만(勝曼) 군주(郡主)가 왕위에 올랐다. 그녀가 왕위에 오르자마자 백제는 무산성(茂山城) · 감물성(甘勿城) · 동잠성(桐岑城)으로 쳐들어오고 이듬해 초에는 백제 장군 의직(義直)이 서쪽 변경의 요거성(腰車城) 등 10여 성을 점령했다.

이렇게 안팎으로 시달려 사직의 보전이 위태위태해진 신라가 기댈 데라고는 당나라밖에 없었다.

648년 8월 장안—

늦더위가 유난히도 극성을 부리는 어느 날이었다. 태종 세민은 좌우에서 연신 흔들어대는 두 궁녀의 부채에 몸을 맡긴 채 옥좌에 비스듬히 앉아 반쯤 눈을 감고 있었다. 궁녀들은 이마에서 줄줄 흘러내리는 땀을 닦을 생각도 하지 않고 열심히 부채질을 하고 있었지만 세민은 영 시원치가 않았다.

"에잇, 바보들아! 그렇게 한꺼번에 부쳐대면 바람이 서로 맞받아 부치나마나 하지 않느냐? 한 사람이 팔을 내릴 때, 다른 사람은 팔을 올리는 식으로 순차적으로 부쳐야 시원하지. 아무리 여자지만 그렇게 새대가리 같아서야……."

세민이 역정을 내자, 궁녀들은 어쩔 줄을 모르고 세민이 시키는 대로 동작을 고쳐 잡고 부채질을 계속해댔지만, 세민에게는 도무지 성에 차지 않았다.

"자, 자! 너희들은 나가고 어디 힘센 장정 둘을 불러다가 대신 부치라 해라!"

궁궐 경비를 서던 군졸 둘이 불려와 부채질을 대신 했지만 그들 역시 별반 나을 게 없었다. 오히려 무장을 한 채 바깥에서 경비를 서느라 땀으로 범벅이 된 군졸들 몸에서 나는 땀 냄새가 그를 더 역겹게 하였다. 차라리 궁녀들에게서는 분 냄새라도 나는네…….

"모두들 물러가거라!"

군졸들마저 내보낸 그는 스스로 짧은 부채를 잡고 손수 흔들어

됐다. 속으로는 궁녀들을 다시 부르고 싶었지만 측근들에게 '황제
가 변덕을 부린다' 는 생각이 들게 할까 봐 그렇게 하지는 못 했다.
한참을 흔들어대니 팔에 힘이 빠졌다. 그렇다고 동작을 그만두자
니 등에서 땀이 줄줄 흘렀다.

"젊었을 때는 숨이 턱턱 막히는 그 돌궐 땅에서도 완전 무장을
하고 견뎠는데……."

새삼 자신의 나이를 셈하여 보았다.

"아! 나도 늙었구나……."

세민은 이마에 손을 갖다 대었다. 갑자기 심한 두통이 덮쳐 왔
다. 한 달에 두세 번 뇌를 송곳으로 푹푹 쑤셔대듯 그를 극한의 고
통으로 몰아넣는 두통이 또 찾아왔다. 그것은 그가 고구려 원정 당
시 뇌음신이 이끄는 고구려 정병들에게 포위되었을 때, 설계두가
나타나 막는 사이에 정신없이 도망치다가 제풀에 바위에 세차게
부딪치고 난 후유증이었다. 그 당시에는 일단 전장에서 응급처치
를 한 후 장안에 돌아온 뒤에 이름 있는 의원에게 보였다. 의원은
그의 머리에 냄새가 지독한 약을 바른 뒤, 한쪽 눈이 완전히 가리
어질 정도로 베를 칭칭 동여매고는 주의를 주었다.

"불편하시더라도 몇 달 동안은 이렇게 계셔야 합니다."

그러나 얼마 뒤에 장안 백성들 사이에 소문이 파다했다.

"폐하가 안시성 싸움에서 화살에 맞아 애꾸눈이 되었다."

그러자 주위의 만류에도 불구하고 붕대를 풀어 버렸다. 그는 백
성들 사이에 나도는 소문에 이처럼 민감하였다. 더욱이 고구려 원
정 패전이라는 평생 씻을 수 없는 오점이 남은 터에, 그것을 상징
적으로 보여주듯 애꾸눈을 하고 다니는 것은 그가 지닌 인내의 한

계를 벗어나게 하였다. 그가 고통으로 일그러진 표정을 하자, 곁에
있던 저수량이 재빨리 전의를 불렀다. 전의가 가져온 약사발을 반
쯤 마신 세민은 약을 물리고는 손을 내저었다.

"다 소용없다. 이것은 이제 내 고질병이 되었다. 아마 죽을 때까
지······."

"폐하, 좀 쉬시옵소서."

저수량이 권했지만 황제는 대답도 않고, 고개를 옥좌에 기댄 채
가만히 있었다. 한참을 그러고 나자 고통이 다소 수그러들고 스르
르 눈이 감겼다.

얼마쯤 지났을까······ 갑자기 세민은 자리에서 벌떡 일어났다.
그는 옥좌 옆에 놓여 있던 칼을 꺼내 허공을 향해 휘두르며 소리쳤
다.

"이놈! 물러가라, 이놈! 어서 썩 물러가!"

시종들이 깜짝 놀라 소리를 질렀다.

"폐하, 폐하, 고정하시옵소서. 폐하!"

시종들이 멀찌감치서 소리를 질러대자 한참만에야 세민은 정신
을 차렸다. 그리고는 자기 손에 들린 칼과 시종들을 멍하니 바라보
다 도로 주저앉았다. 저수량이 얼른 달려가 칼을 세민에게서 뺏어
칼집에 도로 넣었다.

세민의 이런 괴이한 행동은 이미 몇 달째 계속되는 일이었다.
침소를 지키는 내관들 사이에선 공공연한 비밀이었으나 정무를 보
는 신하들 사이에 목격된 것은 이 닐이 처음이었다. 황제는 꿈에
자신이 죽인 형 건성과 아우 원길의 혼령이 자꾸 나타난다고 하였
다. 그는 밤에 잘 때에도 꼭 베개 밑에다 칼을 넣고 잤다. 그러다가

혼령이 나타나면 벌떡 일어나 미친듯이 칼을 휘둘렀다. 세민이 식은땀을 닦으며 얼굴을 뒤로 젖히고는 가쁜 숨을 몰아쉬고 있는데 전령이 들어와 아뢰었다.

"폐하, 이적 대감이 돌궐에서 돌아왔습니다."

저수량이 세민의 휴식을 위해 나중에 들게 하라고 말하는데 세민은 고개를 바로 쳐들며 말했다.

"괜찮다. 들라고 해라!"

세민은 재작년에 이세적이 설연타를 격파하고 철륵(鐵勒)의 여러 부락을 위협하여 자진 항복케 함으로써, 만리장성 이북에까지 당나라의 영향력이 미치자 이를 몹시 기뻐했다. 동쪽 고구려에서 뺨 맞은 분풀이를 북쪽에다가라도 하게 되니 그의 체통이 다소나마 회복된 것이었다.

"이제 설연타를 멸망시켰고 철륵의 백만여 호가 다 자원하여 우리 주군(州郡)이 되었다. 이러한 일은 천지개벽 이래 아직 들어보지 못한 일이다. 마땅히 예식을 갖추어 종묘에 고해야 할 것이다."

세민은 시를 지어 비석에 새기고는 이를 영주에 세우게 했다.

치욕을 씻어
백왕께 보답하고,
흉도(凶徒)를 없애어
천고(千古)에 알린다.

그 뒤로도 세민은 돌궐이 다시 일어서는 일이 없도록 그 땅의 통치에 각별한 신경을 썼다.

이세적이 들어와 그가 돌아보고 온 관할 도독부의 행정 실태며 민심의 움직임 등을 상세히 보고하자, 황제는 만족스러운 표정을 지었다.

"철륵이 자진 항복은 했지만 혹시라도 고구려와 내통하여 재기를 꾀한다면 골치가 아프다. 더욱이 지금 고구려의 양만춘이 하북, 산동 지방까지 점거하고 있다. 그 대비책에 대해선 현지 도독이 뭐라고 하던가?"

"거기까진 미처 의견을 나누지······ 못 했습니다."

이세적이 얼굴을 붉히며 대답을 머뭇거렸다. 세민은 오만상을 찡그리며 그만 물러가라고 손짓했다.

"저놈이 머리가 조금만 더 잘 돌아가도 나무랄 데가 없을 텐데······."

이세적의 뒤꼭지를 바라보면서 그는 중얼거리듯 말했다. 세민은 한때 자기 밑에 인재가 많음을 자랑하곤 했다. 능연각에 두여회, 위징, 방현령, 이정, 이적 등 24명의 초상을 그려 놓은 것도 그 자랑의 표시였다. 사람의 장점을 보자면 그 장점이 점점 더 커 보이고 단점만을 보자면 그 단점이 점점 더 커 보이는 법인데 요즈음의 그에게는 전과는 달리 단점만이 점점 더 커 보였다.

'인재가 없어······ 동방 삼국을 좀 보라. 좁은 땅덩이에 엄청난 인재들이 연이어 나오지 않는가?'

그의 머리에 말로만 전해 들은 을지문덕의 상상도와 그리고 만춘, 또 언젠가 궁궐에 들렀던 자장이라는 중의 모습, 그리고 나무를 뿌리째 뽑아 휘둘러대던 설계두의 최후 모습이 아른거렸다.

'연개소문이란 놈은 대체 어떻게 생겨 먹었을까? 무장이란 놈

이 왕 노릇까지 하고 있다니…… 그렇지! 무장이 머리가 너무 좋아도 그 꼴이 된다. 조심해야지…….'

세민은 별안간 좌우를 모두 물리치고는 태자 치(治)를 불렀다.

"내 말을 명심해라! 이세적은 제깐에는 재주가 뛰어나다고 생각하는 사람이다. 그러나 너는 아직 그에게 아무런 은혜도 베풀어주지 않았다. 나는 머지않아 세적을 물리쳐서 멀리 보낼 것이니, 내가 죽은 뒤에 너는 그를 불러서 복야(僕射)에 임명하여 일을 맡겨라. 그러면 세적은 네 은혜에 감동해서 충성을 다할 것이다. 만약 세적이 내 명령에 불평을 품고 머뭇거리면, 나는 너를 위해 세적을 죽여 버릴 것이다."

실제로 세민은 이듬해에 이세적을 멀리 첩주(疊州: 지금의 감숙성) 도독으로 좌천시켰다. 이때 이세적은 명령을 받자 자기 집에도 들르지 않고 바로 임지로 떠남으로써 신임을 얻었다고 한다.

이 해(648년) 윤12월, 김춘추 부자가 당나라에 사신으로 왔다. 춘추를 만나 본 세민은 다시금 동방에 인재가 많음을 확인하고 왕도 아닌 그를 어느 대제국의 왕 이상으로 대우하였다. 춘추는 이 분위기에 이끌려 관료들의 복식을 당나라식으로 바꾸겠다, 연호도 원하면 당나라식으로 따르겠다는 등 세민의 기분을 최고조에 달하게 만들었다. 사실 이때의 춘추의 행동은 '온몸 외교'라 해도 좋을 만큼 죽기 아니면 살기 식이었다.

먼저 춘추는 국학(國學: 당나라 최고의 교육기관)에 나가 석전(釋奠: 공자께 드리는 제사) 의식과 강론하는 것을 보고 싶어 해서 허락을 받고는 세민과 같이 참여하였다. 춘추는 몇 가지 자신 있는 분야에 대해 당대의 그곳 석학들과 열띤 토론을 벌였다.

춘추의 논리가 매우 날카로우며 고금의 문헌을 꿰뚫고 있음을 안 세민은 자신도 학식이 남 못지않음을 과시하고자 스스로 지은 온탕비(溫湯碑)·진사비(晉祠碑) 탁본과 그의 명으로 새로 간행된 《진서(晉書)》를 선사했다. 온탕비와 진사비는 그때까지의 해정한 글씨체를 과감히 버리고 처음으로 자유분방한 행서체로 쓴 것으로 당나라의 자랑이 될 만했다.

학문의 수준이 서로 비슷함을 안 두 사람은 술자리에서 국제정세, 제왕의 도리, 나라를 다스리는 방식, 자제를 교육하는 방법 등등에 관해 이야기꽃을 피웠다.

춘추의 웅장한 구상과 간결하면서도 핵심을 파고드는 화법, 적재적소의 용어 구사, 사람을 휘어잡는 인간미, 황제의 위엄에도 주눅 들지 않고 거침없이 정곡을 찔러 비판하는 정연한 논리에 세민은 푹 빠졌다. 그 다음부터 세민은 매일 춘추를 불러 독대하여 술을 마셨는데 주량 또한 두주불사하는 자신을 능가하므로 둘은 죽이 맞아 "아" 하면 "어" 할 정도가 되었다.

황제가 하루에도 몇 번씩 춘추를 찾으니 문무백관들이 결재 받을 시간을 찾지 못 할 지경이었다. 고구려 원정에 반대하는 신료들의 목소리도 점차 잠잠해지고 말았다.

방현령의 유언으로 반전(反戰) 분위기에 있던 당 조정의 형세를 뒤집고, 신라는 마침내 세민으로부터 30만 대군을 동원, 고구려와 백제를 정벌하겠다는 약속을 빈아 냈다.

"산천과 토지는 내가 탐내는 바 아니고 보배와 사람들은 나도 충분히 가지고 있다. 내가 고구려와 백제를 평정하면 평양 이남의 땅과 백제의 땅은 모두 너희 신라에게 주어 길이 편안하게 하겠다.(山天土地 非我所貪 玉帛子女 是我所有 我平定兩國 平壤已南 而百濟土地 幷乞爾新羅 永爲安逸)"

세민은 이 같은 확약뿐만 아니라 춘추에게는 특진(特進), 아들 법민(法敏)에게는 좌무위장군(左武衛將軍)이라는 벼슬과 아울러 금·비단까지 내려 주었다.

어디 그뿐이랴. 신라 사행이 당나라를 떠나던 날에는 3품 이상 벼슬아치들을 모두 송별식에 참석하게 하였다. 그러나, 신라가 원하는 건 먼저 백제부터 치는 것이었는데 당나라는 오로지 고구려에만 관심이 있었다.

하북성 하간현(河間縣)에서 서북쪽으로 10리쯤 떨어진 고려성. 입춘은 지났지만 아직도 쌀쌀한 바람이 옷깃에 스며드는 날—

만춘은 고려진을 연정토에게 맡기고 이곳으로 와 가영과 장기를 두고 있었다.

이곳은 뒷날 당나라의 유명한 시인 번한(樊漢)이 지나다가 〈고려성회고시(高麗城懷古詩)〉란 오언시를 남긴 바로 그곳이다.

외딴 곳 성문은 활짝 열렸는데	僻地城門啓
자욱한 숲이 성가퀴에 걸리었구나	雲林雉堞長
맑은 물은 석양빛을 비추고	水明留晩照
모래는 어슴푸레 별빛이어라	沙暗燭星光
북소리 구름 밖으로 이어 퍼져나가고	疊鼓連雲起
갓 핀 꽃들은 땅을 장식했으리니	新花拂地粧

문득 세월이 변하여	居然朝市變
풍악 소리 다시 들을 길 없네	無復管絃鏘
가시덤불엔 누런 먼지 쌓이고	荊刺黃塵裏
옛 그 길가엔 쑥대만 우북	藁蓬古道傍
비취는 흙먼지 속에 묻혔는데	輕塵埋翡翠
거친 무덤 위엔 소와 양들만 오가누나	荒壟上牛羊
그때 일을 이제 와 새삼 무어라 하리오	無奈當年事
줄 이은 기러기 소리, 소소한 가을을 알리네	秋聲蕭雁行

만춘이 장군을 받아 수에 골몰하고 있는데 가영의 부하 한 사람이 나타나 말했다.

"장군님, 분부하신 대로 김춘추의 목을 잘라 왔습니다."

"뭐라고? 방금 누구라 했나?"

만춘이 깜짝 놀라자 가영은 아무렇지도 않다는듯, 부하에게 명했다.

"응, 됐어. 가져와."

가영은 만춘에게 자초지종을 설명했다.

"신라의 김춘추란 놈이 당나라에 사신으로 왔다 해서······ 막리지께서 자네한테 얘기하면 또 지난번처럼 일을 그르칠까 봐, 목을 자르고 나서 얘기하라고 내게 특별히 부탁하셨네. 자, 빨리 장군 받게."

"으음······."

만춘은 깊은 신음 소리를 냈다.

가영의 부하가 재를 묻힌 수급 하나를 가져왔다. 그것을 유심히 살피던 만춘이 피식 웃었다.

"그 자는 김춘추가 아니네."

"뭐라고? 아니, 이게 어떻게 된 거야?"

가영의 호통에 부하는 당황하여 어쩔 줄을 몰라 했다.

"이상하다. 그 배에선 이 자가 제일 높은 사람이었는데……?"

"어떻게 됐는지 상황을 자세히 말하라."

"저희들은 내주 일대 바다를 물샐틈없이 봉쇄하고 수상한 배는 모조리 세워 기찰을 했습니다. 그런데 동남쪽 해상에서 수상한 배가 걸렸다는 보고를 듣고 붙잡아 보니 과연 신라의 선박이었습니다. 그 배에는 이 자가 화려한 옷을 입은 채 큰 의자에 앉아 있고 종놈이 이 자의 다리를 어루만지며 '대감님, 대감님, 어서 피하시라니까……' 하며 울부짖고 있기에 이 자를 김춘추로 알고……."

가영의 득달에 부하는 자신은 전혀 잘못한 일이 없다는듯 보고했다. 만춘은 크게 소리 내어 웃고 나서 의기양양하게 말했다

"으하하…… 그렇다면 그 종이 바로 김춘추일세. 됐네. 이미 송아지는 물 건너갔네. 자— 멍군 받지 뭘 하나? 장기 두는 사람 어디 갔나? 다음부턴 나 모르게 일을 꾸미지 말게. 알겠는가?"

이들의 대화 내용대로 '나당동맹(羅唐同盟) 체결' 첩보를 받은 개소문은 내주에 주둔 중이던 고구려 수군에게 춘추가 탄 배를 해상에서 나포하여 그를 잡아 죽이라고 밀명을 띄었다. 그러나 만춘에게는 나중에 말하라고 일렀다.

고구려 수군은 이미 산동 반도 일대의 제해권을 장악하고 있던 터이라 어렵잖게 춘추의 배를 발견, 나포한 뒤에 신라 사신 일행의 우두머리를 붙잡아 목 베었다. 그러나 춘추는 용케도 자신의 시종

온군해(溫君解)에게 급히 자기 옷을 입혀 대신 죽게 하고 황천행 일보 직전에서 아슬아슬하게 빠져나간 것이었다.

그들이 장기를 마치자 군승이 들어와 웬 나이 많은 노인이 만춘을 뵙기를 청한다고 일렀다. 만춘이 나가 보니 이정(李靖)이 와 있었다. 그는 나이가 팔순에 가까워 은퇴하여 집에서 쉬고 있었다.

"멀리서 어쩐 일이십니까?"

만춘이 깍듯이 모시며 안으로 들라 청하자 그는 주위를 이리저리 둘러보았다.

"호오, 이 성은 오래 되어 낡은 성이었는데 몰라보게 달라졌군. 역시 고구려 사람들이 성은 잘 가꾼다는 말이 맞는가 봐."

이정은 새로 고친 성벽이며 군데군데 심어 놓은 화초들, 분주하게 움직이는 주민들을 보며 거푸 감탄사를 연발하고는 만춘이 권하는 자리에 앉았다. 그가 왕년에 대주가임을 알고 있는 만춘이 약주를 올릴까 물었다.

"내일 모레 죽을 사람이 술을 마실 수 있나? 차나 한잔 주게."

이정은 말을 이었다.

"참, 위 대감 댁 영식은 잘 있나?"

그가 소연의 안부를 묻자 만춘은 군승과 선백을 불러 인사를 시켰다.

"이 분은 내가 옛날 포로 생활을 할 때, 크게 신세 진 어른이시다. 인사 드려라."

이정은 선백을 보더니 감탄했다.

"허, 저놈은 제 외조부를 쏙 빼닮았네그려."

"제가 진작 찾아뵙고 인사를 올려야 하는 건데 이렇게 오시게까지 해서 죄송합니다."

"허어, 자네야 지금 황제가 목에 황금 100푼의 현상금을 걸어 놓은 사람인데 함부로 돌아다닐 수 있나?"

"그랬습니까? 전 제 목이 그렇게 값나가는 줄 몰랐습니다."

만춘이 목을 어루만지며 말했다.

"황제가 총명이 많이 흐려졌어. 전엔 안 그랬는데 말이야."

"……."

"그런데 자네 언제까지 여기 머무를 셈인가?"

"그야…… 우리 조정에서 있으라 할 때까지 있어야죠."

"난 자네도 알다시피 당과 고구려의 싸움엔 진작부터 반대했던 사람이야."

"저도 잘 알고 있습니다."

"자네가 고구려에 충성하듯이 나도 내 나라를 좋아하고 내 강토 를 사랑한다네."

"……."

"어떤가? 만일 우리나라에서 먼저 고구려에 대한 일체의 적대 행위를 그친다고 선언하면 자네도 군사를 물릴 뜻이 있는가?"

"서로 불가침조약을 맺는다면 제 개인적인 생각으로는 철군하 는 것이 옳다고 여겨집니다만 그건 어디까지나 제 생각이고 조정 에서 어떻게 나올지 모르겠습니다. 워낙 강경파들이 득세한 상황 이라……."

"이러면 어떤가? 내가 황제를 설득하여 고구려에 대한 적대행 위 일체를 중지시킨다면 자네도 고구려 조정을 설득할 수 있나?"

"당나라에서 세민이 먼저 그렇게 한다면 저도 최선의 노력을 다

해 보지요. 하지만 세민이란 사람이 오기와 자존심으로 똘똘 뭉친 사람인데 먼저 그렇게 나올 리가 있겠습니까?"

"만일 내 이 마지막 간언을 듣지 않는다면 내가 죽을 때 귀신이 되어 그 자를 데려가고 말지······."

말을 마치자 그는 돌아갔다.

이정은 저수량과 함께 고구려에 대한 일체의 무력 사용 중단을 먼저 선언하자고 강력히 주청하였지만 세민은 자존심이 허락치 않아 이를 끝내 받아들이지 않았다.

그 석 달 뒤, 이정은 79세를 일기로 죽었다.

얼마 뒤, 세민 역시 죽었다. 그는 고구려에 대한 일체의 무력 사용을 중단한다는 유언을 남겼다.

고구려 조정에서는 만춘과 가영에게 철군 명령을 내렸다. 가영은 2년 동안 애써 가꿔 놓은 성을 내주기 싫어 조정에 강력히 반대하는 상소를 올렸지만 허락되지 않았다.

성 사람들에게 잔치를 열어 작별을 한 뒤 가영의 주둔군은 내주 바닷길로 해서 철수하고 만춘은 육로로 다시 만리장성을 넘어 금주(錦州)를 거쳐 요수를 건넜다.

그런데 안시성을 얼마 안 남겨 둔 우압(牛壓)이란 곳에서 잠시 쉬고 있노라니, 오른쪽 길에서 일단의 병사들이 두 죄인을 묶어 수레에 호송해 오고 있었다. 만춘이 그 일행을 멈추게 하고 무슨 죄인인가를 물었다. 책임자인 듯한 병사가 대답했다.

"이 자들은 신라의 첩자들이옵니다. 우리 군막 부근을 얼쩡거리는 것을 붙잡았습니다."

그러자 수레에 묶여 있던 한 사내가 항변을 했다.

"아니올시다. 저희들은 불법을……."

호송 군사가 창대 끝으로 그 자를 툭 치자 그는 입을 다물었다. 만춘이 자세히 보니 그들의 눈빛이 첩자 같지가 않았다. 만춘은 자신이 첩자 노릇을 해 보았기 때문에 첩자의 눈빛이 어떤 것인가를 알았다. 그들은 늘 신변의 불안을 느끼고 주위의 분위기에 신경을 곤두세워야 하기 때문에 눈빛이 매처럼 번쩍이기 마련이었다. 그런데 이 사람들은 비록 몰골은 꾀죄죄한 흙먼지로 덮여 있었지만 눈에는 어딘지 모르게 온화한 빛이 감돌고 있었다.

"그 사람들의 포승을 풀고 이리 데려오너라."

만춘의 명령에 병사들은 포승을 풀고 죄인을 데려왔다. 그들이 만춘 앞에 와 그냥 서 있자, 호송병이 윽박질렀다.

"이놈들! 뉘 앞이라고 감히…… 무릎을 꿇어라!"

만춘은 병사를 말리고 나서 직접 물었다.

"그래, 자초지종을 말해 보시오."

"예, 저는 신라의 중 의상(義湘)이라 하옵고 이 사람은 원효(元曉)라 합니다. 당나라에 불법을 구하러 가는데 길을 잃어 헤매다가 첩자라는 누명을 쓰게 되었습니다."

만춘은 잠시 생각하다가 재차 물었다.

"신라의 승려라면 혹 자장이란 스님을 아시오?"

"예, 큰스님은 6년 전에 중국에서 돌아오셔서 죽 황룡사에 계시다가 지금은 수다사(水多寺)에 가 계십니다."

"그 분의 생김새를 말해 볼 수 있겠소?"

그가 자장의 얼굴 특징이며 신체 모양을 애기하는데 틀림이 없

었다. 만춘은 의심이 거의 풀렸으나 만일 진짜 첩자라면 신라에서
도 유명한 중을 아는 것쯤은 어려운 일이 아니다 싶어 다시 말했
다.

"죄송하오이다. 꼭 의심을 해서가 아니라 사안이 중해서 그러하
오니 실례이옵니다마는 〈마하반야바라밀다심경(摩訶般若波羅蜜
多心經)〉을 한번 낭송해 주실 수 있겠습니까?"

의상은 빙긋이 웃었다.

"중생을 설법하는 게 승려의 본분인데 어찌 실례라 하십니까?
장군의 뜻대로 하겠습니다. 그러나 〈마하반야바라밀다심경〉은 신
라 사람이면 누구나 외우므로 그것으로 첩자를 식별하는 데 도움
은 못 될 겝니다."

말을 마친 그는 자세를 고쳐 가부좌를 하고는 낭랑한 음성으로
경을 읊기 시작했다. 고요한 물결이 흘러가듯, 훈풍이 불듯, 때로
는 깊은 심연에서 샘솟듯, 때로는 저 높은 천상에서 내려 퍼지듯,
맑고 깊은 목소리가 늦여름 들판 한가운데서 울려 퍼지자, 병사들
은 무엇에 홀린듯 몽롱한 표정으로 의상의 얼굴만 쳐다보았다.

낭송이 끝나자 만춘은 의상과 원효를 상석에 앉힌 뒤 그 앞에서
고개를 숙여 인사를 했다.

"몰라뵈어서 죄송합니다."

만춘은 호송병들에게 일렀다.

"이 분들은 결코 첩자가 아니다. 내가 알아서 모실 터이니 너희
들은 돌아가거라."

이어서 그는 두 승려에게 다시 사과를 했다.

"불편을 끼쳐 드려 거듭 죄송합니다. 당나라로 가시는 길이라면

제가 군사들에게 국경까지 편안하게 모시도록 하겠습니다."

의상은 고개를 저었다.

"이 친구가 간밤에 자고 나더니 마음이 변해 갑자기 돌아가겠답니다. 그래서 저도 당나라 유학은 내년쯤으로 미루고 돌아가야겠습니다."

"아니, 여기서는 신라보다 당나라가 더 가까운데 어찌 돌아가려 하십니까? 큰 뜻을 품으셨다면 초지일관하셔야지요?"

만춘의 말에 원효가 대답했다.

"저희들이 엊저녁에 길을 잃고 헤매다 한둔을 하게 되었습니다. 어찌나 목이 마른지 물을 찾다가 칠흑 같이 캄캄한 밤이라 더 이상 찾지 못하고 자리에 누웠는데 마침 손에 뭔가 닿기에 보니 물이 담긴 바가지였습니다. 나눠 마시니 어찌나 시원하고 달던지 부처님의 은공이라 생각하고 찬미하며 그 자리에서 잤습니다. 그런데 아침에 일어나 보니 머리맡에 해골이 하나 엎어져 있는 게 아니겠습니까? 우린 해골 물을 마신 것이었습니다."

"이 근방에는 여수전쟁과 여당전쟁 때 죽은 중국군의 해골이 아직도 많이 널려 있습니다."

"그래서 저는 깨달았습니다. 도(道)는 바깥에서 들어오는 것이 아니다. 배운다는 것은 지식이 늘어나는 것일뿐 깨우치는 것과는 다르다. 깨우침은 내 안에 있다. 정신은 바깥의 어떤 충격이나 불의나 더러움으로부터도 지극히 자유로울 수 있다. 이것을 깨달은 겁니다. 마시는 순간의 그 물은 천상천하의 어떤 감로수보다 더 달고 시원한 물이었습니다. 그런데 누가 제게 그건 썩은 뇌수와 빗물이 섞인 이 세상에서 가장 더러운 물이라고 감히 말할 수 있겠습니까? 경전에 이르기를 '비록 몸은 삼계(三界)를 건너다닐지라도 마음은 무(無)에 처하여 대공(大空)에 있다'고 한 것이나 '마음에는 마음이라는 상이 없다(心無心相)'고 한 것이 다 같은 이치라 사료됩니다."

원효는 눈에 광채를 번쩍이며 말했다. 만춘도 가슴에 뭔가 와 닿는 게 있었다.

"저희 같은 중생들이 어찌 깊은 진리를 알 수 있겠습니까만 어쩐지 불법이 실로 오묘한 데가 있는 것 같군요. 바쁘시지 않다면 제가 누추한 성에라도 잠깐 모실까 하는데 저희 안시성 백성들에게 얼마 만큼이라도 가르침을 들을 기회를 주시겠습니까?"

만춘의 정중한 요청에 원효와 의상은 닷새 동안 성에서 묵은 뒤에 군승 등 안시성 군사들의 특별 호위를 받으며 신라로 돌아갔다.

그 얼마 뒤 만춘의 오랜 친구였던 가영이 죽었다. 그는 고구려에 귀화한 뒤에도 늘 유구국 재건의 꿈을 그리며 중국에 대해 복수의 일념을 불태워 왔다. 하북의 고려성에 주둔한 뒤로는 망국의 한을 성 가꾸기로 달랬었는데, 그마저 당나라에 내주게 되자 속병이 생겨 귀국한 뒤로는 늘 술잔을 입에서 떼지 않고 있다가 마침내 건강이 급격히 악화되어 세상을 떠난 것이었다.

만춘은 40여 년 동안 생사고락을 같이해 온 친구의 죽음에 슬픔을 이기지 못 하였다. 조정에서도 가영의 생전 공적을 높이 여겨 후한 장례식을 치러 주었다. 이 자리에는 그의 여동생 자옥과 매제인 성충도 백제에서 와, 같이 참석하였다.

3. 나제혈투(羅濟血鬪)

 이보다 약간 앞선 648년 섣달 그믐날, 서라벌—
함박눈이 펑펑 쏟아지고 있었다. 정초에 왕과
신하들이 서로 새해 인사를 주고받는 신년 하례식
제도가 내년부터는 새로운 방식으로 바뀌게 되었다. 문훈과 김춘
추의 건의가 받아들여진 바이다. 이에 둘은 자리 배치며 다과상 등
준비 사항 등을 점검하느라 바빴다. 그때 김유신이 문을 벌컥 열어
젖히며 나타났다. 그는 노기가 등등하여 다짜고짜 춘추를 보며 버
럭 소리를 질렀다.

"당신 정말 이렇게 할 거야?"

그 소리가 어찌나 컸던지 춘추는 들고 있던 붓을 떨어뜨렸다.
일에 관한 한 엄격하기로 소문난 유신이었지만 수십 년 동안 화내
는 모습을 본 일이 없었고, 특히 춘추하고는 처남-매부지간이 된
이래 한번도 의가 틀어져 본 적이 없었다. 그랬던 유신이 이런 식

으로 나타나자 춘추가 당황한 것은 극히 당연했다.

"무, 무엇 때문에 그러시오?……."

춘추가 더듬거리자 유신은 더욱더 언성을 높였다.

"우리가 왜 오랑캐 옷을 입어야 돼? 말해 봐! 왜 신라가 뙤놈 복장을 해야 되느냐고?"

"그, 그건 당나라 황제와 한 약속 때문에……."

"황제인지 망제인지, 그 지기미 떠그랄 놈의 말을 왜 우리가 들어야 돼?"

유신이 고함을 지르며 책상을 내리치자 책상 가운데가 우지끈 부서졌다. 춘추는 어쩔 줄을 모르고 파랗게 질렸다. 문훈이 일어서서 유신에게 다가가 달랬다.

"여보게, 진정하고 차근차근 얘기하세."

그러나 유신은 들은 체 만 체하였다.

"내 나이 50 평생 풍찬노숙을 마다 않고 사방팔방을 미친년 널 뛰듯이 전장으로 돌아다녔는데 기껏 뙤놈 발바닥 닦아 주려고 그 짓을 했느냐 이 말이야!"

유신의 노기는 누그러들지 않았다.

"다, 치아뿌라. 난 이제 더 이상 이 짓 안 할란다. 느그끼리 잘해 봐라."

그는 쓰고 있던 투구를 벗어 바닥에 내동댕이치고는 나가버렸다. 김춘추는 아무 대꾸도 못 하고 고개만 숙이고 있었다. 그는 울고 싶었다. 유신이 자신의 심정을 이해해 주지 못 하는 게 야속하기도 했고, 그 자신이 너무 경솔하게 세민에게 약속을 한 게 아닌가 후회되기도 했다.

"제가 가서 달래 보겠습니다."

문훈이 밖으로 뛰어나갔다. 유신은 소나무를 붙잡고 함박눈을 맞으며 하염없이 하늘을 쳐다보고 있었다.

"여보게, 자네마저 이러면 어떡하나?"

문훈은 유신을 다독거리려 애썼다.

"춘추 공인들 어디 그러고 싶어 그랬겠나? 이게 다 우리가 힘이 없어 그런 거야. 그 힘을 키우는 게 우리가 할 일 아닌가?"

"행님 혼자 하시오. 난 안 할라니더. 나는 산 구석에 가서 농사나 지을라니더."

유신은 퉁명스럽게 대꾸하였다.

"허허…… 이 사람, 그러지 말고 들어가서 천천히 얘기하세."

문훈은 그의 팔을 잡아끌었다.

"싫니더, 그 줏대 없는 개시키 상판은 이제 보기도 싫니더."

유신은 팔을 뿌리쳤다.

"그럼, 다 치우고 우리 둘이 어디 가서 술이나 실컷 마시세."

문훈은 억지로 유신을 끌고 술집으로 갔다. 두 사람 모두 술이 목구멍에 차도록 마셨다. 평소에는 자제심이 유별나던 유신이 이 날따라 문훈이 권하기도 전에 술을 벌컥벌컥 마시는 바람에 먼저 취하였다.

문훈이 유신을 부축하여 집으로 데려다 주고 나서 비틀거리며 춘추의 집으로 가서 그를 찾으니 부인인 문희가 나오며 맞았다.

"왜들 이래요? 오늘 무슨 일이 있었기에 모두 술이 떡이 되도록…… 내일 신년 하례식을 한다더니 어쩌시려고……."

"신년 하례식은 물 건너갔소…… 춘추 공 어디 계시오?"

　문회가 방으로 안내해서 들어가 보니 춘추도 어디서 술을 마셨
는지 인사불성이 되어 있었다.
　문훈은 밤이 늦었지만 이 사실을 국왕께 알렸다. 진덕왕은 국가
를 지탱하는 두 기둥끼리 갈등을 빚은 문제라 이를 예사롭지 않게
받아들였다. 일단 신년 하례식은 뒤로 미루고 복식 문제는 문관과
무관을 구분하여 시행하기로 했다. 문관에게만 새로운 제도를 적
용하고 무관은 종전 복식대로 하도록 결정한 것이다.

　이세민이 죽었다는 소문은 바다를 건너 동쪽에도 들려왔다. 그
가 고구려에 대한 무력 행위 중단을 유언으로 선언했다는 것이 알
려지자 가장 침울한 분위기로 빠져든 곳은 물론 신라 조정이었다.
　고립무원에 빠진 신라의 신세를 알고 백제는 재빨리 장군 은상
(殷相)을 보내 석토성(石土城) 등 일곱 성을 빼앗고 계속 동진했
다. 종전보다 곱절이 넘는 규모의 병력이 동원되었다. 신라는 유신
과 진춘(陳春), 죽지(竹旨), 천존(天存) 등을 보내어 백제군을 막게
하였다.

　신라의 서부 변경에 위치한 도살성(道薩城)—
　아침 일찍 일어난 유신은 둘레가 10여 리쯤 되는 산성 주변을
한 바퀴 돌고 나서 멀찍이 떨어져 있는 맞은편 백제군 진영을 바라
보았다. 들에는 철 이른 무서리가 하얗게 내렸고 백제 진영에서는
밥 짓는 연기가 모락모락 피어올랐다. 오른쪽, 조금 떨어진 산자락
끝에는 신라의 진춘과 천존이 이끄는 6천의 병력이 있는 장막이
보였다. 또 왼쪽 바로 옆 빤히 보이는 능선에는 죽지가 이끄는 8천

의 병력이 지키고 있었다.

신라 진영과 백제 진영 사이에는 제법 널찍한 분지가 자리 잡고 있었다. 그 들판에서 지난 열흘 동안 날마다 몇 차례씩 밀고 밀리는 처절한 싸움이 계속되어 왔다. 백제가 먼저 공격해 오면 죽지와 유신이 같이 나가서 싸우고 신라가 공격해 들어가면 백제가 막았다. 만일 오른편에 있는 진춘·천존의 부대나 왼쪽의 죽지가 산등성이를 내주면 백제군은 도살성을 에워싸고 사방에서 포위 공격을 할 수 있었다.

만일 이 도살성이 백제의 수중에 넘어가면 신라는 다시 수십 리를 후퇴해야 할 형편이었다. 반대로 백제가 지금 진을 친 곳을 신라에 내주면 신라는 50리 이상 더 서쪽으로 진출할 수가 있었다. 그만큼 요충이다 보니 서로 피비린내 나는 싸움을 계속할 수밖에 없었다. 시체는 들판을 덮고 피는 방패가 떠내려 갈 지경이었다.

"아, 이렇게 전선이 제자리걸음일 때 비녕자 같은 장수가 있다면……."

유신은 재작년 무산성 싸움에서 침체된 군사들의 사기를 띄워 승전의 발판을 마련한 비녕자가 새삼스레 그리웠다. 그때 비녕자는 단신으로 적진에 뛰어들어 장렬히 전사했다. 그의 아들도 종의 만류를 뿌리치고 아버지 뒤를 따랐고 종 역시 주인 뒤를 따라 적진 속으로 달려들어 싸우다 죽었다. 그때 싸움도 이번과 여러 가지로 비슷했다.

'싸울 적마다 그런 열사(烈士)를 기대해선 안 되지…….'

유신은 스스로를 달래었다. 사실 자신도 젊은 시절에는 생각만 해도 아찔한, 무분별한 돌격을 감행한 적이 여러 번 있었다. 지금 그 나이의 장수들도 패기에서는 그에 못지않았다. 그러나 유신은 신라군이 수적으로는 우세하면서도 싸움에서 승세를 잡지 못 하는 것이 안타까웠다.

'지금 백제군의 전투력이 우리보다 세다. 왜일까? 백제군이 정병만 2만 명을 뽑아서 보냈는가? 그럴 수도 있다. 그러나 무언가 또 있다. 그게 뭘까?

유신이 이런저런 상념에 사로잡혀 있는데 문득 하늘을 보니 매한 마리가 들새 한 마리를 쫓고 있었다. 어쩐지 쫓기는 새가 불쌍한 생각이 들어 화살을 재어 매를 향해 날렸다. 그러나 화살은 매의 꽁지 부분을 살짝 스칠 뿐 빗나가고 말았다. 이 바람에 들새는 목숨을 구하고 매는 멀리 백제 군영 쪽으로 달아났다.

지휘소로 돌아오니 장병들이 아침 식사 준비를 마치고 기다리고 있었다. 부장의 표정이 어두워 보였다. 유신이 그 까닭을 물으니, 조금 전에 물새 한 마리가 지휘소 지붕에 날아와 앉았다가 사라졌는데 군사들이 좋지 못 한 징조라고 수군거린다고 했다. 그것은 이 근처에 매가 서성거리기 때문이라고 설명을 했지만 생사여부가 달린 전장에서 조그마한 사건에도 민감한 군사들은 쉽사리 받아들이는 눈치가 아니었다.

유신은 전장에서 떠도는 여러 가지 미신을 조금도 믿지 않았다. 오히려 그런 미신을 사병들의 사기를 올리는데 교묘히 이용하는 편이었다. 예컨대 비담·염종의 반란 사태 때, 밤에 큰 별이 월성 뒤쪽으로 떨어지니 관군은 여자 임금이 패할 징조라고 불안해 했다. 유신은 그때 몰래 사람을 시켜서 허수아비를 만들어 불을 안겨 연에 달아 날려 올리고는 '떨어진 별이 도로 하늘로 올라갔다' 는 소문을 퍼뜨려 관군의 사기를 올린 바 있었다. 그는 이번에도 군사들의 심리 상태를 역이용할 게 없나 생각해 봤지만 썩 좋은 생각이 바로 떠오르지 않았다.

이 날 백제군은 별다른 움직임이 없었다. 유신은 오전 내내 성벽 둘레를 거닐었다. 성문에서 병사들의 기찰을 받으며 입성을 기다리는 주민들의 모습이 눈에 들어왔다. 그런데 그 가운데 매를 어깨에 앉힌 사람이 눈에 띄었다. 당시에는 매를 길들여 사냥하는 일이 많아서 매를 가지고 다니는 사람은 흔했다. 잘 훈련된 매는 말 몇 마리 값에 비기는 경우도 드물지 않았다. 그러나 이 날, 유신은 저 매가 꼭 아침에 놓친 그 매일 것 같은 생각이 자꾸 들었다.

'이상하다. 백제 진영 쪽으로 날아간 매를 저 사람이 어떻게 잡았을까……'

유신은 부하 한 사람을 불러 지시했다.

"너는 변장을 하고 몰래 저 매를 가진 자의 뒤를 밟아라. 절대 눈치 못 채게 하고 수상한 행동을 하더라도 잡지 말고 내게 알리기만 해라."

두어 식경 후에 부하가 돌아와서 보고하였다.

"그 자가 아무래도 수상합니다. 무기고 근방을 얼쩡거리기도 하고 말단 장교에게 금품을 주고 뭔가 귓속말을 주고받았습니다."

유신은 잠시 생각한 뒤에 그 부하에게는 계속 감시를 하라고 보내고, 귓속말을 주고받았다는 말단 장교가 속한 부대로 직접 찾아갔다. 그는 전 장병들을 불러 놓고 일렀다.

"들거라, 오늘 밤 옥성 계곡 쪽에서 우리 증원군 1만 명이 넘어온다. 너희 부대는 그 부대가 도착하면 교대를 하여 다른 곳으로 이동할 것이다."

　유신은 지휘소로 돌아왔다. 그런데 저녁때가 다 되어 미행하던 부장이 다시 돌아와 보고하였다.

　"그 자가 조금 전에 다시 그 부대로 가, 아까 그 장교와 만나 얘기를 주고받은 뒤 외딴 곳으로 가더니 뭔가를 열심히 적어서 매의 다리에다 묶어 날려 보냈습니다."

　유신은 그 첩자와 정보를 판 군관을 붙잡아다가 취조를 했다. 그리고는 왼쪽 능선에 진치고 있던 죽지를 불러 명령을 내렸다.

　"지금 백제군은 우리 증원군이 옥성 계곡 쪽으로 넘어 오는 줄로 잘못 알고 군사를 계곡 양쪽 기슭에 매복하여 놓았을 것이다. 자네는 자정이 된 뒤, 몰래 적들 뒤로 접근하여 섬멸하라."

　또 그는 오른쪽 산자락에 있는 천존과 진춘의 진영에 전령을 보내어 다음과 같은 명령을 내렸다.

　"백제군은 우리의 거짓 정보를 믿고 우리 증원군을 공격하고자 병사들을 재배치하고 있다. 계곡 양쪽에 배치한 군사는 죽지 장군이 배후로 은밀히 접근하여 칠 것이다. 그대들의 몫은 옥성 계곡 입구에 배치된 백제군이다. 자정에 절대 적이 눈치 못 채게 그들 뒤로 가서 기다려라. 그들은 틀림없이 우리 증원군이 자기네 군사들의 공격을 받고 입구 쪽으로 도망쳐 나올 줄로 믿고, 그 입구에서 기다리고 있을 것이다. 죽지가 계곡의 백제군을 치면 백제군은 계곡 입구로 도망쳐 나오게 된다. 그들은 도망쳐 나오는 병사들이 신라군인줄 알고 야간에 자기들끼리 싸움이 붙게 된다. 그대들은 기다렸다가 저희들끼리 하는 싸움이 가라앉거든 포위 공격하여 남김없이 격멸하라.

공격할 때는 거짓으로 '김유신이다' 라고 소리치며 공격하라. 항상 공격하기 전에는 횃불을 공중으로 던져라. 상대방에서도 횃불을 좌우로 흔들거나 '올빼미' 란 군호를 외치면 같은 신라군인 줄 알고 그렇지 않으면 백제군인 줄 알라."

그런 다음 성 안의 휘하 장수들을 모아 놓고 총공격 준비를 명하였다.

"오늘밤, 백제군 본영을 지키는 병력은 얼마 되지 않는다. 야간에 그들의 진지를 덮치면 쉽게 빼앗을 수 있다."

이 날은 그믐이어서 달도 뜨지 않고 천지가 칠흑 같이 캄캄하였다. 자정 무렵, 옥성 계곡 산기슭에서 불화살이 하늘 높이 솟아올랐다. 죽지가 예정대로 공격을 개시했다는 신호였다.

축시(丑時) 중간 무렵에는 계곡 어귀에서 불화살 두 개가 잇달아 하늘로 치솟았다. 이것은 천존과 진춘이 계곡 입구에서 백제군을 공격한다는 신호였다. 유신은 휘하 군사들 모두를 불러 모아 백제군 본영으로 돌격하였다.

신라군은 이 날 밤 싸움에서 대승을 거두었다. 신라군들이 흘린 거짓 정보에 속은 백제군은 옥성 계곡 양쪽 기슭에 7천여 군사들을 매복시키고, 별도로 계곡에서 도망쳐 나오는 신라군을 잡기 위해 8천여 군사들을 계곡 입구에 배치시켰다. 본영에는 5천여 병력만 남은 상태였다.

죽지가 8천여 군사를 거느리고 계곡에서 매복하던 백제군을 덮치자 이들은 당황하여 계곡 어귀로 몰려 나왔다. 그런데 거기서 기다리던 백제군은 이들이 신라군인 줄 알고 화살을 퍼부으며 공격하였다. 나중에 그들이 아군끼리 싸우고 있다는 것을 알고 싸움을 중지했을 때 별안간 들판 쪽에서 무수한 신라군들이 함성을 지르며 공격해 왔다. 천존과 진춘의 7천여 병력이 "김유신이다", "김유신의 대군이다" 하고 소리치며 공격을 가하자 백제군들은 다시 계곡 쪽으로 달아났지만 거기서는 죽지가 이들을 공격하였다.

백제군 본영에서 뒤늦게 이 사실을 알고 남은 병력 5천 명을 내보냈으나, 김유신의 병사들이 그 앞을 가로막았다. 백제군은 완전히 수습 불능의 혼란에 빠져 버렸다. 좌평 은상, 달솔 자견(自堅) 등 10여 명의 장수와 100여 명의 군관이 전사하고 8980명의 병사가 죽었으며 말 1만 마리와 갑옷 1800벌을 신라군에 빼앗겼다. 좌평 정복(正福) 이하 1천여 명이 포로가 되었고 나머지 군사들은 뿔뿔이 흩어져 달아났다.

백제 의자왕이 등극한 이래 수년 동안 신라-백제의 싸움에서 신라는 사실상 큰 전과 없이 밀리기만 하는 형국이었는데, 이 날의 승리로 신라는 사기가 크게 올랐다.

유신이 서라벌로 개선하자 왕이 성문까지 나와 맞이하였다. 그런데 개선 행렬을 맞이하는 무리 속에서 유난히 상기된 얼굴로 유신을 바라보는 소녀가 있었으니 그녀는 바로 춘추의 셋째 딸 지조(智照)였다.

"난 외삼촌과 결혼할 거다."

그 날 집으로 돌아간 지조가 무심코 이 말을 내뱉자 언니 요석(瑤石)이 깜짝 놀랐다.

"너 미쳤니?"

요석이 지조를 미쳤다고 한 것은 유신이 자기들의 외삼촌이라는 사실 때문이 아니었다. 당시 신라에서는 골품제도 유지를 위해

근친혼이 성행했다. 다만, 이제 겨우 열일곱살 난 소녀가 55세의 반노인과 결혼하겠다는 게 놀라울 따름이었다. 요석은 얼른 제 어미 문희에게 지조의 말을 고자질해 바쳤다. 어머니는 별 신경을 쓰지 않았다.

"관둬라, 아직 철이 덜 들어 그런 거겠지……."

4. 김인문

 이듬해 진덕여왕은 백제군을 깨뜨린 사실을 당나라에 알리고 좀 떳떳하게 당나라의 원조를 청하고자, 춘추를 당나라에 보낼 사신으로 명했다. 그러나 복식 문제로 유신에게 된통 혼이 난 춘추는 다시는 당나라에 가고 싶지 않아서 이리저리 발뺌을 했다. 그 바람에 춘추의 맏아들 법민이 대신 가게 되었다.

그러나 법민은 성격상 외교관이 적성에 맞지 않았다. 그의 성격은 외탁을 하였다. 성격이 괄괄하고 과묵하며, 뚝심이 센 한편 직선적이어서 결코 사교적인 편이 못 되었다. 부친의 뜻으로 장안에 가긴 했지만 그는 진덕여왕이 손수 비단에 새겨 보내는 〈오언태평송(五言太平頌)〉의 내용 자체가 마음에 들지 않았다.

법민의 생각에는, 〈오언태평송〉은 너무 심하게 당나라에 아부하는 졸문이었다. 그는 장안에 도착하여 당 고종으로부터 태부경

(太府卿)이라는 벼슬까지 제수 받았지만 신라 조정에서 말하는 숙위(宿衛)라는 형태로 상주하긴 죽기보다 싫었다. 말이 좋아 태부경이지 실제로 군사를 거느리는 것도 아니요, 궁궐에서 그저 빈둥거리다가 큰 행사나 잔치가 있으면 구색을 갖추기 위해 황제 곁에 참석하여 궁중에서 일어나는 시시콜콜한 이야기로 시간을 때우는 게 고작이었다.

법민은 이런 일이 지겨워 틈만 나면 당나라의 군제, 정부 조직, 대신들의 업무 진행 방식, 세제(稅制) 등을 꼼꼼히 연구하다가 귀국했다. 그리고는 자기 임무를 아우인 인문(仁問)에게 슬쩍 떠넘겼다.

인문은 형과는 판이했다. 생김새도 훤칠하였지만 성격이 사근사근하여 금방 사람들에게 호감을 주었다. 그런데다 책을 많이 읽었으며 활쏘기, 말타기도 잘 하고 예서(隸書)를 잘 썼으며 향악(鄕樂)과 춤에 능해 가히 팔방미인이라 할 만했다. 잡기라면 못 하는 것이 없고 노래, 춤과 같은 예능 방면에 특별한 소질이 있었다. 그가 기방에 출입하여 노래를 부르면 기녀들이 문지방 앞에 다투어 줄을 서서 그의 노래에 귀를 기울이는 바람에 문이 부서지기가 일쑤였다. 오죽하면 서라벌에 있을 때 친구들이 '기생오라비'란 애칭으로 불렀겠는가.

형이 다녀온 이듬해(651년)에 인문은 당시 23세의 상주외교관으로 당나라에 파견되었다. 그는 금방 장안 뭇사람들의 인기를 독차지하는 존재가 되었다. 장안의 내로라하는 귀족 자제들은 남녀를 불문하고 인문이 부르는 신라 노래를 배우려는 풍이 삽시간에 번지고, 인문이 입는 신라 복장은 금방 장안의 유행이 되어버렸다.

특히 한 살 위인 당 고종 이치(李治)는 그에게 특별한 호감을 갖고 좌령군위장군(左領軍衛將軍)이라는 파격적인 벼슬까지 선사했다.

인문도 장안의 이런 생활이 싫지 않았다. 단지 딱 하나— 그의 머리를 짓누르는 게 있었다. 그것은 아버지가 서라벌을 떠나올 때 그에게 내린 특명이었다.

"무슨 수를 쓰든 당 태종의 유조(遺詔)를 바꾸도록 하라! 그것이 안 되면 죽어서도 집에 돌아오지 마라!"

'고구려에 대한 일체 무력 사용을 중단하라!' 는 당 태종의 유조, 이것을 바꾸라는 것이었다.

"젠장, 한 가정에서 어버이가 남긴 유언도 자식이 바꾸기 어려운데, 하물며 황제가 여러 대신들이 증인으로 선 가운데 조칙으로 남긴 유언을 바꾸라니……."

인문에게는 아버지의 명령이 도저히 실현 불가능한 목표로 여겨졌다. 그것을 못 이루면 죽어서 시체가 되어도 신라로 돌아가지 못 한다니…… 아버지가 너무나 야속하게 생각되었다. 날마다 황제를 가까이서 모시는 중신이 이마를 땅에 조아리며 수백 번 주청을 하더라도 될까 말까 한 일이다. 아니, 그런 섣부른 주청을 하는 자가 있다면 당장 중신들의 탄핵을 받아 목이 달아날 것이다. 게다가 선황 태종이 당나라에서 보통 존경 받는 인물인가? 그런데 어디 어느 구석진 작은 나라에서 와 숙위하는 주제에 유조를 바꾸려 들어? 목이 열 개라도 안전을 장담 못 하는 일이었다. 차라리 계란으로 바위를 깨는 일이 더 쉬웠다.

그러나 명령은 명령이었다. 생각할수록 한숨만 나왔다. 나중에는 유조를 바꾸라는 아버지의 모습이 꿈마다 나타날 지경이었다.

평시에도 그 말이 귓전을 뱅글뱅글 돌았다. 그러나 지성이면 감천이라 했던가? 인문이 '유조'라는 말에 완전히 신경쇠약증에 걸리게 되었을 때, 우연히 한가닥 실마리가 보였다.

그는 여느 신라 귀족처럼 독실한 불교신자였다. 그래서 장안에서도 틈만 있으면 절을 찾았다. 그가 자주 드나든 절은 장안성의 동남쪽에 있는 감업사(感業寺)였다. 이 절은 무슨 이유에선지 궁중의 높은 관리들에게만 개방을 허용하고 있었다. 인문은 절에 자주 찾아가 시주도 하고 공양밥도 먹곤 하였다. 어느 날, 상을 날라온 비구니의 얼굴이 유난히 환하고 눈동자가 초롱초롱한 것을 보고 끼가 발동하여 농을 걸었다.

"보살의 얼굴을 어디선가 많이 본 것 같소이다."

"그런가요? 호호호…… 전생에 인연이 많았던가 보죠, 뭐…….."

상대는 좌령군위장군으로 생김새가 훤칠한 이국의 귀공자가 말을 걸자 싫지 않은 듯 의미심장하게 농을 되받았다.

둘은 이것저것 대화를 나누는 사이에 풍류, 말솜씨, 기예 등등 여러 면에서 서로 만만찮은 상대임을 알고 그 뒤로는 자주 이야기를 나누게 되었다. 그 비구니는 인문보다 다섯 살이 많았다.

나중에 다른 사람을 통하여 알아보니 비구니는 왕년에 태종을 모시던 재인(才人) 무미랑(武媚娘)이라 하였다. 당시 당나라 법도에는 황제가 죽으면 그 황제의 처첩들은 감업사에 들어가 비구니가 되어야 했다. 이에 그녀도 비구니가 된 것인데, 지금의 황제인 고종이 태종 말년에 당시 태종이 와병 중이던 취미궁(翠微宮)을 자주 드나들면서 무미랑에게 눈독을 들였다는 소문이 있었다.

이 이야기를 듣자 인문의 머리에 한가닥 섬광이 스쳤다.

'자기 아버지의 여자에게 눈독을 들여……?'

남녀상열지사에 관한 일이라면 일가견이 있다고 자부하는 그는 이를 심상찮게 받아들였다. 마침내 황제의 치명적인 인간적 약점을 발견한 기분이었다.

'옳지, 저 여자를 이용해 보자. 뭔가 방법이 나올지도 모른다.'

인문은 그 다음부터 절에 오기만 하면 무미랑을 찾았다.

"누님, 다음부턴 제게 가져오는 밥상은 꼭 누님이 가져와야 합니다."

"누님? 호호호…… 새삼스럽게…… 그래, 누님이라 하지."

무미랑은 싫어하는 눈치가 전혀 아니었다. 인문은 그 날부터 그녀와 '누님-동생' 하는 사이가 되었다.

태종의 기일(忌日)이 가까워 온 어느 날, 인문은 황제를 만난 자리에서 조용히 제안하였다. 황제는 어릴 적부터 비만증이 있어 몸을 가누기 어려울 정도로 비대한데다가 간질병이 있었다. 그런 그에게 인문은 건강을 위해 산책의 필요성을 몇 번이고 강조하곤 했었다.

"폐하, 저희 신라에서는 부처님을 섬기는 마음이 남다릅니다. 부친께서 제가 떠날 때, 선황께 입은 은혜가 하늘 같다고 하시면서 기일이 되면 꼭 절에다 극진한 예를 갖추어 공양을 드리라 하셨습니다. 혹시 동행하실 의향은 없사온지……."

그는 황제의 눈치를 살폈다. 당시 당 황실은 도교를 받들었기에 황제가 절에 공양하는 사례는 드물었다. 그러나 인문은 세 치 혀의 정기를 다 동원하였다. 특유의 말재간으로 절의 풍광이 뛰어남과 부처의 오묘함을 설파하는 동시에 산책길로는 그만이라고 침이 마르도록 이야기하자 마침내 동의하였다.

　고종이 감업사에 행차하는 날, 인문은 일부러 무미랑을 불러 황
제의 상을 받들도록 하였다. 인문은 고종이 머리를 깎은 그녀를 보
는 순간, 눈동자에 눈물이 핑 도는 것을 보고 속으로 회심의 미소
를 지었다.

　일이 원하는 방향으로 풀리려는 조짐이 보였다. 그 무렵, 고종
의 정처 왕황후(王皇后)가 숙비(淑妃) 소씨(蘇氏)와 서로 황제의
총애를 얻고자 다투고 있었다. 왕황후는 어떻게 해서든지 소숙비
를 넘어뜨리려고 하던 참이었으므로 무미랑에 관한 이야기를 듣고는
그녀를 이용해서 숙비를 누르려는 계획을 세웠다. 왕황후는 몰래
미랑의 머리를 기르게 해서 고종에게 권하여 후궁으로 삼게 했다.

　미랑이 황제를 모시게 되자, 왕황후나 소숙비는 다 그의 총애를
잃었다. 무미랑이라는 든든한 배경을 업은 인문은 그러나, 아직 태
종의 유조를 뒤엎기에는 시기상조라고 판단하고 먼저 백제를 견제
하는 '외교 공작'을 펼쳤다. 그 여파로 당 고종은 백제에 조서를
보내 협박하기에 이르렀다.

　'신라에게서 뺏은 땅을 신라가 백제의 포로를 돌려주는 조건으
로 모두 반환하라. 그렇지 않으면 후회할 일이 생길 것이다.'

　이 국서를 받은 백제와, 그 소식을 전해 들은 고구려는 크게 당
황했다. 고종이 즉위하고 나서는 당나라가 해동 삼국과 등거리 외
교를 견지해 왔었는데 갑자기 신라 쪽으로 다시 기울기 시작한 것
이다.

이듬해 고구려와 백제도 당나라에 사신을 파견했지만 '무미랑-김인문 유착'에 관한 비밀을 풀지 못 한 채 외교 활동이 벽에 부딪 쳤다.

백제 의자왕은 중신회의를 열었다.

"신라가 하는 짓이 참으로 요망하다. 전에는 〈오언태평송〉인가 뭔가를 당나라에 보내 마구 아부를 떨더니 이제는 복식과 연호까지 중국식을 따르지 않는가? 또한 김인문이라는 자를 보내 아예 눌어붙어 당나라를 부추기는 모양이다. 어떻게 대처하는 게 좋겠는가?"

좌평 의직이 나섰다.

"이럴수록 우리의 굳은 의지를 보여줘야 합니다. 고구려에 사신을 보내 합동으로 신라의 성 몇 개를 더 빼앗아 본때를 보이는 것이 가한 줄로 아룁니다."

그러자 좌평 임자(任子)가 말했다.

"고구려는 지금 당 태종이 죽은 이후 당나라와 우호관계를 유지하고 있는 관계로 선뜻 병력을 동원하려 하지 않을 것 같습니다. 이 마당에 우리가 홀로 출병하여 당의 심기를 자극하는 것은 현명한 방책이 못 됩니다. 먼저 당과 고구려 사이를 이간시키는 계책이 선행되어야 할 줄 아옵니다."

성충이 의견을 내놓았다.

"지금 왜국이 국력을 기르려고 분주하다 합니다. 왜왕은 뿌리가 백제에서 갈라져 나간지라 대대로 우리나라 섬기기를 게을리 하지 않았고 또 우리 문물을 동경하는 마음이 지극합니다. 그들과 동맹을 맺으면 비록 왜의 군세가 크지는 못 하다 할지라도 신라는 좌우에서 위협을 받게 되니 더욱 곤경에 처할 것이라 사료됩니다."

의자왕은 이 말을 옳게 여겨 성충을 왜에 사신으로 보냈다.

성충은 섭진국(攝津國: 지금의 오사카)으로 건너갔다. 그곳에서 백제인이며 왜의 관리인 고지(高志)의 안내를 받아 왜왕 고토쿠(孝德)를 만났다.

성충은 20여 년 전에 왜국에 왔을 때와는 다른 격세지감을 느낄 수 있었다. 그 당시에는 왜와 견주어서 백제 사람들은 일종의 우월감을 지닐 수 있었다. 그것은 어쩔 수 없이 피부로 느끼는 문화의 격차에서 오는 것이었다. 20여 년이 흐른 지금, 그 격차는 급속도로 줄어든 것 같았다. 적어도 겉보기에는 그랬다.

'이 민족은 베끼기에 비상한 재주를 가진 사람들이다.'

성충은 그렇게 생각하지 않을 수 없었다. 사실 당나라에 파견하는 사절단 수만 해도 일본은 다른 어느 나라보다 늘 많았다.

'아니, 언젠가는 추월할 지도 모른다. 그렇다. 개인이든 조직이든 국가든 공부를 열심히 하는 상대에게는 못 당한다.'

성충의 군사동맹 제의를 놓고 왜 조정에서는 찬반양론이 엇갈렸다. 반대 의견은 주로 신라가 침공해 올 것을 우려하는 측에서 나왔다. 또한 왜국은 직접 당나라의 침공을 받을 기능성이 낮지만 백제는 그 가능성이 높으므로 항상 왜가 백제를 도와주어야만 할 것이라는 주장도 만만치 않았다.

그러나 전통적인 우호를 존중해야 한다는 주장이 우세해 결국 성충은 비밀 군사동맹을 성사시켰다. 그 대가로, 왜는 토목 기술자와 사찰 건설을 맡을 장인을 보내달라고 요구했다. 백제는 1차로 왕자 풍(豊)이 인솔하여 토목 기술자들을 파견하였고, 2차로 셋째 왕자 용(勇)이 인솔하여 건축 기술자들을 파견하였다.

의자왕은 왜와 맺은 동맹에 크게 고무되었다. 그는 군사력에서 고구려-백제 동맹만으로도 나당동맹과 힘의 균형을 이루고 있다고 믿는 마당에 왜가 추가되었으니, 이제 고구려-백제-왜의 연합세력이 힘의 우위를 점하게 된 것으로 판단하였다. 그러나 이것은 고구려의 내부 사정을 잘 모르고 하는 생각이었다.

고구려는 이때 눈에 띄지 않는 내홍이 점차 커지고 있었다. 10년 이상 개소문 주위의 무인 집단이 국정을 농단함으로써 부작용이 곳곳에서 드러났다. 잦은 전란으로 요동 지방의 농업 생산력이 퍽 줄어들었는데도 강성대국을 표방하는 집권층의 뜻 때문에 재정이 바닥나 결국 백성들의 조세부담이 커졌다. 그나마 영양왕 때의 선정으로 비축되어 온 경제력을 야금야금 다 까먹는 상황이었다.

게다가 요동 지방의 잦은 산불과 지진 등 천재지변으로 노루, 사슴, 꿩 따위 야생동물이 요수 서쪽으로 대거 이동하는 일이 발생하였다. 때로는 사흘 밤낮에 걸쳐 노루 등 야생동물이 서쪽으로 밤낮없이 달리는 광경이 목격되기도 했다. 이 때문에 상당 부분 수렵에 의존하던 식량 상황이 어려워졌다. 만춘이 길을 튼 백제와의 물물교환 무역은 교역조건이 점점 나빠져, 곡식과 금속을 무게로 따져서 1 대 1로 바꾸던 것이 역전되어 곡식 하나에 금속 셋을 줘야 교역이 이루어졌다. 그나마 백제에 흉년이 들면서 곡가가 금값이 되었다.

그러나 개소문의 친인척, 동료, 후배, 동향인 동부 귀족 등으로 이루어진 집권층은 씀씀이를 줄이지 않았다. 그러니 죽어나는 것은 서민들뿐이었다. 뇌물이 성행하고 비리가 기하급수적으로 늘어났다. 더욱 심각한 문제는 사람들이 부조리에 길들여져서 비리를 비리라고 생각하지 않는 것이었다. 사정이 이러함에도 상명하복 체제의 군사정권은 조직이 점점 굳어져 일반 백성들의 사정은 외면하고 제 한 몸 챙기기에 바빴다. 성마다 비상시를 대비하여 비축하고 있던 군량미까지 일부를 제외하고는 바닥을 드러내었다.

엎친 데 덮친 격으로 고구려군이 하북에서 철군하고 난 뒤, 힘의 공백 지대가 생긴 요서 지방에서는 이굴가(李窟哥)를 두목으로 하는 거란족 무리가 나타나 수시로 고구려의 변경을 노략질하였다. 민심이 흉흉함에도 개소문 등의 지도층은 이를 추스를 생각을 하지 않았다.

어느 날, 시절을 한탄만 하던 만춘은 장문의 상소를 지었다.

'……나라가 어지러워지는 주된 까닭은 벼슬아치들과 백성 사이에 믿음이 없기 때문입니다. 백성이 조정을 믿지 못 하면 세금을 기피하게 되고, 벼슬아치들은 축재에 눈이 어두워 법을 자기들에게 유리하게 왜곡합니다.

지금 나라의 형편을 보면 인재를 널리 구해 쓰지 않고 자기와 가까운 사람만을 뽑고 승진시킵니다. 이런 사리사욕을 채우기에 바빠서 백성에게 덕을 베푸는 것은 뒷전입니다. 이러니 조정이 백성들에게 권위가 없고 임금의 위엄이 서지 않습니다.

백성들이 살쪄야 나라의 곳간이 넉넉해지고 비상시에 쓸 비용을 모을 수 있습니다. 그런데 지금 국고는 오히려 줄어드는 반면에 대신들은 겉으로는 청렴한 척하면서도 속으로는 탐욕을 채우며 명예를 도둑질하고 윗사람과 아랫사람의 총명을 가리고 있습니다. 어찌 작은 도적만 잡을 줄 알고 큰 도적은 키우는 꼴이라 하지 아니하겠습니까?

변방에는 지금 전시가 아닌데도 식량이 모자라 사냥으로 보충하고 있는 형편입니다. 그나마도 야생짐승들의 씨가 말라 사람들 얼굴빛이 모두 배추처럼 푸르딩딩한 색깔을 띠니 어찌 근심이 되지 않겠습니까? 배가 고픈 병사들이 어찌 제대로 싸울 수 있겠습니까? 그런데도 조정에서는 강성대국만을 외치며 무기 만드는 일과 성 쌓는 일에만 돈을 쏟아 붓습니다. 설령 싸움이 터지더라도 병사들이 도망치고 없다면 무기가 무슨 소용이 있겠습니까?

민생이 있고 나서 강병이 있지 그 거꾸로인 예는 고금에 없었습니다. 조정의 꼭대기에서 학정(虐政)을 하여 백성을 괴롭히는데 전쟁이 나면 누가 진심으로 나라를 위해 목숨을 바치겠습니까?……'

그러나 만춘이 이 상소문을 평양까지 지니고 가서 궁궐 밖에 엎드려 조정에 올렸을 때 그는 오히려 빈축만 샀고 권력을 탐하는 자로 오해 받았을 뿐, 아무도 주목해 주지 않았다.

"무신인 주제에 꽤 박식한 척 하는군……."

권신들은 노골적으로 비아냥거렸다.

며칠 동안 궁궐 밖에 잎드려 있던 그는 울적한 기분으로 그냥 되돌아서야 했다.

만춘이 도성 밖을 나섰을 때 민간에서 떠도는 흉흉한 소문을 들었다. 마령(馬嶺) 위에 신인(神人)이 자주 나타나 예언을 외치고는 사라진다는 것이었다.

"너희 군신들의 사치함이 한도가 없으니 패망할 날이 얼마 남지 않았다!"

만춘은 처음에는 대수롭잖은 유언비어로 넘겨들으려다 어쩐지 호기심이 생겨 평복으로 갈아입고 마령 부근으로 갔다.

주막에서 술을 시켜 놓고 주인에게 그 신인이 나타난다는 곳이 어디냐고 물어보았다.

"왜요? 댁도 그 사람을 잡으러 왔소?"

주인이 만춘의 아래위를 힐끗힐끗 살피면서 물었다.

"글쎄— 잡을 수 있으면 잡고……."

"아예 포기하시우. 댁처럼 혼자는 어림도 없소. 여러 명도 당해 내지 못 했고. 두 달 전에는 군사들 500여 명이 닥쳐 고개 주위를 에워싸고 도망치는 그를 쫓았지만 흔적도 없이 사라졌다우. 아마 축지법이나 둔갑술을 쓰는 모양이우."

만춘은 조용히 술만 마신 뒤 닷새 치 식량을 마련해서 고개 근방 눈에 띄지 않는 곳에 작은 띳집을 짓고 숨었다.

잠복한 지 나흘째 되는 날 밤, 술시(戌時) 무렵. 휘영청 둥근 보름달을 쳐다보고 있노라니 문득 고개 위에서 사람 형상을 한 그림자 하나가 달빛을 등지고 나타났다. 그 그림자는 고개 위에서 달을 바라보며 한동안 꼼짝도 하지 않고 서 있었다. 만춘은 살금살금 풀숲 사이로 몸을 감추면서 실체를 눈으로 확인할 수 있는 곳까지 다가갔다. 그 그림자는 과연 신인이라 불러도 좋을 만큼 흰 수염이 허리까지 늘어졌고 소매 자락이 넓은 도포를 걸쳤다. 그는 자세가 꼿꼿하여 짧은 지팡이를 그냥 옆구리에 끼고 있었다. 그림자는 한동안 천천히 능선 위쪽으로 발걸음을 옮기더니 별안간 빠른 속도로 뛰기 시작했다.

'아차, 내 존재를 눈치 챘구나.'

직감한 만춘은 놓치지 않으려고 역시 빠른 걸음으로 따라갔다. 그러나 그림자는 길에서 벗어나 나무숲 사이로, 바위 사이로 이리저리 옮기며 달아났다. 보통 민첩한 움직임이 아니어서 만춘과의 거리는 좀체 좁혀지지 않았다. 만춘은 이미 60대 초반의 나이였으나 산길을 뛰는 데는 누구에게도 지지 않는다고 자부하던 터라 오기가 나서 끝까지 쫓아갔다. 마침내 거리가 조금씩 좁혀졌다.

'그러면 그렇지! 네가 진짜 하늘에서 떨어진 존재가 아닌 바에야 지치지 않을 수 없겠지……'

만춘이 더욱 분발하여 걸음을 재촉하자 그와 그 괴상한 그림자와는 이제 20여 보 남짓한 거리로 줄어들었다.

이때였다. 갑자기 그 그림자와 만춘 사이에 휙 뛰어드는 물체가 있었다. 엄청 큰 호랑이였다. 호랑이가 만춘의 길을 막고 "어흥" 소리를 내며 불이 이글거리는 눈으로 만춘을 노려보자 만춘은 기절초풍하여 그 자리에 얼어붙었다. 호랑이는 그 괴 그림자가 서 있는 데로 성큼성큼 다가갔다. 그 그림자는 호랑이 등 위로 휙 올라타더니 호랑이 잔등을 한손으로 툭 쳤다. 호랑이는 그림자를 태운 채 문자 그대로 비호처럼 사라졌다.

만춘은 호랑이에게 물려 죽지 않은 것만도 다행으로 여기고 도로 고개 쪽으로 슬금슬금 내려왔다.

'호랑이를 타고 돌아다닌다? 진짜 신선인가, 아니면 호랑이를 길들여 타고 다니는 늙은 사냥꾼인가?

그가 고개를 갸우뚱하면서 고갯마루에 거의 다다랐을 무렵, 어디서 끊어지듯 이어지듯 한 줄기 피리 소리가 들렸다. 그 곡조가 애절하게 가슴을 파고들었다. 만춘은 저도 모르게 그 소리가 흘러나오는 쪽으로 발길을 향했다. 그것은 마을 반대편 고갯마루 너머 외딴 큰 나무 위에서 흘러나왔다. 만춘이 그 나무 아래에 이르러 올려다보니 소리의 주인공은 나뭇잎 사이로 두 다리만 희끄무레하게 내놓고 있었다. 갑자기 피리 소리가 뚝 그쳤다.

피리의 주인공이 나무에서 훌쩍 뛰어내렸다. 만춘의 가슴이 뚝 멎는 것 같았다. 그것은 아까 자신이 추적하던 바로 그 괴 그림자였다. 괴인이 지팡이 자루 한쪽을 쑥 뽑자 달빛에 예리한 섬광을 번뜩이는 장검 한 자루가 그의 손에 들려 있었다.

"이놈, 당장 네 목을 내놓아라."

찌렁찌렁한 목소리에 만춘은 저도 모르게 움츠러 들었다.

"살려주십시오. 본의 아니게 뒤를 밟았습니다."

괴인은 꼼짝도 하지 않고 잠시 그를 노려보았다.

"으핫핫…… 천하의 양만춘이도 벌써 늙었군. 다 늙어 빠진 영감탱이를 보고 목숨을 구걸하다니……."

상대가 껄껄 웃는 바람에 비로소 만춘은 그 괴인의 얼굴을 자세히 볼 수 있었다.

"앗, 을지 장군님…… 아직 살아계셨군요……."

그랬다. 틀림없는 을지문덕이었다. 만춘은 저도 모르게 그의 다리를 붙잡고 흐느꼈다.

"자, 그만 일어나세. 날 따라오게."

을지문덕은 만춘의 등을 가볍게 두드려 일으키고는 앞장서서 걸었다. 한참을 걸어서 어느 동굴 앞에 이르자 아까 본 그 호랑이가 입구 앞에 화등잔 만한 눈을 끔벅이며 앉아 있었다. 만춘이 걸음을 멈칫하자, 을지문덕은 호랑이의 머리를 쓰다듬으며 말했다.

"괜찮아, 이놈은 내가 아들로 삼은 놈이야."

을지문덕이 불을 켰다. 만춘이 뒤따라 들어가자 굴 안에는 짐승 가죽 몇 장이 깔려 있고 한쪽 구석에 놓인 나무 상 위에 책 몇 권과 벼루, 나무뿌리 몇 개, 쪽바가지 두 개, 호리병 하나가 놓여 있었다.

만춘은 큰절을 올렸다. 을지문덕은 등잔불 심지를 더 돋우고는 껄껄 웃었다.

"난 웬 녀석이 남의 뒤를 열심히 따라 오는가 했더니 자네였군 그래?"

"장군님 걸음 빠른 것은 예나 지금이나 여전하십니다."

"그동안 산에서 살면서 산삼도 캐 먹고 더덕도 캐 먹은 덕에 여태까지 견뎠지만 나이야 속일 수 있나? 나이 80이 넘었으니 죽을 때가 다 되었지……"

"무슨 말씀입니까? 아직 걸음이 20대 젊은이보다 더 날랩니다."

"결국 자네한테 잡힐 뻔했잖아? 우리 비호 덕분에 달아났지만……"

"어떻게 호랑이를 다 타고 다니십니까?"

"내가 재작년에 우수리 강 근방을 지나는데 저놈이 부상을 당하여 승냥이 떼에게서 공격을 받고 있더라고…… 승냥이 떼를 쫓아 버리고 부상을 치료해 줬더니 그때부터 날 따라다녀. 내가 아쉬우면 말 대신 타지…… 산에서는 말보다 저놈이 훨씬 편해. 그래서 내가 양아들로 삼았어."

"아직도 그렇게 천하를 두루 유람 다니십니까?"

"늙어서 낙이 그것밖에 더 있나?"

"가끔 조정 소식도 들으시는지요?"

"관심이 없어. 그러나 흘러나오는 소식은 가끔 듣지."

이 대목에 이르러 만춘은 진지한 표정이 되었다.

"장군님, 지금 나라 꼴이 말이 아닙니다. 장군님 같은 원로가 나서시어 왕께 충고를 해 주셔야 합니다."

을지문덕은 고개를 좌우로 흔들었다.

"자네나 나나 무장(武將)일세. 정치에 대해서 뭘 알겠나? 또 지금 왕이 마음대로 할 수 있는 상황인가? 이미 때가 늦은 것 같네."

"그럼 이렇게 앉아서 나라가 기울어가는 꼴을 보고만 있어야 한단 말입니까?"

만춘의 비통한 부르짖음에 을지문덕은 한참 침묵을 지키다가 쪽박에 물을 떠서 마시고는 말했다.

"고(高) 씨가 끝난다고 해서 나라가 끝나는 것은 아니야. 고목이 썩어 쓰러진다면 그 가지나 열매를 옮겨서 살려야지……."

"무슨 말씀인지 잘 모르겠습니다."

"나라는 임금 혼자 것이 아니야. 백성의 것이지…… 어차피 지금 고 씨가 실권을 가지고 있는 건 아니잖는가? 보리알이 썩어 새싹이 나듯, 잉태 과정을 겪어 새로 태어나는 것이 순리인지도 모르지……."

만춘이 그 말의 뜻을 몰라 한동안 침묵을 지켰다. 을지문덕이 말을 이었다.

"만약 정말 위급한 상황이 닥쳐 국가의 흥망이 바람 앞에 등불이 되거든 동북쪽으로 가게. 태백산에서 북쪽으로 500리 떨어진 곳에 동모산이란 곳이 있네. 안시성에서 동북쪽으로 2천 리 떨어진 곳인데 거기서 300리만 더 가면 우리 북쪽 국경이야. 동쪽 남쪽 80리가 모두 산이고 여차하면 동북쪽으로 빠질 수가 있어 웅크리고 도모하기엔 더 없이 좋은 곳이야.

그곳 동북쪽 바깥 국경에는 고구려 사람들과 백수말갈 사람들이 반씩 섞여 사는데 호수 근방에 벌써 큰 고을을 이뤄 산물이 풍성하다고…… 만약 거기서도 형편이 어려우면 무리를 끌고 1800리를 더 가 우수리 강을 건너 동쪽으로 가게. 거기는 아직 신천지라 사람이 얼마 없지만 땅이 기름질뿐더러 바다가 있어서 해산물이 풍부하네. 겨울에 조금 추운 것이 탈이긴 하지만 말이야."

만춘은 을지문덕의 말을 잊지 않으려고 붓을 빌어 종이에다 적었다. 왼손으로 글씨를 적는 만춘을 보고 을지문덕이 연고를 물었다. 만춘이 김춘추를 살려 주느라 개소문에게 오른 손목이 잘린 사건을 얘기하자, 을지문덕은 혼자 중얼거리듯 말했다.

"김춘추라…… 이번에 왕이 된 사람 말이로군."

"옛? 그 자가 왕이 되었다고요?"

만춘이 깜짝 놀라 물었다.

"허허, 자넨 속세에 있으면서 어찌 산속에 있는 나보다 소식이 늦나?"

"그 자가 왕이 되었다면…… 신라가 언젠가는 큰일을 저지르겠군요."

"김춘추가 그렇게 대단한 인물인가?"

을지문덕이 물었다.

"심중에 품은 웅지가 어마어마한 인물입니다. 지략도 범상치 않고…… 개소문이 군사를 부리는 데는 나을지 모르나 나라를 다스리는 데는 도저히 그를 못 따라갑니다."

"앞일이 크게 걱정이로군……."

을지문덕의 표정도 어두웠다.

만춘이 굴 속에서 하룻밤을 자고 그 이튿날 아침에 일어나니 을지문덕은 이미 흔적도 없이 사라지고 말았다. 단지 '증, 진공 양만춘 혜존(贈震公楊萬春惠存)' 이란 쪽지가 붙은 책 세 권이 달랑 놓여 있었다. 진공은 만춘의 호였다.

책을 펼치니 그것은 지도책이었다. 자세히 들여다보니 서쪽 요수에서 동쪽 바다 끝까지 4000리, 남쪽으로 압록수에서 북쪽으로 대흥안령(大興安嶺) 북쪽 시작점까지 3500리를 동서로 80등분, 남북으로 50등분하여 총 4000구역 가운데, 중요한 900군데를 골라 책 한 쪽마다 가로 50리, 세로 70리 지역 안의 산천과 들의 모양 · 높이 · 숲의 넓이 · 성곽 · 큰길 · 샛길 등을 상세히 기록해 한눈에 알아볼 수 있게 되어 있었다. 말하자면 자연을 10만분의 1 크기로 책 한쪽에 낱낱이 그려 넣은 것이었다.

더 특이한 것은 마지막 50여 쪽에 서역에서 발율(勃律) 북쪽 홀령, 소륵(疎勒: 지금의 중국 신강-위구르 서쪽)을 거쳐 토번(吐蕃) 북쪽의 농우도(籠右道), 양주(涼州), 삭방(朔方), 유림(楡林)을 지나 만리장성을 따라 요동에 이르는 길이 자세하게 표시되어 있었다. 각 쪽 밑에는 답사한 연월일이 적혀 있었는데, 오래된 것은 기묘년(己卯年: 620년) 4월부터, 가장 최근의 것으로는 계축년(癸丑年: 654년) 10월까지 있었다. 말하자면 을지문덕은 잠적한 직후부터 작년까지 장장 35년에 걸쳐 이 지도책을 만든 것이었다. 만춘은 책을 소중히 간직한 채 산에서 내려왔다.

　만춘의 추측은 맞았다. 김춘추는 즉위하자마자 법가(法家) 이론에 정통한 이방부령(理方府令: 법무부 장관) 양수(良首)를 등용하여 율령의 큰 항목은 물론 세칙에 이르기까지 가다듬어 내정의 기강을 잡았다. 한편으로는 당나라에 사신을 보내고 상주대사인 자기 아들 인문을 내세워 그동안 유명무실해진 나당 군사동맹의 부활을 꾀하였다.

　이때 당 고종은 무미랑에게 완전히 푹 빠져서 조정의 크고 작은 영(令)이 그녀의 치마 속에서 나왔다. 무 씨는 김춘추가 즉위하던 해에 소의(昭儀)가 되었고 이어 자신이 낳은 딸을 목 졸라 죽인 뒤, 왕황후의 짓이라고 덮어씌워 왕황후를 내쫓고 대뜸 황후가 되었다. 고종 즉위 이후 당나라의 정사를 주무르던 저수량, 장손무기, 이세적 가운데 친려파(親麗派)인 저수량과 장손무기는 무 씨의 황후 책봉을 한사코 반대한 반면, 좌복야(左僕射) 이세적은 권력에 눈이 어두워 이를 은근히 방조하였다. 무황후는 앙심을 품고 저수량을 담주(潭州)도독으로 좌천시켰다. 저수량은 거기서 죽고 장손무기에게는 모반의 누명을 씌워 관직을 박탈하고 검주로 귀양 보내 버렸다.

　이렇게 되니 고구려에 호의적인 대신은 당 조정 안에서 자취를 감추고 말았다. 뱃속이 몹시 교활하여 자기보다 뛰어난 사람을 걸어 넘어뜨리는 데 탁월한 재능을 가진, 이묘(李猫)라는 별명이 붙은 이의부(李義府)가 참지정사(參知政事)에 올라 정치를 전횡하였다. 이는 당나라에는 불행일지 모르나, 얄궂게도 신라 사신 김인문에게는 달리는 말에 날개를 단 격이 되었다. 김인문이 무황후에게 접근하여 고종에게 나당 공수동맹을 강력히 밀어붙이니 마침내 고종은 아비의 유조를 무시하고 동맹을 맺고 말았다.

이리하여 당나라와 신라 사이에는 어느 한 나라가 전쟁에 돌입하면 다른 한 나라도 자동으로 전쟁에 끼어든다는 자동개입조약이 다시 발효하게 되었다.

사정이 이렇게 발전한 줄을 모르고, 고구려의 개소문은 당이 신라에 완전히 기울어져 돌이킬 수 있는 가능성이 없어지자, 655년 정월에 연합군으로 신라의 북쪽과 서쪽을 동시에 치자는 백제의 제안에 동의하여 고구려군과 말갈족의 혼성군을 파견하였다.

신라왕 춘추는 김유신에게 고구려군을 막게 하고 둘째 사위인 낭당대감(郎幢大監) 흠운(欽運)에게는 백제군을 막게 하였다. 흠운은 집에서 잠을 자지 않고 비바람을 맞으면서 사졸들과 고락을 같이하며 출정 준비를 마쳤다. 그는 백제 땅에 이르러 양산(陽山)을 의지하고 조천성(助川城) 동쪽에 진을 쳤다.

밤이 되자 백제군은 신라군의 진지 반대편인 서쪽 문을 살그머니 빠져나와 담벼락에 바짝 붙어 동쪽으로 이동한 뒤에 신라군 진지에 화살을 비 오듯 날렸다. 신라군은 대혼란에 빠졌다.

"방패로 막고 자세를 낮추어라! 적의 창병이 곧 몰려올 테니 백병전을 준비하라!"

흠운이 소리 질렀으나 혼란은 진정되지 않았다. 흠운이 창을 쥐고서 한쪽 무릎을 세우고 앉아 백제군의 접근을 기다리고 있는데 부장인 대사(大舍: 신라 17관등 중 열두 번째) 전지(詮知)가 권했다.

"적이 야음을 타고 들어와, 피아와 지척을 분간할 수 없습니다. 여기서 만일 개죽음을 하게 되면 귀한 신분을 누가 알아주기나 하겠습니까? 또 백제에서는 신라왕의 사위를 죽였다고 떠들 터이니 일단 피하였다가 후일을 도모하는 것이 좋을 듯합니다."

"대장부가 이미 몸을 나라에 바치기로 했다면 그뿐이지 누가 내 죽음을 알아주든 말든 그게 무슨 차이가 있겠는가? 구태여 명예를 구하는 것도 우스운 일이다."

흠운은 도무지 움직일 생각을 하지 않았다. 시종이 말고삐를 잡고 돌리려 하자 흠운은 칼을 빼어 위협하며 종을 쫓아 버렸다. 그리고는 백제군 쪽으로 돌격하여 장렬하게 싸우다 죽었다. 이에 대감(大監: 신라 병부의 벼슬. 6등관 아찬 이하의 계급에서 임명되는 무관직) 예파(穢破)와 소감(少監: 12등관 대사 이하의 계급에서 임명되는 무관직) 적득(狄得)도 싸우다 죽었다. 보기당주(步騎幢主: 11등관 나마~8등관 사찬 사이에서 임명되는 무관직) 보용나(寶用那)가 흠운이 전사했다는 보고를 받고 탄식했다.

"그는 혈통이 귀하니 싸우다 죽지 않아도 부귀공명을 누릴 사람인데 절개를 지켜 죽었거늘, 하물며 나 같이 죽건 말건 나라에 지장이 없는 사람이 살아 무엇하랴?"

그 역시 적진으로 쳐들어가 싸우다 죽었다. 사람들이 이 소식을 듣고 슬퍼하며 〈양산가(陽山歌)〉를 지어 불렀다.

5. 백마강의 한

신라의 상류층이 그들의 의무를 다하며, 이름을 욕되게 하지 않으려고 죽음도 불사한 반면, 백제의 사정은 그렇지 못 했다. 신라왕 춘추는 두 명뿐인 사위를 전장에서 모두 잃었지만, 백제왕 의자는 657년 정월에 수많은 궁녀들 사이에서 낳은, 하는 일 없는 빈둥거리는 41명의 서자(庶子)들에게 좌평 벼슬을 내리고 식읍(食邑)도 주었다.

이보다 2년 전에는 태자궁을 아주 사치스럽고 화려하게 수리하고 왕궁 남쪽에 망해정(望海亭)을 세웠다 의자는 무왕 때보다 훨씬 더 많은 궁녀들과 이곳에서 주색에 빠져 세월 가는 줄 몰랐다.

보다 못 한 성충이 충고했다.

"전하, 관작을 주는 것온 그 하는 일과 상응하여야 합니다. 좌평은 나라의 최고 벼슬입니다. 아무리 전하의 자손이라 하지만 벼슬을 함부로 내리면 위계질서가 어지러워집니다. 식읍을 내리는 것은 왈가왈부할 일이 못 되오나, 벼슬까지 내리는 것은 심히 부당한 처사로 사료되옵니다."

의자왕은 입맛이 썼다.

"알겠소. 다시 생각해 볼 테니 물러가시오."

성충이 물러나자 달솔 상영(常永)이 들어왔다.

"내가 태자들에게 좌평 벼슬을 내린 것을 두고 말들이 많은 모양인데 경의 생각은 어떠한가?"

"소인의 생각으로는 그것은 마마의 집안일입니다. 대신들이 왈가왈부할 일이 못 됩니다."

의자왕은 귀가 솔깃했다.

"그렇지? 그런데 성충은 내가 무슨 망령이라도 난 듯이 말한단 말이야."

상영은 이때야말로 왕의 신임을 얻을 절호의 기회라 생각하였다.

"마마, 성충 대감의 능력이 출중한 것은 인정하는 바이오나 국사를 한 사람에게 너무 의존하는 것도 문제라 여겨집니다. 전하께서는 여러 신하에게 골고루 신임을 주시어 그들끼리 서로 경쟁하고 비판을 하도록 한 뒤에 공평하게 그 중 한 의견을 취하면 될 것입니다."

왕은 고개를 끄덕였다.

"맞아, 신하들이 편을 나누어 서로 토론을 하도록 하면 더 좋은 의견이 나오겠지. 음…… 내가 그동안 너무 성충에게만 의존한 건 사실이야. 앞으로는 여러 사람들의 의견을 골고루 취하도록 해야겠어."

그러자 상영은 결정적인 한마디를 더 추가했다.

"그렇지 않아도 조정 내부에선 성충 대감의 전횡이 너무 심하다는 의견이 많습니다. 이것은 모두 성 대감이 전하의 신임을 너무 믿기에 자신도 모르게 교만한 마음이 생겼던 것입니다. 앞으로 모든 신하들에게 골고루 신임을 주시면 이런 폐단은 저절로 없어질 것입니다."

"알았어. 앞으로는 그렇게 하겠네."

그 뒤로는 의자왕은 대신들끼리 서로 난상토론을 하게하고 이것을 은근히 즐겼다. 심지어 서로 인신공격을 서슴지 않는 경우에도 왕은 아무런 간섭을 하지 않았다. 또 아무래도 말재주가 달리는 무신들을 문신보다 한 단계 아래에 두었다.

"앞으로는 조정에서 문관 우위를 원칙으로 하겠다."

왕은 이렇게 선언했다.

대궐에서 자주 벌어지는 연회나 놀이에서도 무신들은 언제나 찬밥이었다.

"자네들은 시도 못 읊고 풍류도 모르니 경비나 서게."

문신들은 무신들을 이렇게 조롱했다.

과감히 결단을 내려야 하는 과제들은 성충 일파와 상영 일파 사이에 왈가왈부를 거듭하다가 흐지부지되기 일쑤였다.

'아! 이제 국운이 다하는가 보다……'

성충은 절망에 빠졌다. 처음 의자가 등극하였을 때, 왕은 성충을 수석 좌평에 앉혔다. 성충도 신명이 나 온갖 혁신안을 내어 흐트러진 국가 기강을 바로잡으려 하던 일이 엊그제 같았다. 이제 15년 남짓, 그 개혁이 채 마무리되기도 전에 의자가 탈선을 한 것이

90

었다.

'주색이 한 인간의 인격을 이처럼 쉽게 인격을 망치는가?'

성충은 600년 이상 내려온 탄탄하던 나라가 어떻게 걷잡을 수 없이 내리막길을 달릴 수 있는지 믿어지지가 않았다.

'국왕이 고생을 모르고 자라서 그렇다. 인격이란 불에 강철을 달구듯 달구고 두들겨야 하는데 왕은 너무나 순탄한 길을 걸었다.'

'아니다. 문제는 국왕 옆에서 하는 일 없이 온갖 단물을 빨아들이며 기득권을 놓지 않으려는 간신들 때문이다.'

그는 한숨만 쉬었다.

어느 날 계백이 성충을 찾아왔다. 둘이 술을 마시고 얼큰할 즈음 계백이 말을 꺼냈다.

"사돈어른, 지금 나라 꼴이 말이 아닙니다. 그냥 보고만 계실 겁니까?"

"보고만 있지 않으면?"

"지금 왕이 문젭니다. 등극 당초의 왕이 아닙니다."

"아니, 간신들이 문제야. 나랏일은 뒷전이고 국왕에게 아부만 하려드니……."

"나도 처음엔 그렇게 생각했습니다. 그러나 그게 아닙니다. 국왕이 간사한 말을 물리치면 그들이 어떻게 설칠 수 있겠습니까?"

"아무리 간해도 듣지 않는 국왕을 어떻게 한단 말인가?"

계백은 목소리를 낮췄다.

"결단을 내리십시오. 무신들은 제가 다 설득시킬 수 있습니다. 거사를 해서 상영 일당을 일거에 주살하고 왕을 폐위시킨 다음, 왜에 가 있는 왕자 풍을 모셔다 옹립하면 민심이 모두 따를 것입니다. 이 일을 해낼 사람은 사돈어른밖에 없습니다."

성충은 아연했다.

"정변을 일으킨다고? 고구려의 개소문처럼?"

"정변이 아닙니다. 혁명입니다."

"안 돼! 그건 안 되오. 그건 나라가 더 빨리 망하는 길이오."

성충은 유가(儒家)인지라 사고의 한계가 거기까지였다. 국왕을 폐하면서까지 변혁을 꾀할 엄두가 나지 않았다. 또 성격도 결코 개소문처럼 강하지를 못 했다.

"내가 마지막으로 목숨을 걸고 왕을 설득해 보겠네. 이게 마지막 기회야."

그는 차라리 스스로를 버릴 각오를 했다.

그 후 성충은 며칠 동안 집에 들어박혀 왕에게 올리는 긴 상소문을 썼다. 상소문에는 국정 전반에서부터 국제정세, 또 왕과 측근의 비리에 이르기까지 조목조목을 열거하였으며 간신들에 대한 탄핵까지 포함되어 있었다. 그는 상소문을 올리고 대궐 앞에 엎드려 물러나지 않았다.

'귀찮은 놈! 누가 저만큼 몰라서 실천하지 못 하는가? 알면서도 내 의지대로 되지 않을 뿐이다. 공자, 맹자가 인간성에 대해 무엇을 아는가? 내게 그들 이상 가는 이론으로 얘기를 해 주면 그에 따르겠다.'

의자왕은 그를 무시했다.

성충은 식음을 전폐하고 궐 앞에서 물러나지 않았다. 열흘이 지났다. 굶어 죽기 직전, 그는 붓을 청하여 마지막 글을 올렸다. 그

글 중에 이런 문구가 있었다.

'……충신은 죽어도 나라를 잊지 않는다 했으니 원컨대 한 말씀 올리고 죽겠습니다.

신이 때와 그 변화를 살피건대 머지않아 전쟁이 있을 것입니다. 무릇 군사를 쓸 때에는 반드시 그 지리를 살펴 선택해야 할 것이며 흐름을 잘 타서 적에 대처해야만 가히 보전할 수 있을 것입니다. 만약 외국의 군대가 오면 육로로는 탄현을 넘지 못 하게 하고, 수 군은 기벌포 언덕에 진입하지 못 하게 하고서 험난하고 길이 좁은 곳에 의지하고 적을 막은 연후에야 가할 것입니다.'

의자왕은 뱃놀이 가운데 이 글을 받아 한번 읽어보고는 구겨서 물속에 던져 버렸다.

"그래, 성충은 아직도 궐 앞에 엎드려 있느냐?"

"숨을 거두었습니다."

"흠, 고집 센 녀석……."

"장례식을 어떻게 할까요?"

"일없다. 그냥 시체나 치워 버려라."

그러자 흥수(興首)가 간했다.

"전하, 그는 선왕 때부터 봉직해 온 충직한 신하이옵니다. 한때 는 고굉지신이었고, 나라를 위하여 고구려와 왜를 밥 먹듯 드나들 었습니다. 마땅히 후히 장사 지내고 왜와 고구려에도 통보하는 것 이 옳은 줄로 아옵니다."

왕은 마지못해 허락하였다.

시국이 이렇게 돌아가자 좌평 가운데 한 사람인 임자(任子)는 어느 날 퇴청하여 집으로 돌아가던 길에 중얼거렸다.

"좌평 벼슬이 노새의 고깔보다 못 하도다."

의자왕이 서자 41명에게 한꺼번에 좌평 벼슬을 내린 것에 대한 토로였다. 그때 그의 마차꾼은 신라에서 급찬(級飡: 신라 벼슬 17단계 가운데 아홉째) 벼슬로 부산현령(夫山縣令)을 지내다가 백제에 포로가 된 조미곤(租未坤)이었다. 조미곤은 임자의 말을 듣고는 슬쩍 입을 열었다.

"대감마님, 저는 이미 백제 백성이 되었습니다만 원래는 신라 사람이었기 때문에 말씀 드립니다. 나라가 흥하고 망하는 것을 아는 것은 쉬운 일이 아니겠으나, 지금 백제의 돌아가는 상황은 망조든 증세가 농후합니다. 대감께서 저의 충정을 믿어주신다면 저를 보내 신라의 유신 공을 만나게 해 주십시오. 만일 백제가 망하면 대감께서 유신 공에게 의탁하시고, 신라가 망하면 유신 공이 대감께 의탁하는 방도를 마련하여 오겠습니다."

임자는 이 이야기를 듣고 아무런 대답을 하지 않았다. 그러다 석 달 뒤 그는 조미곤에게 새삼 그 말을 꺼내어 신라에 다녀와도 좋다는 허락을 내렸다.

그 뒤로 임자는 고위 대신이면서 신라의 고정간첩이 되었다. 백제의 중요한 국가기밀은 고스란히 임자를 통하여 유신의 손으로 넘어갔다.

한편 군승은 장인인 성충의 사망 소식을 듣고 장례식에 참석하러 떠났다. 그는 만춘에게 장모 일가를 고구려로 모셔올 테니 허락해 달라고 했다. 만춘의 허락을 받고 군승은 백제로 가 성충의 아들 훈을 만났다. 훈은 모든 벼슬을 잃고, 실의에 잠겨 있었다. 군승은 의자왕이 살아 있는 한 식구들의 입에 풀칠하기도 어려울 텐데 식구 모두가 안시성으로 옮겨 살 것을 권유했다. 그러나 훈 내외는 한사코 거절하였다. 다만 부친의 죽음으로 깊은 상심에 젖어 있는 어머니만은 모셔 가 주기를 원했다. 군승은 장모인 자옥과 함께 고구려로 돌아왔다. 자옥은 만춘의 소매를 잡고 울었다.

　신라와 공수동맹을 맺은 당나라는 다시 고구려에 대한 전단을 열었다.

　658년 6월. 당나라 조정은 영주도독 정명진에게 동이도호(東夷都護)라는 벼슬을 주고 우령군중랑장 설인귀와 함께 병사 6만으로 요동을 침범케 했다. 그러나 당군은 안시성에서 출병한 고구려군에게 쫓기자 민간인들을 학살한 뒤 민가를 불태우고 돌아갔다.

　이듬해 9월. 만춘은 왕의 부름을 받고 급히 평양으로 갔다. 이즈음 평양에서는 백주에 호랑이 아홉 마리가 나타나 여러 사람을 해쳤으나 한 마리도 잡지 못 하여 민심이 흉흉하였다. 왕은 만춘을 독대하는 자리에서 조용히 입을 열었다.

　"장군이 변방을 든든히 지켜 주어 이곳에 있는 우리 마음이 든든하기 그지없소. 지난번 경이 올린 상소문은 내가 잘 읽었소."

　만춘은 왕이 상소문을 언급하자 다소 기분이 고무되었다.

　"소인의 공이 아니라 요동의 여러 성주들이 다들 용맹하고 제 직분을 다하기 때문입니다. 그러나 당군이 끊임없이 싸움을 걸어오고 있으므로 아직 안심할 때는 못 됩니다."

　"들어서 알고 있소. 여러 성주들이 장군을 중심으로 따르고 있다지요? 다 경의 인품이 뛰어난 때문이 아니겠소?"

"황공합니다."

만춘은 겸손해 했으나 사실이었다. 세민의 당군을 물리친 결정적 공훈 외에도 그 뒤의 크고 작은 싸움에서 계속 승리하자 만춘의 성가는 한껏 올라갔다. 이와 함께 연개소문의 거사에 가담하지 않았던 이른바 비주류 장수들도 종전의 찬밥 신세에서 벗어나 처지가 많이 나아졌다.

"그런데 외적의 침입보다 더 걱정인 일이 하나 있어 경을 불렀소. 경이 아니면 상의할 데가 있어야지⋯⋯."

보장왕이 얼굴에 수심을 가득 띠우자 만춘은 오히려 왕이 측은한 생각이 들었다. 연개소문의 그늘에 가려 꼭두각시 노릇을 하자니 오죽 힘들겠는가? 왕이란 허울을 쓰고는 있었지만 개소문의 동의 없이는 아무 결정도 내릴 수 없는 왕이 안쓰러웠다. 마침 개소문은 동북 국경을 둘러보러 평양을 비운 참이었다.

"경도 들었겠지만 얼마 전엔 호랑이가 난동을 피웠지⋯⋯ 아무래도 먹이가 될 초식 동물들이 이동해 버렸기 때문에 먹이가 부족해 사람들을 해친 것 아니겠소? 재작년엔 하늘에서 쇠가 비처럼 쏟아지지 않나? 산불은 그치질 않고⋯⋯."

만춘은 왕이 위기의식에 전혀 둔감한 건 아니구나 하고 생각하였다.

"옛적부터 이르기를 어진 사람이 떠나가면 그 땅이 척박해진다는 말이 있소. 경은 어떻게 생각하오?"

"그, 그럴 수도 있겠지요⋯⋯."

만춘은 왕의 말뜻을 몰라 얼버무렸다.

"내가 마음에 걸리는 게 있소. 9년 전 여름 6월에 반룡사(盤龍寺)의 보덕화상(普德和尙)이 조정에서 도교를 받들고 불교를 배척한다고 남쪽으로 떠나가 버린 일 말이오. 그 뒤 7월에 난데없이 서리와 우박이 쏟아져 곡식이 다 죽고, 지금까지 재앙이 끊이지 않고 있소."

"전하. 보덕화상이 아무리 덕망 있는 승려였다 해도, 그것은 우연의 일치일 뿐입니다."

만춘은 왕이 다소 엉뚱하다고 생각했다.

"아니오. 보덕화상이 우리 고구려에서는 와룡(臥龍)이라 불렸을 정도로 당대 으뜸가는 승려임엔 틀림없잖소?"

"……."

만춘은 왕이 심약해서 저런 생각을 하는구나 싶어 침묵을 지켰다.

"그래서 말인데…… 경이 은밀히 그 스님을 찾아내어 도로 모셔 올 수 없겠소? 경이 바쁜 줄은 알지만, 경 같은 사람이 나서지 않으면 그 분은 여간해서 마음을 돌이킬 사람도 아니고, 또 이 기회에 남쪽의 사정도 자세히 파악할 겸…… 내 언젠가 막리지에게서 경이 젊었을 때 장안에서 첩보 업무를 수행해낸 적이 있다는 말도 들었소."

만춘은 왕의 갑작스런 이 부탁에 적잖이 당황하였다.

"하오나 지금 국경 사정이, 언제 어떤 일이 터질지 모르는데……."

"나도 그건 알고 있소. 그러나 지금 안시성 부성주인 고연무 장군의 능력이 출중하다고 들었소. 그 사람에게 잠시 일을 맡기고 다녀오면 안 되겠소? 오래 있지는 말고 서너 달 안으로 못 찾거나 설득할 수 없으면 도로 돌아오시오.”

왕은 이미 결정을 내린 상태에서 그를 부른 게 분명했다. 만춘은 막리지와 이 사실을 상의한 적이 있느냐고 물어보려다 그만두었다. 왕의 권위를 너무 무시하는 것 같아서였다.

“그렇다면 이 길로 바로 남쪽으로 출발하겠습니다.”

“고맙소. 역시 경답소. 안시성에는 내가 사자를 보내 모종의 특별 임무를 수행한다고만 알리겠소. 절대 이곳에서도 경과 나 이외에는 아무도 모르게 은밀히 행동하시오. 내가 듣기로는 보덕화상이 백제의 완산(完山)에 있는 고대산(孤大山)으로 간다며 떠났다는데 일단 그곳으로 가 보시오.”

만춘은 물러나와 보장왕의 부탁을 곰곰이 되새겨 보았다. 왕의 진정한 의도가 무엇인지 골똘히 생각해 봤지만 도무지 감을 잡을 수 없었다. 처음에는 왕이 그를 안시성 성주에서 직위해제를 시키려는 게 아닐까 의구심도 가져 봤지만 그런 것 같지는 않았다. 분명 시한을 정해 주고 그 안에 돌아오라고 하지 않았는가? 또 직위해제를 시키려면 후임에 다른 사람을 임명할 일이지 만춘의 충실한 심복으로 잘 알려진 고연무에게 임시로 안시성을 관장하라 할 이유가 없지 않은가? 결국 심약한 왕이 잇단 사고와 재해에 신경쇠약이 되어 엉뚱한 발상을 한 거라고 해석할 수밖에 없었다.

만일 보덕화상이 정말로 돌아온다면, 실제로 재해 방지와는 아무런 인과관계가 없다 할지라도 아직도 대다수 백성이 불교신자임을 감안해 볼 때 민심의 안정에 적잖이 이바지할 것이라는 점은 충분히 수긍이 가는 사항이었다. 특히 도교 신봉자인 연개소문이 없는 자리에서 몰래 자신에게 부탁하는 정황을 봐서라도 충분히 이런 추측이 가능했다.

만춘은 백제로 향하였다. 그는 고구려 장수 신분이 드러나도 백제와 고구려는 동맹국이라 문제될 것이 없었지만, 왕이 은밀히 진행하라 하였으므로 그 옛날처럼 다시 중 행세를 하려고 머리를 깎았다.

'나는 전생에 절이나 중과 무슨 인연이 있나 보다.'

만춘은 구리거울로 자신의 모습을 들여다보며 생각했다.

패수 어귀와 백제 사이를 간헐적으로 오가는 무역선에다 몸을 싣고 백강 입구에 도착하니 9월 중순이었다.

배가 뭍에 닿자 백제 기찰병들이 우르르 몰려왔다. 만춘은 배한 켠에 서서 조용히 기찰하는 광경을 지켜보았다. 군사들은 몇 무리로 나누어 사람들을 조사하였다. 그들은 신분 확인에는 관심이 없고 주로 물건에 시비를 걸며 물건 임자와 뇌물 협상에 곧장 들어갔다. 그들은 복장도 허술하였다. 투구를 삐딱하게 쓴 자, 앞섶이 반쯤 열린 자들이 많았다. 만춘은 고개를 저었다.

'오동잎 하나가 떨어지는 것만 봐도 천하에 가을이 왔음을 알수 있다 하지 않았던가? 나라의 첫 관문을 지키는 병사들이 저 모양이니……'

이런 나라를 동맹국으로 믿고 있는 고구려가 한심하다는 생각이 들었다. 만일 신라의 첩자가 이 배에 탔다면 저처럼 허술한 검문을 통과하기란 식은 죽 먹기보다 쉬울 것 같았다. 그는 몇 년 전 김춘추가 고구려에 와 동맹을 맺자고 청했을 때 연개소문이 거절해 버린 일이 새삼 아쉬웠다. 김춘추는 지금 신라의 왕이 되지 않았는가?

그러나 그의 이러저러한 상념도 배에서 내려 오곡이 무르익어 추수를 기다리는 드넓은 평야를 보는 순간 말끔히 달아났다. 생각하면 몇 년 만인가? 41년 전 그가 자옥을 만나러 올 때도 바로 이곳, 그리고 가을 이맘때쯤이 아니던가?…… 세월이 그렇게 빨리 흐르다니…… 그 자옥은 지금 지아비인 성충과 사별하고 만춘네에 의탁하고 있고……

'불쌍한 여자…….'

만춘은 지금까지 소연에게 눈치가 보여 일부러 그녀에게 무심했던 일을 자책하며 돌아가면 앞으로는 좀 더 친절히 대해야겠다고 마음먹었다. 그는 발걸음을 서남쪽으로 돌려 고대산이 있는 완주로 향했다.

도중에 해가 저물어 주막집에 들어가 요기를 하였다. 만춘은 주위의 여행객들이 주고받는 이야기에 다시금 심란해졌다. 그 이야기들은 온통 사비성 안팎에서 떠도는 유언비어 일색이었다.

요즈음 밤에 궁중에서 홰나무가 마치 사람의 곡성을 내며 울고, 궁궐 남쪽에서는 밤마다 귀신이 나타난다는 것이었다. 지난달에는 생초(生草) 나루에서 길이가 18자나 되는 여자 시체가 떠올랐으며, 지난 2월에는 수십 마리의 여우가 궁궐 안으로 들어왔는데 흰 여우 한 마리가 상좌평의 책상 위에 앉았다고 했고, 4월에는 태자궁의 암탉이 참새와 교미를 했다는 이야기며 5월에 사비하에서는 무려 길이가 세 장이나 되는 큰 물고기가 솟구쳐 물가로 뛰쳐나와 퍼덕이다가 죽었는 둥 믿기 어려운 요상한 이야기들이 끝없이 이어졌다. 특히 의자왕을 원망하는 목소리들은 한결같았다. 또한 큰 전쟁이 임박했다는 이야기, 난리가 나면 어떻게 해야 하냐는 걱정, 그러면서도 막연히 고구려가 도와주겠지…… 하는 설왕설래로 이어졌다.

'백제의 사직이 바람 앞에 등불이구나……!'

밤이 깊었다. 곰팡내가 퀴퀴한 작은방 한쪽에서 바랑을 베개 삼아 드러누운 만춘은 눈을 감았으나 잠이 오지 않았다.

'만일 정말로 백제가 무너지면 그 뒤엔 어떻게 될 것인가? 신라와 당나라가 남북에서 한꺼번에 협공하여 온다면 과연 고구려가 몇 년이나 버틸 수 있을 것인가?

'뭔가 대책이 있어야 한다. 다시 신라와 손을 잡는 건 어떨까? 신라가 응할까? 당의 최종 목표는 백제, 고구려, 신라를 차례로 무너뜨리고 이 동방 땅을 송두리째 삼키는 것이다. 그 점을 잘 설득시키면 신라가 응하지 않을까?

그는 이 생각 저 생각으로 엎치락뒤치락하였다. 이튿날 하루를 꼬박 걸어 저녁 무렵 고대산에 이르렀다. 물어물어서 경복사(景福寺)를 찾아갔다. 보덕화상의 안부를 묻자, '적멸(寂滅)'이라고 자기를 소개한 중이 나서서 말했다.

"스님은 3년 전에 신라 땅, 삼기산(三岐山) 금곡사(金谷寺)로 가셨습니다."

만춘은 잠시 망설였다. 그냥 돌아갈 것인가, 아니면 위험을 무릅쓰고 신라로 들어갈 것인가? 그러나 왕명을 거역하기도 어렵고 또한 신라는 지금 어떻게 돌아가고 있는가 하는 궁금증이 그의 발길을 신라로 돌리게 했다.

　그래서 적멸 스님이 일러준 대로 산길로 덕유산을 넘은 뒤 계속 동진하여 보름 뒤에 서라벌에서 서남쪽으로 100여 리 떨어진 삼기산에 이르렀다. 그러나 거기에서도 '보덕 스님은 서라벌의 분황사(芬皇寺)로 가셨다' 는 것이었다. 이제는 그를 만나려면 적국 수도 한복판으로 들어가야 할 판이었다.

　'이왕 내친김에…….'

　만춘은 주저 없이 서라벌로 향하였다. 북쪽으로 이어진 산줄기를 따라 계속 걸었다. 사흘 만에 서라벌에서 달구벌 쪽으로 뻗은 길에 이르렀다. 무장을 한 병사들 일행이 행진하는 모습이 가끔 눈에 띄었다. 해이해진 백제 병사들과는 달리 기강이 삼엄하였다.

　'신라가 역시 괄목상대할 나라로구나…….'

　이튿날, 조그만 고을을 지나는 길이었다. 저자 한 켠이 떠들썩하여 가까이 다가갔다. 중 한 명이 구경꾼들에게 둘러싸인 채 떠들어대고 있었다. 중이 절에서 설법하지 않고 거리에서 떠드는 것은 흔한 일이 아니었다. 만춘도 호기심이 생겨 구경꾼들 틈에 끼어 옆 사람에게 슬쩍 물어보았다.

　"저 중이 누구요?"

　"소성거사(小姓居士)라 하는데, 원래 이름은 원효래요. 파계하여 과부와 자고 아들까지 낳은 뒤 저렇게 거리로 떠돌아다닌다오."

　"과부도 과부 나름이지 요석공주와 잤다잖아."

　다른 이가 아는 척 거들었다. 자세히 보니 오래 전에 의상과 함께 산첩 혐의로 잡혀 가는 것을 자신이 풀어 줬던 그 중이 분명하였다. 원효는 마치 광대처럼 노래도 부르고 춤도 춘 뒤에 간단한 경 하나를 외우고 나서는 구경꾼들과 큰 소리로 말을 주고받았다. 사람들이 좀 이상한 질문을 해도 그는 거리낌 없이 답을 하곤 했다.

"대사님, 대사님이 과부와 잤다는 것이 참말입니까?"

구경꾼 가운데 한 사람이 모두들 들으라는듯이 목청을 높였다. 원효는 말한 사람 쪽을 바라보며 응수했다.

"그래 참말이다. 너는 이때까지 몇 명의 여자와 같이 잤느냐?"

주먹코가 툭 튀어나온 그 사내는 열 손가락을 다 쳐들어 보인 뒤 다시 다섯 손가락을 더 쳐들어 보였다. 구경꾼들이 "우— 우" 하고 야유를 보냈다.

"그래, 그러면 방사를 한 것은 백 번이 넘겠구나! 해 보니 어떻더냐? 깨끗하더냐? 더럽더냐?"

구경꾼들의 시선이 다시 그 사내에게 쏠렸다.

"스님은 거시기하실 때 불 켜고 들여다보고 했습니까? 저는 컴컴한 데서 해서 드러운지 깨끗한지 모르겠습디다."

구경꾼들이 "와" 하고 웃음을 터뜨렸다. 그러자 주먹코 옆에 있는 사람이 그를 가리키며 말을 받았다.

"이놈은 생전 목욕을 안 하는 놈입니다. 아마 깨끗한 여자라도 이놈과 하고 나선 드러워졌을 겁니다."

구경꾼들은 다시 웃음을 터뜨렸다.

"그래? 나는 딱 한 번 했지만 목욕은 하고 했다. 너도 다음부턴 목욕을 하고 해라.

들어라! 더럽든 깨끗하든 부처님도 여자의 자궁 속에서 태어났다. 경전에 이르기를 '저 오묘한 연꽃이 높은 벌판에서 나오지 않는다' 했다. 너희들이 죽어서 저승사자 앞에 섰을 때, 저승의 심판관이 중이라고 엄하게 심판하고 속인이라고 관대히 봐 주지 않는다. 왕이나 무지렁이 백성이나, 승려나 거지나 똑같은 잣대로 판단한다. 중요한 것은 마음이다. 마음이 깨끗해야 극락에 갈 수 있다. 겉으로 사람을 판단하지 마라. 강아지 다리 하나 싸매고 치료해 주는 것이 황룡사에 300섬을 시주하는 것보다 부처님의 눈에는 더 크게 보일 수도 있다. 너희들 눈엔 최고로 더러운 거지도 마음은 부처님과 닮은 사람일 수 있다……."

원효의 설법은 계속 이어졌다. 그는 사람들이 경전에 관한 것이든 신변잡사이든 물으면 거침없이 답변해 주고 또 거꾸로 자신이 사람들에게 질문을 던지곤 했다. 만춘은 들을수록 이 저잣거리의 설법에 흥미가 끌려 끝까지 들었다.

설법이 끝난 뒤 사람들은 하나 둘씩 흩어졌다. 원효가 '일체무애(一切無碍)'라고 새겨진 커다란 바가지를 덮어 쓰고, 등짐꾸러미를 걸머지면서 떠날 준비를 했다. 만춘은 그에게 다가갔다. 만춘은 신분이 탄로 날까 염려도 되었지만 원효에게는 아는 체를 하기로 했다.

"스님, 저도 광대짓 보조로 좀 써 주십시오!"

원효는 그의 얼굴을 한참 들여다보더니 깜짝 놀랐다.

"호! 나 말고도 가짜 중이 하나 더 있었구려. 여긴 어쩐 일이십니까?"

원효는 졸졸 따라오는 아이들을 손짓으로 쫓았다. 만춘이 등짐 속에서 얼른 알밤 몇 개를 꺼내 아이들에게 나눠 주면서 돌려보냈나. 난둘이 길을 걷게 되자 원효가 다시 물었다.

"아니, 적정을 염탐하려면 젊은 아이들을 보내면 되지, 신라는 물론 중국에까지 알려진 장군이 직접 오셨습니까?"

"그런 게 아니고……."

만춘은 자기가 온 목적을 설명했다.

"보덕 스님은 지금 분황사에 안 계십니다. 작년 초에 오대산으로 가셨습니다."

만춘은 다시금 난감한 처지가 되었다. 오대산까지 가려면 수없이 많은 신라군의 요충지를 거쳐야 한다. 과연 무사히 거기까지 갈 수 있을 것인가? 만춘의 속마음을 읽기라도 한듯 원효가 말했다.

"그러시다면…… 소승도 사실은 서라벌에서 지껄이는 일이 대충 끝나, 지방 나들이를 할 참이었는데 저랑 함께 가십시다. 제가 오대산에 보덕 스님이 계시는 절까지 안내해 드리지요."

원효의 제의에 만춘은 금방 동의했다. 신라의 유명한 중과 같이 돌아다니는데 설마 고구려에서 온 가짜 중이라고 누가 의심하겠는가?

그때부터 만춘은 원효의 동행이 되었다. 원효의 저잣거리 설법은 이때부터 종목 하나를 더하게 되었다. 만춘이 먼저 차력이나 창봉술 시범으로 구경꾼들을 모은 뒤, 원효가 설법을 펴는 식이었다. 덕분에 원효의 설법은 인기를 더하여 점점 더 많은 사람들이 모여들었다. 심심찮게 만춘의 무술 시범에 힘깨나 쓴다거나 무술이 뛰어나다고 자부하는 장정들이 도전해 왔지만 어느 누구도 만춘의 상대가 되지 못 했다. 원효는 만춘을 '중국 소림사에서 정통 무예를 익힌 고수'로 소개하면서 설법의 마당을 장식하는 예비 무대로 삼았다.

"장군, 장군께선 고구려로 돌아가시지 말고 평생 저와 같이 불제자 노릇을 하면서 천하를 유람하는 게 어떻습니까?"

원효는 흐뭇한 듯 이런 농담까지 하였다. 원효는 낮에는 거리 설법을 하고 밤에는 경전을 열심히 공부하며 뭔가를 적었다.

"아니, 그만큼 도통했으면 됐지, 무슨 공부를 그렇게 열심히 하고 있소?"

어느 날 만춘이 물었다.

"이것이 이른바 용궁에서 나왔다는 전설을 가진 《금강삼매경(金剛三昧經)》입니다. 너무 방대하고 앞뒤가 뒤섞여 웬만큼 박식한 고승도 읽기가 힘듭니다. 제가 체계적으로 정리하여 주석서를 편찬하려고 작업 중입니다."

중이라면 경전을 달달 외우고 염불만 부지런히 하는 줄로만 알았던 만춘은 원효의 초인적인 노력에 감탄을 금할 수 없었다.

둘은 무술 시범과 문답식 설법 여행을 하며 한산주에 이르렀다. 만춘은 빨리 오대산에 가 보덕화상을 만나려는 급한 마음에 서라벌에서 동해안을 따라 바로 북상하고 싶었다. 하지만 원효의 설법 여행 계획에 하는 수 없이 맞추어야 했다. 한편으로는 신라의 최정예 부대가 주둔하고 있다는 한산주의 실정도 살필 수 있는 기회였고, 날이 갈수록 원효의 거리 설법에 점점 더 호기심이 깊어지게 된 것도 그가 한산주를 거쳐 오대산으로 가는 데 반대하지 않은 요인이었다. 어쨌거나 졸지에 신라 국토를 거의 한 바퀴 도는 셈이었다.

그런데 문제가 발생했다. 한산주에 이른지 얼마 안 되어, 요석 공주가 지난날의 하룻밤 정분을 못 잊어 원효를 만나러 한산주까지 온 것이다. 난처해진 두 사람은 한산의 북쪽 100여 리 떨어진 산(지금의 소요산)속으로 들어가 숨었다. 그러나 요석은 원효 일행을 탐문하여 산 밑에까지 와 진을 치고는 원효에게 만나자며 사람을 보내왔다. 물론 원효는 일언지하에 거절하였다.

불안한 것은 만춘이었다. 일단의 신라군들이 산 밑에 진을 치고 수시로 산을 오르락내리락거리니 마음이 여간 초조하지 않았다. 열흘이 지나도록 요석을 물러나지 않았다. 원효도 세속의 인연에 번민하는 듯 여러 날 음식도 제대로 들지 않아서 초췌한 몰골이 말이 아니었다. 마침내 만춘이 말했다.

"일단 설법을 중지하고 여기서 산길을 따라 동쪽으로 빠져 도망칩시다."

원효가 동의하여 둘은 동쪽으로 겹겹이 이어진 산기슭을 따라 한산주를 벗어난 뒤에 북한수를 건너 오대산으로 향하였다.

"정이란 끊기 힘든 것이오. 그렇게 번민할 일을 왜 저질렀소?"

도중에 만춘이 원효에게 슬며시 물어보았다.

"글쎄요…… 무애(無碍)란 사물을 피하는 것이 아니라, 접하고도 담담해질 수 있어야 한다고 생각했었는데, 그게 말처럼 쉽지 않군요…….."

20여 일을 거의 산길로만 걸은 뒤에야 두 사람은 오대산에 이르렀다. 보덕화상은 수다사에서 제자들을 가르치며 지내고 있었다. 만춘이 원효와 같이 나타나자 적잖게 놀라는 표정이었다. 만춘이 그가 온 목적과 보장왕의 말을 전하자 보덕은 조용히 웃기만 하였다.

"장군, 장군의 이야기를 들으니 고구려왕은 내가 고구려를 떠나면서 무슨 저주라도 내려 재앙이 끊이지 않는 것으로 생각하는 모양인데…… 불법이란 대자대비한 것이오. 도교를 믿든 불교를 믿든 그것으로 부처님이 화낼 일은 아니오. 또 이 보덕이가 그렇게 편협한 인간도 아니고…… 단지 지금 고구려 조정에서 따르는 건 순수한 도교가 아니라 후한(後漢) 말년에 장도릉(張道陵)이 세운 오두미교(五斗米敎: 입문자에게 쌀 닷 말을 내게 하여 붙은 이름)와 비슷한 점이 있어 그것이 좀 문제이긴 하지만…….

내가 고구려에서 백제를 거쳐, 이곳 신라 땅에 왔지만 나는 삼국이 다 잘 되기만을 바라오. 다 같이 부처님의 땅이지만 특히 고구려는 내가 태어난 땅인데 권세가들이 나를 다소 박대했다 하여 어찌 고구려가 잘못되기를 바라겠소? 삼국이 통일된다면 나는 오히려 고구려 주도로 되었으면 하는 게 진정한 바람이오만……."

이야기 도중 그는 긴 한숨을 내쉬었다.

"내가 삼국을 다 둘러보니, 백제가 망할 날은 지척에 달한 것 같소. 그 뒤 고구려가 어떻게 될지 생각하면 한숨이 절로 나오오. 그리고……."

보덕은 만춘의 얼굴을 똑바로 바라보더니 나직이 말했다.

"장군은 이제 고구려로 돌아가지 말고 신라에 남는 게 좋겠소. 남은 한쪽 손마저 잃기를 바라지 않는다면……."

"무, 무슨 말씀을?"

만춘은 영문 모를 그의 말에 당황했다.

"이 보덕을 데려오라는 건 핑계요. 장군을 제거하려는 개소문의 계략이오. 왕은 영문도 모르고 그의 손에 놀아나는 허수아비고…… 소금만 깊이 생각해 봐도 알 수 있는 일을…… 장군은 사람이 너무 좋아 탈이오."

'설마…….'

만춘은 의심을 해 보지 않은 건 아니었지만 그래도 왕을 믿었고, 개소문이 여기에 개입되어 있으리란 생각은 꿈에도 하지 않은 터였다.

"장군의 이름이 자꾸 높아지고, 개소문이 반역을 일으켰을 때 동조하지 않았던 장수들의 입김이 날로 세어지니까 개소문이 위기의식을 느낀 게지. 개소문 같은 정치군인이 고구려에 태어난 게 고구려로선 불행이야. 하긴 어느 나라나 정치를 하는 무리는 다 비슷하긴 하지만 말이오. 중이 고기 맛을 한번 보면 못 잊듯이…… 안 그런가, 원효?"

원효는 얼굴이 벌겋게 되었다. 보덕이 그가 계를 어긴 것을 빗대 말한 것으로 여겼기 때문이었다.

"그러니 장군은 고구려로 돌아가지 말고 신라에 남으시오. 돌아가면 아마 장군이 옛날에 지금의 신라왕을 놓아준 것까지 들추어내며 신라엔 왜 그리 오래 있었느냐면서 덮어씌울 걸? 개소문이 이 보덕이가 오대산에 있는 줄 모를 것 같소? 다 알고 있을 거야. 개소문이 비밀 정보수집에는 늘 열심이거든…… 그리고선 그 정보를 최대한 이용하려 하지. 독재자들의 공통된 현상이오."

"그래도 전 돌아가야 합니다."

만춘은 단호히 말했다.

"그럴 줄 알았소. 그러니 어쩌겠소? 그들이 혹 이 보덕의 안부를 묻거든 이렇게 전하시오. 공포정치의 결말은 언제나 뻔한 거라고. 외부의 적이 아니라 내부의 적으로 망하게 되지. 집안 단속을 잘하라고 하시오. 나무관세음보살!……"

만춘은 더 이상 할 말이 없었다. 절 마당으로 물러나와 맞은 편

산봉우리들을 바라보았다. 산안개가 자욱이 깔려 봉우리들이 모습을 감추었다, 나타났다 했다. 원효는 보덕에게서 무슨 훈계를 듣는지 그 앞에 엎드려 꼼짝도 하지 않고 있었다.

'아! 앞길이 험하구나! 이 만춘의 앞에도…… 또 고구려의 앞길에도…….'

보덕의 말대로라면 돌아간 뒤 그의 운명은 뻔했다. 간첩 혐의를 씌워 손 하나를 더 자르던가, 아니면 목숨까지도……

'나를 제거하려면 손쉽게 자객이나 보내어 쥐도 새도 모르게 없앨 일이지 왜 이렇게 번거롭게 없애려 하나? 아마 주위의 시선이 있어 그런지도 모른다. 연정토 같은…… 후우— 혼자 죽는 것은 두렵지 않지만 가족들의 운명은 어찌 될 것인가? 아니, 그보다 안시성의 운명은 어찌될 것인가? 고구려의 운명은? 영양왕 때처럼 탄탄했던 국력을 회복할 기회는 영영 다시 오지 않을 것인가?

착잡한 마음으로 절 마당을 오락가락하였다. 보덕이 원효에게 훈계를 끝내고 밖으로 나왔다. 보덕은 만춘 곁으로 다가왔다.

"왜, 걱정되시오? 마음을 비우시오. 상심한들 답이 나오는 것도 아니고…… 내 관상을 보니 요번에 장군이 최소한 목숨이 없어지지는 않을 것 같소. 묵묵히 길을 가면 할 일이 또 있겠지. 주어진 상황에서 최선을 다하면 되는 것 아니겠소?"

만춘은 목을 어루만지다가 물었다.

"스님, 혹시 여기에 곡차 같은 거 담아 놓은 건 없습니까?"

보덕은 크게 웃었다.

"으하하…… 자장이 확실히 선견지명이 있군. 작년에 입적하기 얼마 전에 내게 절을 좀 맡아 달라고 하면서 혹 손님 대접할 일이 있을지도 모르니 곡차를 담아 놓으라 하더니……."

"아니, 자장 스님이 여기 계셨습니까? 벌써 입적하셨다고요?"

만춘은 보덕이 자장을 언급하자 적이 놀랐다.

"작년에 남태백산 석남원(石南院)에서 입적할 때까지 이곳에 오래 있었지. 왜, 장군도 자장을 아시오?"

"벌써 오래 전 얘깁니다. 40년 전…… 그때는 원광 스님도 살아 계셨을 땐데…… 신라군에 쫓겨 피해 다닐 때 자장 스님이 길잡이를 해 주었습니다. 그 뒤 중국으로 가면서 안시성에 한 번 들르셨고……."

"그러셨군. 어쨌든 장군이 취할 만큼은 준비해 둔 곡차가 있으니 갑시다."

보덕은 좀 떨어진 암자로 그를 안내했다. 술독이 나오자 보덕은 원효도 함께 불렀다. 원효가 술을 사양하자 보덕이 말했다.

"허허 소승거사! 무애인이라면서 어찌 사물의 이름에 집착하는가? 여자의 속살 냄새를 맡은 게 거리낄 것이 없다면 곡차가 위장을 잠시 지나더라도 초연할 수 있어야지. 자, 우리도 오늘은 다 같이 땡중이 한번 되어 보세. 내가 오늘로 이 세상의 마지막 고구려인을 본다고 생각하니 나 역시 번뇌를 떨치기 어렵네."

만춘은 '이 세상의 마지막 고구려인' 이라는 말이 무슨 뜻이냐고 물었지만 보덕은 입을 다물었다.

"곡차나 드시구려."

술이 모두들 얼큰해졌을 무렵 만춘은 헛일인 줄 알면서도 다시 한번 보덕에게 간청했다.

"스님, 진정으로 고구려로 돌아가실 뜻이 없습니까? 지금 나라를 바로잡기 위해서는 스님 같은 분이 절실히 필요합니다."

보덕은 고개를 저었다.

"절이 싫으면 중이 떠나야지 절이 중을 떠날 수는 없다는 말도 있긴 하지만 내가 고구려에 살기가 싫어서 이곳으로 온 것은 아니오. 단지 내 가르침을 필요로 하고 내가 절실히 소용되는 곳으로 오고 갈 뿐이지. 그곳이 백제라고 생각했는데 아니었더구려. 다행히 거기서 쓸 만한 제자들을 여러 명 얻은 것은 큰 성과였소……."

"그러면 제가 고구려로 돌아가는 것도 무너지는 담장 밑에 서는 것처럼 부질없는 짓이 되겠군요."

보덕은 다시 고개를 저었다.

"그건 다르지요. 아까는 내가 장군의 진심을 시험해 보느라 신라에 남으라 했지만 장군은 목숨을 걸고서라도 고구려로 돌아가야 의미를 찾을 수 있을 것이오. 뒷날 꼭 할 일도 있을 것이고…… 세월이 지나면 내 말뜻을 알게 될 것이오."

만춘은 더 이상 보덕의 귀국을 종용할 수 없었다. 그는 보덕·원효와 함께 완전히 떨어지도록 대취한 뒤, 이튿날 일찍 출발했다.

보덕의 추측은 적중했다. 만춘이 칠중성을 지나 고구려 땅으로 접어든 뒤 첫 번째 고구려 관문을 통과하자마자, 군사들이 조정의 명이라며 그를 체포하여 평양성으로 압송하였다.

개소문은 여러 중신들이 지켜보는 가운데 그를 심문하면서 신라로 들어간 이유, 신라에서 오래 지체한 이유, 신라에서 누구누구를 만났는가 캐물었다.

"네 이놈, 바른대로 말해라! 넌 신라 궁궐로 들어가 김춘추란 놈과 공모한 게 분명하다. 원효란 중과 같이 돌아다니며 즐겼다 이거지? 그놈은 중이 아니야. 중으로 위장했지만 신라왕의 사위야. 너도 그걸 사전에 알고 있었겠지? 아니, 넌 17년 전 김춘추란 놈을 네손으로 놓아줄 때부터 이때까지 죽 그들과 연락을 취했겠지? 안 그런가? 또 넌 신라의 중신인 문훈이란 자와 의형제를 맺고는 그들과 내통하여 왔다. 내 말이 틀리는가?"

만춘은 개소문이 각본대로 그를 옭아 넣어 가자 모든 것을 포기했다. 그러나 개소문이 어떻게 그와 문훈 사이까지 알고 있는지 귀신이 곡할 노릇이었다. 아마도 오래 전 그와 함께 유구국에 파견되었던 병사들 가운데 한 사람에게서 들었을지 모른다. 그리고는 결정적일 때 써 먹으려고 그 사실을 거론하지 않고 있었을 것이다. 마지막 할 말이 없느냐는 질문이 나왔을 때 만춘은 입을 열었다.

"연 장군! 정신 차리시오. 백제는 지금 국력이 탈진한 상태요. 우리도 점점 그 꼴을 닮아가고 있소. 무력이 아무리 강해도 민력이 따라 주지 않으면 모두 헛것이오. 나라를 생각하시오. 보덕화상이 이 말을 전하랍디다. 내부의 적을 조심하고 집안 단속을 잘 하라고……."

"그건 바로 네 놈을 두고 하는 말이다. 네 놈이 말 안 해도 백제의 사정은 잘 알고 있다. 이놈을 당장 끌어내다 처형하라!"

연개소문이 고함을 쳤다. 그 자리에 있던 대신들의 얼굴이 모두 흙빛으로 변했다. 오직 연정토가 나서서 여당전쟁 때의 공훈을 거론하며 목숨만은 살려 줄 것을 간곡히 호소했다. 개소문은 못 이기는 척하고 그 청을 들어주면서 만춘을 옥에 가두었다. 그리고 가산을 몰수하고 직계 가족들과 친척들의 관직도 모두 박탈하였다. 이에 따라 군승과 선백도 사병으로 강등되었다. 단지 사위 안승만은 개소문의 조카이자 보장왕의 외손인 덕택에 화를 면하고 온전하였다. 군승과 선백은 안승 밑에서 말단 사병으로 지내게 되었다.

그 해 말, 만춘의 투옥 사실을 알기라도 한 듯 당군이 다시 침범하였으나 고구려 장수 온사문(溫沙門)에게 횡산(橫山)에서 패하여 달아났다.

신라왕 김춘추는 이러한 당나라의 소규모 무력도발이 만족스럽지 않았다. 그는 659년 4월에 특사를 보내 전면전을 시작하되 백제부터 칠 것을 강력히 촉구하였다.

이듬해 3월, 당 고종은 마침내 좌무위대장군(左武衛大將軍) 소정방을 신구도행군대총관(神丘道行軍大摠管)으로 삼고 김인문을 부대총관(副大摠管)으로 삼아 좌효위장군(左驍衛將軍) 유백영(劉佰英) 등 수군과 육군 13만 명을 거느리고 백제를 치게 하였다. 또 칙명으로 신라왕을 우이도행군총관(右夷道行軍摠管)으로 삼아 동쪽에서 동시에 공격케 하였다.

무황후는 원정군이 떠나기 전에 소정방을 불러서 은밀히 말했다.

"백제를 멸한 뒤에는 바로 군사를 돌려 신라를 쳐 없애라. 다만, 시간이 지체되면 저들이 반드시 고구려와 손을 잡으려 할 것인즉, 일의 기미를 잘 판단하여 요령껏 처리하라. 들건대 신라에 김유신이라는 장군이 있다 하니 빼앗은 백제 땅의 일부를 그에게 주면서, 잘 포섭하여 이용하는 것도 방법이 될 수 있을 것이다."

무황후는 엉뚱하게도 신라를 송두리째 빼앗아 번국으로 삼되 그녀와 가까운 김인문에게 주어 다스릴 생각을 하고 있었다. 이는 물론 그녀 자신만의 계획이었으며 인문에게 아직 발설하지 않았다.

춘추는 5월 26일, 처남이자 몇 년 전(655년) 딸 지조를 그에게 시집보내 사위가 되기도 한 상대등 김유신을 주축으로, 진주(眞珠)·품일(品日)·흠순(欽純)·천존 등으로 원정군을 편성하였다.

"진로는 어느 쪽으로 정하면 좋겠소?"

춘추가 물었다.

"적은 틀림없이 당군이 안전하게 북한산주에 상륙하여 우리와 함께 북쪽에서 남쪽으로 진공할 것으로 알고 북쪽에다 주력을 배치할 것입니다. 적의 눈을 속이기 위해서는 우리도 북한산주로 진군하는 척할 필요가 있습니다. 그런 다음 주력을 빼서 탄현을 넘어 동쪽으로 진군하면 북쪽의 웅진성을 함락시키지 않고 바로 사비성을 포위할 수 있습니다.

단지 탄현은 지키기는 쉬우나 공격은 어려워 어느 정도 희생을 각오해야 할 것입니다. 또 당나라군이 북쪽에서 내려가지 않고 백강에 바로 상륙하면 우리와 동서에서 양동작전을 하기 좋은데, 과연 당군이 희생을 각오하고서라도 백강에 상륙하려 할 지 모르겠습니다. 사실, 북한산주에 상륙한 다음 남진하는 게 당나라로서는 안전한 방법이니까 말입니다. 만일 나당연합군 모두 북쪽에서 남쪽으로 쳐 내려가는 식으로 간다면, 웅진성부터 함락시킨 후 사비성을 공략해야 하는데 그렇게 되면 싸움을 오래 끌게 됩니다."

춘추는 유신의 의견을 좇아 제장과 군사들을 이끌고 북한산주로 출발하여 6월 18일 남천정(南川停: 지금의 경기도 이천)에 다다랐다. 그런 뒤에 더 이상 나아가지 않고 법민을 시켜 식량과 병마 등을 병선 100여 척에 싣고 당군을 맞게 했다. 법민 일행은 21일에 덕물도(德物島)에서 소정방을 맞이하였다. 그리고 신라의 작전계획을 알렸다. 소정방은 고개를 갸웃하다가 유신이 직접 그린 상세한 작전지도를 법민이 내놓자 기뻐하며 말했다.

"이것은 내가 생각한 것과 똑같다. 우리는 바닷길로 해서 쳐들어갈 테니 신라군은 육로로 쳐들어가서 7월 10일에 사비성 남쪽에서 만납시다."

법민이 본진으로 돌아와 춘추에게 당의 병력·장비 상황을 보고하였다. 드디어 춘추는 벼르고 벼르던 날이 왔음을 알고 행동을 개시하였다. 신라군들은 도로 죽령을 넘어왔다. 춘추는 일부 군사들을 거느리고 물러나 금돌성(今突城: 지금의 경북 상주시 모동 백화산)에 머물고, 대장군인 유신은 태자 법민·좌장군 품일·우장군 흠춘(欽春)과 함께 정예군 5만을 거느리고 서쪽으로 나아가 탄현으로 접근하였다.

신라군이 북상 중이라는 소식과 당군이 덕물도에 이르렀다가 다시 남하한다는 급보를 접한 사비성에서는 의자왕이 다급하게 중신회의를 열었다.

일단 병력의 절반을 북쪽 웅진성을 중심으로 배치하는데는 다른 의견이 없었다. 그런데 도성인 사비성 방어에는 의견이 나뉘었다. 성을 닫고 굳게 지키자는 주장과 나아가서 싸워야 한다는 주장이 맞서 갈피를 못 잡고 있었다. 전투 경험이 많은 좌평 의직이 말했다.

"당나라 군대는 틀림없이 백강으로 상륙할 것입니다. 적군은 멀리 바다를 건너왔으므로 배멀미로 피곤할 것입니다. 육지에 처음 내린 적군들이 제대로 정신을 못 차릴 때 급히 치면 가히 물리칠 수 있을 것입니다. 만일 당나라군이 불리하게 되면 신라는 주저하여 기세 좋게 진격하지는 못 할 테니 먼저 당나라 군사와 승부를 걸어야 합니다."

달솔 상영이 반대했다.

"아닙니다. 당군은 멀리서 와서 속전속결을 생각할 터이므로 그 예봉을 감당키 어려울 것입니다. 신라군은 여러 번 우리에게 혼이 난 경험이 있어서 우리 군사의 위세를 보면 두려워할 것입니다. 마땅히 일부 군사로 당나라 군대의 길을 막아 그들이 피로해지기를 기다리면서, 먼저 신라군을 쳐서 그 예봉을 꺾으십시오 그리고 형편을 엿보아 다시 군사를 합하여 당군과 싸우면 온전히 국가를 보전할 수 있을 것입니다. 옛날 여당전쟁을 생각해 보십시오. 성에서 막고 지키다가 적의 힘이 빠졌을 때 나아가 치자 그 불패를 자랑하던 당 태종이 걸음아 날 살려라 도망치지 않았습니까?"

의직이 다시 주장했다.

"아닙니다. 선방후공(先防後攻)이 성공하려면 적의 보급선이 어려움을 겪고 있을 때라야 가능합니다. 지금은 신라가 당나라의 보급을 감당하고 있기 때문에 선방후공은 성공률이 낮습니다."

상영이 발끈 성을 내었다.

"아니, 고구려가 한 일을 우린 왜 못 한단 말이오?"

의직이 반박했다.

"근거 없는 자만은 큰 재앙을 부릅니다. 고구려와 우리는 처지가 다릅니다. 지형도 다르고……."

의직은 계속 선공후방(先攻後防)을 주장하고 상영은 선방후공을 주장하여 결론이 나지 않았다.

의자왕은 어떤 말을 따라야 할지 결론을 못 내렸다. 왕은 성충이 죽은 후에 자신에게 조목조목 충언을 올렸다가 죄를 얻어 고마미지현(古馬彌知縣: 지금의 전남 장흥)에 귀양 가 있던 흥수에게 사태의 위급함을 알리고 의견을 물었다. 흥수가 불려와 의견을 아뢰었다.

"당군의 숫자가 많고 더구나 신라와 협공하는 형국이니 벌판이나 들에서 싸워서는 어렵습니다. 백강과 탄현은 우리나라의 요충이라 한 명의 군사와 한 자루의 창으로도 1만 명을 막을 수 있는 곳입니다. 정병을 뽑아 당나라 군사는 백강에 들어오지 못 하게 하고 신라 군사는 탄현을 넘지 못 하게 하면서 대왕은 성을 여러 겹으로 막아 굳게 지키다가 적의 군량이 다 떨어지고 사졸이 피로함을 기다려 치면 반드시 깨뜨릴 수 있습니다."

그러나 흥수가 어전에서 물러난 뒤, 그의 반대파들이 들고일어났다.

"흥수는 오랫동안 귀양살이를 했으므로 임금을 원망하고 나라를 사랑하는 마음이 없어졌을 터이니 그의 말을 함부로 쓸 수 없습니다. 당나라 군사를 백강으로 들어오게 하면 물의 흐름 때문에 배를 나란히 댈 수 없을 것이며, 신라군으로 하여금 탄현을 올라오게 하면 말을 가지런히 할 수 없게 될 것이오니 이때 군사를 놓아 공격하면 마치 조롱 속에 있는 닭을 죽이고 그물에 걸린 물고기를 잡는 것과 같습니다."

안타깝게도 의자왕은 그들의 말을 더 옳게 여겼다. 의자왕이 쓸데없는 난상토론으로 귀중한 시간을 허비하는 사이, 당나라군과 신라군은 이미 백강과 탄현을 지나 버렸다. 의자왕은 뒤늦게 달솔 계백에게 신라군을 막게 하였다. 계백은 다수의 적군이 이미 전략 요충을 다 넘어온 것을 알고 모든 군사들을 모아놓고 훈시했다.

"장병들이여, 지금 우리 백제는 바야흐로 700년 사직이 보전되느냐 없어지느냐의 기로에 놓여 있다. 지금 와서 누구를 원망하고 누구의 잘잘못을 따져 무엇하겠는가? 우리는 오직 군인으로서 본분을 다할 뿐이다. 지금 여러분들의 부모, 처자식을 포함한 모든 백성들이 우리를 쳐다보고 있다. 그들이 노예가 되어 적국으로 끌려가느냐 우리 땅에서 자자손손 번영을 누리느냐는 우리 어깨에 달려 있다. 지금 양쪽에서 쳐들어오는 적병들은 전에 없는 대병력이다.

나는 그대들에게 아무 것도 약속할 수 없다. 다만 죽은 연후에라야 다시 살 수 있다는 말을 할 수 있을 뿐이다. 우리나라를 위하여, 우리 백성들을 위하여 목숨을 기꺼이 내걸고 싸워, 우리가 다 죽더라도 이 나라 백성들이 천추에 그 이름을 기억할 용사들을 여러분 가운데서 뽑고자 한다. 나는 결코 강요하지 않을 것이며 지켜보지도 않겠다. 그대들 가운데 나와 함께 죽으러 갈 각오가 된 사람들만 지금부터 두 식경 안에 서문 밖으로 모여주기 바란다. 나머지는 사비성에 남아 국왕의 지시를 따르라. 다시 말한다. 나는 강요하지 않는다. 오직 나와 함께 목숨을 기꺼이 바칠 사람만을 찾는다."

계백은 말을 마치자 연단에서 내려와 웅성거리는 군사들을 뒤로 하고 먼저 서문 앞으로 걸어가 기다렸다.

병사들이 하나 둘씩 모여들어 그의 앞에 섰다. 이윽고 모인 병사들이 5천 명을 약간 넘었다. 그 가운데는 군인이 아니면서도 자원해서 나선 민간인들도 여럿 있었다. 관작을 삭탈 당한 성충의 아들 성훈도 그 가운데 한 사람이었다. 계백은 성훈을 그 자리에서 부장으로 임명하고 사람 숫자를 세게 했다. 성훈은 나이가 든 사람, 몸이 자유롭지 않은 사람을 가려 돌려보내고 나서 숫자를 세어 보니 5005명이었다. 계백은 다시 말했다.

"그대들이 기꺼이 나의 뜻에 동참해 주어서 참으로 감사하다. 옛날에 구천(句踐)은 5천의 군사로서 오(吳)나라 70만 군사를 쳐부수었다. 우리도 최후의 일각까지 싸워 승리를 거두자. 지금부터 그대들 가운데 성 안에 가족이 있는 사람은 작별 인사를 하고 반나절 뒤에 이곳에 다시 모여라. 집이 먼 사람들은 유서를 써서 이 앞에 있는 상자에 담아라. 내가 사람을 시켜 일일이 전달하도록 하겠다."

계백은 자신도 집으로 가서 식구들을 불러 놓고 말했다.

"너희들은 내일 이후로 이 애비의 모습을 다시 볼 수는 없을 것이다. 나는 지금 죽기를 각오한 결사대와 함께 싸움터로 간다. 적의 병력이 우리의 열 배를 넘으니 승리를 기대하진 않는다. 다만 부끄럽지 않게 죽어 이름을 후세에 남길 뿐이다. 너희들 역시 어떤 경우라도 이 애비의 자식답게 떳떳하게 행동해 주기를 바란다."

그는 아내와 아이들의 손을 한 번씩 잡아 본 뒤에 집을 나갔다.

"이제 적국의 포로가 되어 겪을 수모를 어떻게 감당하리……."

부인은 눈물을 흘리며 비상을 구해 스스로 목숨을 끊었다. 이어 아이들이 따라 비상을 마시고 죽었는데 후세 사람들은 계백이 스스로 죽인 것이라 했다.

서문 밖에는 흩어졌던 병사들이 한 사람도 빠지지 않고 모두 돌아왔다. 계백은 병사들을 이끌고 황산벌에 이르러 세 군데에 나눠진을 치고 신라군을 기다렸다.

7월 9일 아침, 김유신이 거느린 5만 대군은 황산벌로 모여들었다. 백제군이 소수임을 본 신라군은 곧 군사를 세 길로 나눠 쳐들어왔다. 그러나 백제군은 그야말로 일당백이 되어 혈전을 벌였다. 오전 내내 싸운 끝에 신라군은 원래 진영으로 후퇴하였다. 오후가되어 신라군은 다시 진영을 가다듬어 공격해 왔으나 무수한 사상자만 내고 물러났다.

이튿날에도 신라군은 두 차례의 대대적인 공격을 감행하였다. 백제군들은 마치 신들린듯 피로한 기색도 없이 하나가 열을 막아냈다.

저녁때가 되어 유신이 제장과 더불어 작전을 짜며 수심 어린 어조로 탄식하였다.

"큰일이다. 오늘이 소정방과 사비성에서 만나기로 한 날인데 이러다간 백제 땅이 송두리째 당군 손에 넘어가겠다."

이튿날 아침, 공격을 개시하기 전. 신라 진영의 품일은 아들 관창(官昌)에게 비장한 어조로 당부하였다.

"오늘은 네게 서전을 장식할 기회를 주겠다. 너는 아직 어리지만 의지와 기개가 남다르니 충분히 해낼 줄 안다. 너만 믿는다."

관창은 수하 군사 100여 기만을 거느리고 백제 진영으로 돌격해갔다. 처절한 싸움을 펼쳤으나 부하들은 죽고 그는 사로잡혀 계백앞으로 끌려갔다.

"투구를 벗겨라!"

계백이 부장인 성훈에게 지시했다.

훈이 투구를 벗기자 아직 얼굴이 해맑은, 14~15세가량 되어 보이는 소년의 모습이 드러났다. 계백은 약간 당혹한 표정을 지었다.

"말에 태워 돌려보내라!"

성훈에게 명령하고 난 계백은 생각에 잠겼다.

'저 아이는 필시 다시 올 것이다. 적의 의도는 무엇인가? 신라군들이 가끔 써먹는 수법— 어린 화랑을 희생양으로 삼아 사병들의 적개심에 불을 지르는 상투적인 수법이다. 저 아이의 아비는 어떤 사람일까? 자식이 죽은 아비를 묻지 못 하고 아비가 자식의 주검을 묻어야 하는 것, 이것이 전쟁의 비극이다. 나당연합군의 승리는 시간문제일 뿐, 기정사실이다. 그런데 왜 그들은 서두르는 것일까? 아마도 신라군은 소정방과 어떤 군기(軍期)를 정하고 시한에 쫓기는 것인지도 모른다. 소정방은 이미 백강에 상륙하였다. 우리는 얼마나 더 버틸 수 있는가? 보름? 한 달? 진지를 굳게 지키면 그 이상도 버틸 수 있을 것이다. 그러면 그 다음에는? 당나라군이 사비성을 짓밟고 이곳까지 와 가세할지도 모른다. 나는 우리 병사들에게 무엇을 해 줄 수 있는가? 아무것도 없다. 망하는 나라가 병사들에게 해 줄 수 있는 것은…….'

계백은 긴 한숨을 내쉬었다.

얼마 뒤 과연 그 소년은 다시 말을 타고 칼을 휘두르며 돌격해 왔다. 장수 하나가 뛰어나가 어렵잖게 다시 그를 생포해 왔다.

"목을 잘라 말안장에 묶어 돌려보내라!"

계백은 명령을 내린 다음, 주위의 병사들을 한 사람씩 죽 훑어

보았다. 고마웠다. 오직 그를 믿고 목숨을 맡긴 사람들…… 금방 솟은 아침 햇살이 검게 탄 그들의 얼굴을 비추었다. 이윽고 그는 뭔가를 결심한 듯 비장한 표정으로 명령했다.

"모두 말에 올라타라!"

계백의 주위에 있던 중군 2천여 명이 일제히 말 위에 올랐다.

"모두 투구를 벗어라!"

계백이 먼저 투구를 벗어 던지자 병사들이 기계처럼 한 동작으로 그를 따랐다.

"칼을 뽑아라!"

칼집에서 빠진 2천여 개의 칼이 햇살을 받아 번쩍번쩍 빛을 발했다.

"나를 따르라!"

계백은 말에 힘찬 박차를 가하고서 적진으로 달려 나갔다. 병사들이 모두 그를 따랐다. 이렇게 하여 결사대는 수십 겹으로 진을 친 신라군 한복판으로 뛰어들어 꽃잎처럼 떨어져 최후를 마쳤다. 이를 보던 좌우에 진을 친 백제 군사들도 똑같은 방식으로 꽃잎이 되었다.

비록 적군이지만 이처럼 장렬한 최후를 보는 것은 유신에게 큰 충격이었다. 유신은 백제군 시체를 모두 묻어준 뒤, 간소한 위령제를 올리고 사비성 앞으로 나아갔다.

소정방은 백제군이 백강 입구를 거의 무방비 상태로 두었기 때문에 쉽게 육지에 올랐다. 그는 도성 30리 밖에서 진을 치고 지키던 백제군 1만여 명을 어렵잖게 격파하고 미리 와서 기다리고 있었다.

신라 장수들과 당나라 장수들이 상견례를 한 뒤, 신라군이 군막을 치는데 바깥이 소란하였다. 부장 하나가 지휘부 막사에 급히 들어와서 말하였다.

"장군님, 지금 소정방이 신라군이 약속 기일을 이틀 어겼다면서 우리 독군(督軍) 김문영(金文穎)을 잡아다가 목 베려고 합니다."

김유신이 자리에서 벌떡 일어났다.

"저들이 황산벌 싸움을 보지도 않고 이틀 늦은 것만으로 시비를 걸려 하니 나는 이 모독을 참을 수 없다. 먼저 당나라 군사와 결전을 한 뒤에 백제를 깨뜨려야겠다."

유신은 왼손에 큰 도끼를 집어 들고 군문을 나섰다. 성난 머리털이 곧추서고 오른손은 허리에 찬 보검 자루를 잡고 있었다. 그가 소정방의 군문으로 성큼성큼 걸어가자 법민 이하 부장들이 그 뒤를 따랐다. 정방은 연락을 받았는지 휘하 장수들과 함께 군문 밖으로 걸어 나왔다.

"우리 독군은 어디에 있는가?"

유신이 서슬 시퍼렇게 묻자 부대총관 자격으로 당군을 따라온 김인문이 말끝을 흐렸다.

"김문영은 죄를 지어서 지금……."

그가 말을 채 마치기도 전에 유신이 언성을 높였다.

"죄는 무슨 얼어 죽을 놈의 죄, 당장 내놓지 못 할까?"

소정방이 무슨 말을 하려는데 그의 우장(右將) 동보량(董寶亮)이 정방의 발을 슬쩍 밟으며 중국말로 밀렸다.

"잘못하면 변란이 일어나겠습니다. 신라 독군을 풀어 줍시다."

정방은 일단 김문영을 풀어 주었다. 소정방은 이 날 신라군의 지휘권을 손아귀에 넣으려고 일부러 김문영에게 과잉대응을 하였던 것이다. 그런데 여러 장수들이 보는 앞에서 도리어 유신에게 망신을 당하자 괜히 거드름을 피우던 당나라 장수들의 태도가 달라졌다.

유신은 바로 사비성을 공격하고자 소부리(所夫里: 사비성 인근) 벌판으로 나가려 했다. 정방은 당나라군의 피로를 핑계로 며칠 쉬었다가 전진할 것을 주장했다. 유신은 이상하게 생각하고 그 이유를 알아본즉, 백제측의 왕자·대신 여러 명이 뇌물을 들고 몰래 정방의 막사에 와 있다는 것이었다.

이때 정방은 백제 공략은 이미 끝난 거나 다름없다고 보았다. 그는 출정하기 전에 '기회가 되면 신라까지 끝장내고 오라'고 한 무후의 말이 생각나, 어떻게 하면 그 목표를 달성할 수 있을까 궁리하고 있었다. 그런데 백제측 인사들이 의자왕의 친서를 가지고 와서 말하기를, '앞으로 백제는 당나라의 영원한 번국이 될 터인즉 같이 힘을 합쳐 신라를 치면 신라는 이미 국내의 중요 장군들과 핵심 병력이 전부 이곳에 몰려 있는지라 공략하기가 의외로 쉬울 터'—라는 것이었다. 정방은 이 꼬임에 솔깃하였으나 밀사로 온 백제측 인사들의 면면이 신라에 비해 형편없어 어찌할까 망설이던 참이었다.

당나라군의 이상 징후를 눈치 챈 유신은 정방을 만나 담판을 지었다.

"소 장군. 당신이 어정쩡한 태도로 나오면, 신라는 고구려와 손을 잡을 수도 있소. 시간을 지체해선 안 됩니다. 그러다가 우리가 성을 뺏기도 전에 백제의 동맹인 고구려군이 들이닥치면 어쩌시겠습니까?"

　그제야 정방은 백제측의 유혹을 뿌리치고 양국의 대군이 각각 두 길로 나란히 진격하였다.

　의자왕은 마지막 궁여지책이 먹혀들지 않고 나당연합군이 사비성으로 진공한다는 소식을 듣자, 군신이 단결해 최후의 일전을 벌일 생각은 하지 않고 사비성을 아들 융(隆)에게 맡겨 놓은 뒤 밤을 타서 웅진성으로 도주하였다.

　융은 아비가 결정적인 순간에 무책임하게 나오자, 싸울 의욕을 잃었다. 둘째 아들 태(泰)가 스스로 왕이 되어 굳게 지키므로 융은 마지못해 따랐다. 그런데 사비성에 함께 남아 있던 태자 효(孝)의 아들 문사(文思)가 융에게 이런 말을 했다.

　"왕과 태자가 성을 나갔는데 숙부가 멋대로 왕이 되었습니다. 설령 당나라 군사가 포위를 풀고 간들 우리들이 어찌 안전할 수 있겠습니까?"

　마음이 흔들린 융은 측근들과 함께 밧줄을 타고 성 밖으로 나가 소정방에게 투항하였다. 융이 성 안의 백성들에게 항복을 종용하니 이탈자가 속출하였다. 태(泰)는 대세가 기운 줄 알고 성문을 열었다.

　신라 왕자 법민은 융을 잡아다가 얼굴에 침을 뱉으며 힐난했다.

　"예전에 너네가 신라 땅에 쳐들어와 내 누이 고타소랑을 죽게 하였다. 그 일은 20년 동안 송곳으로 심장을 찌르듯 내 마음을 괴롭혀왔다. 오늘, 너의 목숨은 내 손 안에 있으니, 꼴좋구나!"

　사비성이 항복한 날, 소정방은 주연을 베풀었다. 그리고는 유백영을 불러 몰래 지시했다.

"장군은 수군 중에서 무예에 뛰어난 사람 30명을 골라 연회장 주변에다 숨겨 놓고 기다리시오. 오늘 내가 유신이란 자를 초청해서 그를 회유할 작정이오. 그가 내 말을 들으면 살려 두고 듣지 않으면 내가 신호를 할 테니 그때 뛰어나와 김유신을 죽이시오."

주연이 무르익을 즈음, 정방은 김유신을 외진 곳으로 불러서 은근히 물었다.

"장군, 이제 사비성이 항복했으니 전쟁은 끝난 거나 다름없소. 우린 머지않아 돌아갈 텐데…… 이 백제 땅을 누군가는 다스려야 하오. 혹시 장군이 맡아 다스릴 생각 없소?"

그는 무황후의 지시대로 유신을 회유하고자 넌지시 마음을 떠본 것이었다. 유신은 술이 확 깼다.

"그게 무슨 말이오? 점령지 통치에 관한 문제는 우리 국왕과 귀국 황제 사이에 결정할 문제이지 어찌 장군이나 나 같은 사람이 거론한단 말이오?"

"아, 그거야…… 난 황제로부터 전권을 위임 받고 온 사람이니 말하는 것 아니오?"

"나는 전쟁에 관한 사항만 위임 받았지. 그밖엔 모르오. 내겐 다시 거론치 마시오."

유신이 단호하게 말하는 바람에 소정방은 입을 다물어 버렸다.

주연이 끝난 뒤 유백영이 소정방에게 물었다.

"얘기가 잘 되었습니까?"

"아니오. 일언지하에 거절했소."

"그럼 왜 신호를 하지 않았습니까?"

"저 자만 해치울 게 아니라, 신라왕도 한꺼번에 처치하는 게 좋겠소. 나중에 김춘추가 도착하면 다시 초청한 뒤에 한꺼번에 처치합시다."

의자왕은 도성이 항복했다는 소식을 듣자 크게 후회했으나 이미 때는 늦은 뒤였다.

"내가 진작 성충의 말을 들었으면 이 지경을 당하지는 않았을 것을……."

의자왕은 7월 18일, 태자와 함께 웅진 방령(方領: 지방관)의 군사들을 거느리고 도성으로 와서 항복하며 목숨을 빌었다.

금돌성에서 기다리던 신라왕 춘추는 백제가 항복했다는 소식을 듣고 7월 29일, 소부리성(所夫里城)으로 왔다. 춘추는 유신의 전과 보고를 들은 뒤에 장병들의 노고를 치하하였다. 이어서 춘추가 사비성으로 갈 채비를 하자 유신이 만류하였다.

"요 며칠 동안 소정방의 태도가 아무래도 수상합니다. 항복한 백제왕을 대하는 태도가 우리에게 대하는 태도보다 더 극진합니다. 이는 필시 저들이 뭔가 일을 꾸미고 있는 것이 분명합니다. 토사구팽(兎死狗烹)이란 말이 있습니다. 가지 마시고 그들을 이곳으로 초청하십시오."

유신은 소정방이 그를 은근히 회유하려다 실패한 후, 당군의 태도를 유심히 살펴보았다. 그들은 모종의 흉계를 꾸미고 있음이 틀림없었다.

춘추는 제감(弟監: 신라의 무관 벼슬 중 하나) 천복(天福)을 당나라로 보내 승전을 알리고 그들이 딴마음을 먹지 않도록 다짐 받게 하였다. 한편 사비성의 소정방에게 그의 노고를 치하하는 잔치를 며칠 뒤에 베풀 테니 의자왕과 함께 참석해 달라는 전갈을 띄웠다. 소정방은 사비성에서 신라 지도층을 한꺼번에 암살할 계획을 세워 놓고 있었는데 신라에서 미리 알고 선수를 치고 나오자 어쩔 수 없이 응했다.

8월 2일, 소부리성에서는 큰 주연이 벌어졌다. 유신의 명을 받은 신라군들이 엄중히 경비를 선 가운데 신라와 당나라측 주요 인사들이 대청마루에 좌정하였다. 그들은 의자왕과 아들 융을 마루 아래에 앉히고, 의자왕이 직접 술을 따라 바치게 하였다. 같이 있던 백제의 신하들은 목이 메어 울지 않는 사람이 없었다.

이 날, 642년에 대야성에서 신라를 배신하여 고타소랑을 추행한 뒤 살해한 검일(黔日)을 잡아 사지를 찢어 그 시체를 강물에 던졌다. 또 그를 도와 백제에 붙어 벼슬을 한 모척(毛尺)을 잡아 처형하였다.

6. 흑치상지

고구려가 의자왕으로부터 병력 원조 요청을 받은 것은 7월 초순경이었다. 의자왕이 이렇게 늦게 원병을 요청하게 된 것은 그간 신라와 내통한 임자(任子) 등 일부 대신들이 고구려의 군사 원조를 반대하였기 때문이다.

"고구려 병사들을 도성에 끌어들이는 것은, 범을 안마당에 들여놓는 것과 같습니다. 만일 선대왕 때처럼(개로왕 시대에 고구려 장수왕에게 한강 유역을 뺏긴 일을 이름) 그들이 먼저 우리를 집어삼켜 버린다면 어디에다 하소연하겠습니까? 우리 힘으로 버티다가 정 안 될 때 그들에게 도움을 청하는 게 순서일 것 같습니다."

그러는 사이에 당군과 신라군이 코앞에 닥치자 두려움에 떨며 뒤늦게 고구려에 사신을 파견한 것이다.

개소문은 우선 연정토에게 5만의 병력으로 남진하라 이르고 본군을 조직하기 시작했다. 사실 개소문은 백제의 국력이 회복 불능임을 알았다. 그는 기회가 되면 파병 요청을 빌미로 대군을 동원하여 나당연합군을 내쫓고는 군대를 계속 주둔시키며 백제 땅을 다스릴 계획을 세웠었다. 그러나 백제가 이렇게 빨리 무너질 줄은 전혀 예상하지 못 했다. 최소한 반년에서 1년은 버티리라 생각하고 병력을 동원할 구실을 찾고 있었던 것이다.

그런데 연정토가 국경에 이르니 벌써 백제왕이 항복했다는 소식이 들렸다. 당황한 연정토는 국경에다 병력을 배치해 놓고 만일에 있을지도 모르는 나당연합군의 북진에 대비하지 않으면 안 되었다. 그러자 같이 종군한 아들 안승(安勝)이 청했다.

"백제가 항복했다고 하나 성(城)들 가운데는 필시 잔병들을 모아 대항하는 곳이 있을 것입니다. 저희들에게 군사 5천만 주십시오. 그곳을 찾아내어 응원을 한다면 이들이 힘을 얻어 당나라를 막는 데 크게 도움이 될 것입니다."

연정토가 이를 허락하고 병력 5천을 내주자, 안승 휘하에 있던 군승과 선백도 같이 가게 되었다.

안승이 처남인 군승·선백을 부장과 주부(主簿)로 임명한 뒤, 산길을 타고 남쪽으로 내려오니 멀리서 검은 연기가 오르는 것이 보였다. 그곳으로 가니 당나라군 3만여 명이 성을 에워싸고 공격을 퍼붓고 있었다. 안승, 군승, 선백이 군사를 셋으로 나눈 뒤 삼면에서 기병을 앞세워 그들을 급습하였다. 성 안에서는 공격하던 당군들이 별안간 뒤에서부터 무너지자 눈을 휘둥그렇게 뜨고 내다보았다. 누군가가 큰 소리로 외쳤다.

"고구려에서 원병이 왔다!"

사기가 백배로 오른 성 안의 군사들이 성문을 열고 뛰어나왔다. 당나라군은 고구려군이라는 말이 들릴 때부터 전의를 잃고 도주하기에 바빴다. 한 식경이 지나지 않아서 적군은 시체 2천여 구를 남기고 도망쳤다. 안승 일행이 성 안으로 들어가자 거기에는 뜻밖에도 흑치상지가 있었다.

"아니, 동서!"

군승이 반가움에 못 이겨 서로 부둥켜안았다. 흑치상지는 눈물을 흘리며 말을 잇지 못 했다. 한참 만에야 그들은 흑치상지로부터 자세한 이야기를 들을 수 있었다. 선백은 장인 계백의 전사 소식과 일가족 네 명 전부가 자기 부인과 성충의 집에 시집온 딸을 제외하고는 모두 죽었다는 이야기를 비로소 듣고 비분의 눈물을 흘렸다. 성충의 아들 훈도 계백과 함께 황산벌에서 전사했다는 사실을 들었다.

이곳 임존성(任存城: 지금의 충남 예산)은 흑치상지가 백제군 잔여 병력을 모아 버티고 있는 유일한 백제의 성이었다.

고구려군과 백제군은 힘을 합쳐 성 바깥 언덕에다 삼중 목책을 만들어 놓고 적의 공격에 대비하였다.

8월 26일에 나당연합군 8만여 명이 몰려왔다. 고구려군의 응원에 사기가 오른 백제 잔병 2만여 명이 고구려군 5천과 죽을힘을 다하여 막으니 적은 겨우 목책만 불태우고 물러갔다.

9월 3일, 소정방은 의자왕과 왕족·신료 88명 및 그 가족들과 백성 1만 2800명을 당나라로 끌고 갔다. 이 소식을 들은 흑치상지 등은 좀 더 과감한 작전을 전개키로 하고 사비성 남쪽으로 진출하여 산마루 다섯 군데에 목책을 치고 틈을 봐서 수시로 성을 공격했다. 그러자 도성 원근의 20여 개 성이 모두 다시 당나라에 반기를 들고 호응하였다.

안승으로부터 상황을 보고 받은 연정토는 백제부흥군을 측면 지원하고자 10월에 신라 땅인 칠중성을 포위하였다.

포위를 시작한 지 20여 일이 지나자 칠중성의 대내마 비삽(比歃)이 신라에 반역심을 품고는 내응을 청했다. 이에 총공격을 했으나, 칠중성 현령 필부(匹夫)가 비삽의 배신을 알아채고는, 그의 목을 베어 성 밖으로 내던진 뒤 결사적으로 저항하였다. 그러나 고구려군이 때마침 세차게 부는 바람을 이용하여 화공을 펼치자 성은 함락되고 현령 필부를 비롯하여 부장인 본숙(本宿), 모지(謀支), 미제(美齊) 등은 최후까지 싸우다 죽었다.

당나라로 돌아간 소정방은 무후로부터 왜 신라를 그냥 두고 왔느냐는 질문을 받았다. 원래 당 고종은 선천성 간질병이 있어, 무후가 황후가 된 뒤로 고종 대신 무후가 실질적으로 정사를 결정하였으나, 이때에 이르러서는 아예 무후가 공식적인 결재권을 장악해 고종은 사후 보고만 받는 허수아비가 되어 있었다.

정방은 대답했다.

"신라가 미리 눈치를 채고 방비를 단단히 하는 통에 기회가 없었습니다. 유신에게 백제 땅 일부를 주겠다고 제의도 해 봤는데 일언지하에 거절하였습니다. 섣불리 저들을 쳐서 단기간에 끝을 내지 못 한다면 저들은 필시 고구려와 손을 잡을 것입니다. 어쨌거나 신라와 합동으로 고구려부터 멸한 다음, 바로 군사를 돌이켜 신라를 쳐야 합니다. 또 이번에 잡아온 백제 왕족들에게 '신라를 멸하는 데 협조하면 나라를 다시 돌려주겠다' 고 구슬리면 손쉽게 삼국 모두를 차지하게 될 것입니다."

무후는 그 말을 옳게 여기고 명했다.

"그렇다면 머뭇거리지 말고 바로 고구려 원정을 준비하라."

이에 돌궐 출신 장수 계필하력을 패강도행군대총관(浿江道行軍大摠管), 소정방을 요동도행군대총관(遼東道行軍大摠管), 좌효위장군 유백영을 평양도행군대총관(平壤道行軍大摠管), 포주자사(蒲州刺史) 정명진을 누방도총관(鏤方道摠管)으로 삼아 12만의 병력으로 길을 나누어 공격하게 했으나, 금방 안시성 부근에서 고구려군에 포위되어 위급한 지경이 되었다. 겨우 홍려경 소사업(蕭嗣業)이 회흘(回紇) 등 북방 부족들로 이뤄진 부대 5만여 명을 이끌고 가 가까스로 구하여 돌아왔다. 무후는 백제가 손쉽게 무너지자 고구려도 그와 같을 거라 생각했던 것이다.

무후는 그제서야 정신을 차렸다. 다시 하남·하북·회남 등 67주에서 35만 대군을, 회흘 등 여러 북방 부족에서 44만 대군을 끌어 와 홍려경 소사업(부여도행군총관), 소정방(평양도행군총관), 임아상(任雅相: 패강도행군총관), 계필하력(요동도행군총관)에게 나누어 주고 수륙으로 나누어 일제히 전진토록 하였다(661년 1월). 당 고종은 스스로 대군을 거느리고 출정하려 하였으나 울주자사(蔚州刺史) 이군구(李君球)가 만류하고 또 간질병 환자가 출정하는게 당치 않다고 생각한 무후가 적극 말려 친정 만큼은 그만두었다.

그런데 이때 공식 출정자 명단에서는 빠졌지만 고구려 원정군 대열 맨 뒤에 슬그머니 끼어 지원부대를 빙자하여 어슬렁어슬렁

따라나선 사람이 있었다. 그는 바로 몇 년 전, 점성가로부터 요동성 육왕탑과 그 옆의 불상에 관한 얘기를 들은 설인귀였다.

설인귀는 요수를 건넌 뒤 다른 군사들이 성을 공격하는 동안 슬쩍 옆길로 빠져 탑이 있을 만한 곳을 뒤졌다. 며칠 동안 벌판이며 야산을 헤맨 끝에 겨우 한 야산에서 흰 눈에 덮인 탑을 발견했다. 과연 꼭대기가 솥을 덮어씌운 것 같이 생겼는데 그보다 약간 떨어져 사람 키 두 배 만한 석불이 서 있었다.

'다행이다. 신라의 자장이란 중놈이 아직 못 끌어갔구나!'

불상은 무척 오래된 듯 이끼가 끼고 군데군데 약간씩 패인 부분이 있었으나 전체적으로 눈, 코, 입, 손가락 등 윤곽이 뚜렷하고 크게 손상된 부분은 없었다. 그는 이튿날 수십 명의 군사를 동원해 밧줄을 걸고 불상을 끌어당겼다. 그러나 불상은 옴짝달싹 하지 않았다. 나중에는 말 10여 마리에다 줄을 걸고 당겼으나 마찬가지였다. 하루 종일 애써도 허사였다.

'이 불상에는 뭔가 비밀이 있는 모양이다. 전문가와 의논하고 나서 나중에 다시 와야겠다.'

설인귀는 불상 그림만을 자세하게 그려 가지고 돌아가, 그 그림을 자기 집 벽에다 걸어 놓았다.

흑치상지가 거느리는 백제부흥군과 안승·군승·선백 등의 고구려군은 일진일퇴하면서도 점차 세력을 넓혀 유인원(劉仁願)이 거느린 당군, 사찬 일원(日原)이 거느린 신라군, 항복하여 당군 편이 된 백제의 여러 성들을 위협하였다.

백제 백성들은 헷갈렸다. 이미 왕과 왕자들이 항복한 이상 그들을 따르는 것이 옳은 일인지 부흥군을 따르는 것이 나라에 충성을 하는 길인지 갈피를 잡을 수 없었다. 이때 주류성(周留城)에 있던 무왕의 조카 복신(福信)과 승려 도침(道琛)이 흑치상지의 활약에 고무되어 항복 무효를 선언하고 당군을 죽인 뒤, 부흥군 편에 가담하였다.

이들은 헷갈리는 민심에 구심점이 필요함을 절실히 느끼고 왜국에 기술고문으로 가 있던 왕자 부여풍(扶餘豊)을 맞아다가 왕으로 추대하기로 의견을 모았다. 이 일을 흑치상지가 맡게 되었다.

흑치상지는 부장 수미장귀(首彌長貴)와 함께 왜로 가 부여풍을 만나 귀국을 종용하였다. 부여풍은 고개를 흔들었다.

"백제는 이미 항복했고 아버님이 포로가 되어 당나라로 끌려가고 난 마당에 무슨 수로 나라를 재건한단 말이오?"

"그렇지 않습니다. 지금 서북부 일원의 모든 성들이 우리 부흥군에 가담하고 있습니다. 단지 우리에겐 정신적 지주가 없습니다. 나라를 재건한다는 희망이 있어야 모든 백성이 호응할 것입니다."

"백제의 전군이 다 힘을 합쳐도 졌소. 이제 당군과 신라군이 다시 연합해서 몰려온다면 그걸 막아낼 수 있겠소? 부질없이 백성들의 목숨만 희생하는 결과가 되지 않겠소?"

"지금 고구려군이 우리를 돕고 있습니다. 또 왜국은 우리와 공수동맹을 맺은 처지로서 당연히 우리를 도울 의무가 있습니다. 우리가 다시 일어서는 모습을 보여 주면서 파병을 요청하면 응하지 않겠습니까?"

흑치상지의 집요한 설득에 부여풍은 마음이 움직이는 듯 했다.

"최악의 경우, 어떻게 해야 하지? 왜국으로 다시 도망쳐 오나?"

흑치상지는 이 말에 기분이 상했다.

'나라를 되찾고자 하는 마당에 죽을 각오로 임해도 될까 말까 한데 도망칠 궁리부터 하다니…….'

그는 말했다.

"백제에는 아직 탐라가 남아 있습니다. 우린 최악의 경우 탐라로 들어가 거기서 장기전을 펼칠 작정입니다."

"좋아, 내가 왜왕의 의도를 파악한 후에 결정하겠소."

왕자는 바로 왜왕을 만나러 궁으로 들어갔다. 그가 가고 난 다음 수미장귀가 흑치상지에게 물었다.

"풍 왕자께서 너무 몸을 사리시는 것 아닙니까?"

흑치상지는 그 말에 동감했으나 부하의 사기를 죽일까 봐 차마 바른 말은 못 하고 대꾸했다.

"왕족이란 다 그런 거야. 우리가 생각하지 않는 부분까지 생각을 하거든……."

왜의 왕궁에서는 백제부흥군을 돕자는 문제로 시끄러운 논쟁이 벌어졌다. 다수파는 이제 백제와 인연을 끊고 독자적인 노선을 세워야 한다는 견해였다. 두 왕자 사이에도 의견이 대립하였다. 형 텐치(天智)는 모국인 백제를 구해야 한다는 의견인 반면 동생 텐무(天武)는 반대였다. 그러나 의자왕의 누이뻘인 사이메이천황(齊明天皇)은 마침내 백제를 도와주기로 하고 병력 선발과 전함 건조를 명하였다. 백제의 두 왕자 풍과 용도 길을 달리했다. 용은 왜에 남기로 하고 풍은 661년 정월에 귀국하였다. 사기가 백배로 오른 부흥군은 서북 일대의 성들을 차례로 점령하고 사비성을 포위하였다.

유인원으로부터 이 보고를 접하고 깜짝 놀란 당나라에서는 거리상 가까운 신라에게 빨리 사비성 주둔 당군을 돕도록 요청했다. 한편으로는 노회한 관료 유인궤(劉仁軌)를 검교대방주자사(檢校帶方州刺史)로 기용하여 죽은 왕문도(王文度)의 병력을 지휘, 유인원을 돕게 하였다. 왕문도는 점령지 통치를 위해 웅진도독(熊津都督)으로 임명되어 한 해 전인 660년 9월 28일에 백제 지역으로 온 사람이었다. 왕문도가 삼년산성(三年山城)에서 당 고종의 조서를 신라왕 춘추에게 전달하는 과정에서 희한한 일이 벌어졌다. 이때 그는 동쪽을 향하여 서고 춘추는 서쪽을 향하여 서서는 맞절을 하고, 문도가 조서와 황제의 예물이 담긴 함을 부하에게서 받아 춘추에게 전하려는 순간 갑자기 그 자리에서 푹 꼬꾸라져 일어서지 못 하고 이내 숨졌다.

이 일을 두고 당시 항간에는 소문이 무성하였다. 백제왕들의 혼령이 씌워 죽은 것이라고 하기도 하고, 당나라가 자신과 아무런 협의 없이 총독을 임명한데 분노한 신라왕 춘추가 기공(氣功)을 써서 그 자리에서 눈짓으로 고꾸라뜨렸으며 춘추는 이때 기(氣)를 너무 많이 써서 그 이듬해 죽게 되었다고도 했다.

아무튼 신라는 품일·문충·양도·충상·의광·욱천·의복 등에게 대병력을 주어 보냈는데, 당의 주둔군과 합세하여 사비성 인근의 두량윤성(豆良尹城)을 공격하였으나 실패했다. 오히려 후퇴 도중에 백제부흥군에게 큰 타격을 입고 물러서야 했다. 신라는 다시 상군 금순·진흠·천존·죽지 등을 증원군으로 보냈다. 그러나 그들이 가시혜진(加尸兮津)에 이르렀을 때 이미 사비성에서 철군하는 신라 군사들을 만나 싸움이 쉽지 않음을 알고 돌아서고 말았다.

　사실, 신라왕 춘추는 애써 싸워 이긴 백제를 당나라가 독차지하려 하자 속이 뒤틀려 백제부흥군을 토벌할 진정한 의지가 없었다. 그래서 겉으로는 시끄럽게 명망 있는 장수들을 대거 출동시켰지만 병력 소모를 부르는 무리한 싸움은 자제하라고 장수들에게 비밀지령을 내려 놓았던 것이다. 그는 언젠가는 당군과 일전을 치르지 않으면 안 된다는 점을 이미 염두에 두고 있었다.

　이즈음 안승 등이 다시 고구려 조정에 백제부흥군을 좀 더 지원해달라고 요청했다. 고구려는 뇌음신(惱音信)·생해(生偕) 등이 이끄는 부대를 동원, 북한산주의 술천성(述川城)과 북한산성을 공격하였다. 포차(抛車) 20여 대를 세워 놓고 돌을 날리니 성가퀴나 건물이 여지없이 부서졌다.

　이때 신라측 성주 동타천(冬陁川)은 남녀 2800명을 데리고 성안에서 방어를 하고 있었다. 그는 어린이와 노약자를 격려하는 한편, 마름쇠를 만들어 성 밖으로 던져 깔아서 적의 기병이 통과할 수 없게 하고 또 빈 절을 헐어 그 목재를 실어다가 성의 무너진 곳마다 즉시 망루를 만들고 밧줄을 그물 같이 얽어 마소 가죽과 솜옷을 걸쳐 놓고 그 안에서 노포(弩砲)를 쏘며 막았다. 식량이 떨어지고 기력이 지칠 때까지 20여 일을 날마다 싸워 버티었다. 노약자를 보호하는 성주의 지극한 정성에 하늘이 감동하였던지 때마침 큰 태풍이 몰아쳐 와 고구려군은 포위를 풀고 물러났다.

　661년 6월 서라벌―
　신라왕 춘추는 자다가 꿈을 꾸었다.

밭둑길을 걸어가는데 맞은편에서 지팡이를 짚은 할머니와 왕비의 옷을 화려하게 차려 입은 젊은 여인이 걸어오고 있었다. 그들이 가까이 오자 춘추는 젊은 여자를 자세히 바라보았다. 그 여자는 자신의 6촌 누나인 선화였다. 춘추가 태어났을 때, 선화는 백제 무왕을 따라가 왕비가 된 직후였으므로 그는 선화를 본 적이 없었다. 그러나 그림은 여러 번 본 적이 있었으므로 꿈에서 그녀의 얼굴을 대번에 알아보았다.

"앗, 누나! 그림과 똑같네?"

춘추가 반갑게 말했으나 선화는 아는 척도 않고 성난 표정으로 그 옆에 지팡이를 든 할머니에게 춘추를 손가락으로 가리키며 말했다.

"할머니, 쟤예요. 쟤!"

할머니가 앞으로 나서더니 무시무시한 표정으로 말했다.

"이놈! 나는 백제의 시조인 온조의 애미이자, 고구려 동명성왕의 아내이다. 네가 온조의 자손을 망하게 했다며?"

춘추는 깜짝 놀라 그 자리에 얼어붙었다. 노파는 꾸불꾸불하게 생긴 지팡이로 춘추의 정수리를 내리쳤다. 춘추는 피할 겨를도 없이 정통으로 맞고는 "으악" 소리를 지르며 잠에서 깨어났다. 온몸이 땀으로 배어 흥건했다. 그런데 일어나려고 상체를 움직이니 생각뿐이었지 한 치도 운신을 할 수 없었다. 몸이 전혀 말을 듣지 않았다.

이 날, 궐내 사찰인 대관사(大官寺)의 우물물이 피로 변했고 금마군(金馬郡: 지금의 전북 익산)의 땅에 피가 흘러 그 넓이가 다섯 보나 되었다.

춘추는 그 다음 날에도, 그 다음 다음 날에도 일어나지 못 했다. 그는 자기의 수명이 다한 줄 깨닫고 아들들을 불러 모았다. 당나라에 머물고 있는 인문을 제외한 태자 법민, 각간(角干: 신라 17관등을 초월한 최고 벼슬) 문왕(文王), 노차(老且), 지경(智鏡), 개원(愷元) 등이 모였다.

"내가 수명이 다 한 것 같다. 지금부터 말하는 것은 내 유언이니 잘 들어라. 내가 죽으면 태자인 법민이 나를 승계한다. 그러나 권력이란 더러운 것이다. 고금동서를 막론하고 권력 때문에 형제지간에 칼끝을 겨누는 일은 비일비재하였다. 오직 신라에서만은 형제 간의 우애를 왕권보다 더 소중히 여겼다. 너희들은 절대 이 전통을 깨어서는 안 된다. 명심하겠느냐?"

아들들, 특히 법민의 얼굴을 유심히 바라보며 다짐을 받은 춘추는 말을 이었다.

"그리고 특히 법민은 잘 들어라! 왕은 정의의 수호자이지 특정 계층의 옹호자가 아니니라. 연고에 따라 감싸고, 무리에 따라 편들고, 출신에 따라 차별을 두어서는 안 된다. 특히 이제는 백제 유민들을 신라와 차별 없이 대해야 나라를 보전할 수 있다. 명심해라."

여기까지 말한 춘추는 가쁜 숨을 몰아쉬었다. 이미 회가 끓어올라 말을 더듬거렸다.

"마지막으로, 아직까지는 고구려라는 강적이 버티고 있지만…… 언젠가는 더 큰 최후의 적, 당나라의 야욕을…… 경계해야 한다. 그들과의 일전을…… 각오하라……."

춘추는 마침내 숨을 거두었다.

태자 법민은 왕위에 올라 상을 치르느라 경황이 없었다. 한 달쯤 뒤에 당나라에서 인문을 보내 무후의 전갈을 알렸다.

'황제가 이미 소정방 등에게 수군과 육군 대병을 징발하여 고구려를 치라 하였으니 신라에서도 응원군을 보내라.'

"아니, 중국 놈들은 부모도 없나? 내가 상복을 입은 지 한 달이 안 됐는데, 어찌 군사를 일으키라 하노?"

법민이 투덜거리자 당과 신라의 틈바구니에 끼어 난처해진 김인문은 울상이 되었다.

왕은 할 수 없이 유신, 문훈, 천존, 죽지, 품일 등을 거느리고 출정했다. 겨우 시이곡정(始飴谷停)에 이르렀는데 선두가 와서 보고했다.

"백제 반군이 옹산성(甕山城)을 차지하여 길을 막고 있으므로 더 이상 전진은 불가능합니다."

왕은 자칫 고구려를 치려다가 백제 땅마저 다 반군(백제부흥군)의 손에 넘어갈 것 같은 생각이 들었다. 우선 반군에 넘어가지 않은 성들의 옛 백제 관리들을 모아 충성서약을 받고 나서 옹산성을 포위하여 마침내 항복케 했다.

이어 우술성(雨術城)을 쳐서 반군으로부터 빼앗으니 반군의 달솔 조복(助服), 은솔(恩率: 백제 16관등 가운데 세 번째) 파가(波伽) 등이 항복하므로 그들에게 급찬 벼슬을 내리고 고타야군(古陁耶郡: 지금의 경북 안동) 태수로 삼았다.

왕이 더 진군을 할까 돌아갈까 망설이는 가운데, 당나라에서 태종무열왕(김춘추)을 조문하는 사절이 왔다 하므로 서라벌로 돌아갔다. 당나라는 두 사신을 하루 차이로 보내왔는데 먼저 온 사신은 채색 비단 500단을 부의(賻儀)로 내놓았으며, 나중에 온 사신 유덕민(劉德敏)은 평양으로 군량을 보내 달라는 서신을 가져왔다.

이때 평양성에서는 소정방이 바닷길을 거쳐 패수 쪽으로 상륙, 평양을 포위하고 요동에서 오기로 한 육군을 기다리고 있었다. 당나라 육군 선봉장인 계필하력은 요동의 여러 성을 놔두고 바로 동쪽으로 진격하여 왔으나 압록수에서 개소문의 아들 남생(男生)이 지키는 고구려군 수만 명을 만나 고전을 면치 못 했다. 압록수도 넘지 못 하고 발목이 잡힌 것이다.

이 무렵, 옥중에 있던 만춘이 개소문에게 글을 올렸다.

'지금 헤아릴 수 없는 적군이 몰려와 국가가 존망지추에 이르렀으니 비록 감옥에 있으나 마음은 싸움터에 가 있으므로 사심 없이 의견을 개진하겠소……

……곧 추위가 닥치오. 압록수가 얼게 되면 이내 적의 본군이 닥칠 것이오. 압록수 서쪽 50리 지점 강 하류에 대고산(大孤山)이 있고, 거기에 옛날 선인(仙人)들이 살았다는 큰 동굴이 있소. 그 속에는 능히 10만의 군사를 숨길 수 있소. 이곳에 군사들을 숨겼다가 적이 압록수로 몰려오면 앞뒤에서 포위하여 적을 궁지에 몰아넣을 수 있소……'

이 글을 본 개소문의 측근이 반대하였다.

"양만춘은 지금 갇혀 있는 몸이라 막리지님께서 이번 싸움에 지면 고소하게 생각할 것입니다. 또 그의 부인은 중국 사람입니다. 만일 우리가 10만 가까운 군사를 동굴 안에 숨겼다가 이 비밀이 적군에게 탄로 나면, 우리 군사들은 고스란히 생매장 당합니다."

개소문은 한참 생각하였다.

"아니야, 그는 그럴 사람은 아니야. 그 사람의 성격은 내가 알아. 나한테야 원한이 있겠지만, 자기 원수를 갚으려고 나라를 팔아넘길 인간은 아니야."

개소문은 만춘의 계책을 따랐다.

과연 추위가 닥치자 요서에서 대기하고 있던 당군이 무리를 지어 몰려왔다. 고구려군은 짐짓 후퇴하며 이들을 압록수까지 유인하였다. 그러자 난데없이 하늘에서 떨어졌는지 땅에서 솟아났는지 모를 고구려의 대병이 배후에서 나타나 당나라군의 보급품을 불태우고 후방을 차단하고는 전면의 고구려군과 합세하여 전후방을 한꺼번에 조여 왔다. 당군은 강을 따라 북쪽으로 후퇴하려 하였으나 고구려군의 집중 공격에 걸려 주력의 절반을 잃었다. 또 당나라 좌효위장군 백주자사(白州刺史) 옥저도총관(沃沮道摠管) 방효태(龐孝泰)와 그의 아들 13명이 이끄는 전진 부대는 평양 인근 사수(蛇水)에서 연개소문에게 몰사당했다. 대패를 당한 당나라 군사들은 뿔뿔이 흩어져 요서로 도망쳤다.

이제 평양의 소정방만 외로운 신세가 되어 굶어 죽을 판이었다.

신라의 문무왕은 이러한 전황을 뒤늦게 보고 받았다. 왕은 조문 사절과 식량 요청 사절을 하루걸러 나란히 보낸 무후의 속 보이는 처사가 괘씸한 것을 꾹 참고 군신들과 일을 논의했다. 그러나 당나라군 주력은 이미 패주하였고 평양까지는 고구려군이 도처에 깔려 있었다. 매서운 동장군이 맹위를 떨치는 정월인지라, 성공 가능성을 의심하여 아무도 이 '식량 수송 작전'을 좋게 생각하지 않았다.

오직 68세의 노구인 유신만이 자청하고 나섰다.

"나라의 중한 일에 어찌 죽음을 두려워하겠습니까? 노신에게 마지막 충성을 할 수 있는 기회를 주소서."

37세의 젊은 왕은 감격하여 유신의 손을 잡고 눈물을 흘렸다.

유신은 문훈의 아들 시득(施得)을 부장으로 삼고 당나라로 가지 않고 남아 있던 인문과 양도(良圖) 등 장군들과 함께 수레 2천여 대에 쌀 4천 섬과 조(租) 2만 2천여 섬을 싣고 평양으로 향하였다. 도중에 빙판길에서 수레가 나가지를 못 하여 그 많은 군량을 마소 등에 옮겨 실어 나르느라 고생이 막심하였다. 또한 수시로 습격하여 오는 고구려군을 막느라 겨우 한 달 만에 평양에서 3만 6천 보 떨어진 장새(獐塞: 현재의 황해도 수안)에 이르렀다.

눈보라가 치고 몹시 추워서 군사들과 말들이 숱하게 얼어 죽었다. 유신은 보기감(步騎監) 열기(裂起) 등 참모 15명을 당나라 진영으로 보내 식량을 싣고 왔으니 병사들을 보내 같이 옮기자고 알렸다. 소정방은 도울 생각은 않고 이왕 가져왔으니 진영까지 갖다 달라고 하였다. 유신은 오장육부가 뒤틀렸으나 참았다. 양오(楊隩)에 이르러 소정방의 꼴도 보기 싫은지라, 시득을 시켜 양곡을 전달케 했다. 그리고 별로 주고 싶지 않은, 문무왕이 특별히 소정방에게 보내는 개인 선물인 은 5700푼, 최고급 베 30필, 우황 19냥도 전달하도록 했다. 그런데 소정방은 군량과 선물을 받은 뒤 이틀 만에 작전 중지를 선언하고 군사를 모두 데리고 돌아가 버렸다.

노구를 끌고 천신만고 끝에 적국 한가운데까지 온 유신은 이 소식을 듣고 눈발에 얼어붙은 수염을 만지면서 결심했다.

"내가 눈을 감기 전에 저 버릇없는 오랑캐 무리들을 이 땅에서 몰아내지 않으면 사람이 아니다."

돌아오는 길— 짐은 없어졌지만 고초는 더 심하였다. 평양성까지 갈 때는 그래도 고구려군 주력이 당나라 대군을 신경 쓰느라 함부로 신라의 수송단을 공격하지 않았다. 그러나 당군이 철수해 버린 지금, 1만여 신라 수송 병력은 거의 무방비 상태에 노출되어 있었다. 고구려군의 추격이 두려워 큰길을 피하여 눈 덮인 험한 산길로 접어들었다. 눈이 쌓여 허리까지 빠지고 살을 에는 바람이 군사들의 뼛속까지 스며들었다. 동상에 걸린 자가 속출하고 피로와 추위가 겹쳐 탈진 상태로 잇달아 넘어지는 군사들은 눈으로 대충 덮어 묻고 남쪽으로 내려갔다.

약두치현(若豆恥縣: 지금의 개성 북쪽) 부근의 산길을 지나는데 결국 고구려군에 발각되어 한바탕 격전을 치렀으나 보기감 열기와 군사(軍師) 구근(仇近)의 초인적인 용맹으로 겨우 이를 격퇴하고, 양군이 각각 산기슭에 진을 치고 대치하였다. 시간이 지나자 연락을 받고 왔는지 적군의 숫자는 점점 불어났다.

'이젠 꼼짝없이 죽었구나……'

천하의 유신도 이에 이르러 희망을 포기했다.

'내일 아침, 날이 새면 최후의 하나까지 싸우다 죽자. 황산벌의 계백처럼……'

유신은 병사들에게 남은 식량을 다 털어 실컷 배불리 먹어도 좋다고 하고 저녁을 짓게 했다.

그런데 해가 뉘엿뉘엿 서산에 넘어갈 무렵 그의 군문을 찾아온 사람이 있었다. 한 늙은 비구니였다.

유신이 누군가 하고 살펴보니 그 여승은 살짝 웃음 띤 모습으로 입을 열었다.

"저를 못 알아보시겠습니까?"

유신은 전신이 굳는듯한 충격을 받고 그 자리에 얼어붙었다. 그 여승은 천만뜻밖에도 이미 헤어진지 50년이 되는 첫사랑 천관(天官)이었다.

"여, 여기는 어인 일로……?"

유신은 말을 더듬었다.

"위험천만한 길에 나섰다하여 행여나 하고 따라와 봤습니다."

유신은 온갖 감회가 한꺼번에 밀려와 더 이상 말이 나오지 않았다. 생각하면 그녀 때문에 얼마나 숱한 세월을 가슴앓이 해 왔던가? 사모하면서도 맺을 수 없는 인연 때문에 50이 넘도록 결혼을 않고 버티던 그였다. 그런데 이제 죽음을 목전에 두고 그녀가 나타나다니…… 그것도 이 험한 곳에…….

"시간이 없습니다. 빨리 이곳을 빠져 나가셔야 합니다."

유신은 조용히 고개를 좌우로 흔들었다.

"이젠 끝났소. 살아 돌아갈 가능성은 없소. 이곳에서 죽기 전에 임자를 보고 죽는 것만 해도 다시없는 행복이오."

"그 말씀, 진정이십니까?"

호호백발이 되었는데도 여전히 아름다움을 간직한 천관이 눈을 반짝이며 그를 올려다보았다.

"그렇소. 이젠 더 이상 내 마음을 속일 수도 속일 필요도 없소."

유신은 그녀를 덥석 껴안았다. 그 옛날 수십 년 전 그녀를 처음 안았을 때의 그 포근한 느낌이 새삼 50년 세월의 강을 뛰어넘어 되살아났다. 천관의 뺨에 두 줄기 눈물이 흘렀다. 그녀는 갑자기 유신을 와락 밀어내었다.

"안 됩니다. 장군께선 아직 할 일이 남았습니다. 어떻게든 이 사지를 빠져 나가셔야 합니다. 제게 소 열 마리와 북과 북채 열 개, 그리고 마른풀 여러 단을 모아 주십시오. 제가 밤새 적을 속이고 있을 테니 그 틈에 빠져나가십시오."

잠시 생각하던 유신이 대답했다.

"무슨 얘긴지 알겠소. 그러나 그런 일이라면 군사를 시켜도 되오. 낭자가 굳이 남을 필요는 없소."

천관은 낭자라는 말에 엷은 웃음을 띠고는 고개를 살래살래 저었다.

"제가 눈길을 헤치며 이곳까지 온 것은 장군의 신변이 걱정되어서였습니다. 이 일은 정성이 들어가지 않으면 실패합니다. 부디 저로 하여금 죽기 전에 사랑하는 낭군을 위하여 마지막 희생을 할 수 있는 기회를 주소서. 못다 맺은 인연이야 저 세상에 다시 태어나 맺으면 되지 않으리이까?"

천관은 자신을 남겨 놓을 것을 청했다. 유신이 달랬지만 그녀의 고집이 더 완강했다. 하는 수 없었다.

"꼭 살아 다시 만나보기를 원하오. 그때까지 몸 건강하시오."

유신은 그녀의 부탁대로 북과 북채를 열 마리 소의 허리와 꼬리에 매달아 놓고, 또 마른풀을 군데군데 쌓아 둔 뒤에 야음을 이용하여 군사들을 데리고 몰래 그 지역을 빠져나갔다. 가는 눈발이 조용히 내리고 있었다. 천관은 남아서 소들 엉덩이를 번갈아 두드렸다. 소들이 꼬리를 휘둘러 북소리가 요란했다. 또 그녀는 마른풀로 불을 피워 소가 얼어 죽지 않도록 하는 동시에, 연기가 계속 피어오르게 밤새 이리저리 분주히 오가며 지켰다.

이튿날 아침, 고구려군은 신라 진영으로 쳐들어갔다. 그러나…… 군사들은 오간데 없고 소 몇 마리가 북을 치고 있는데, 웬 비구니가 얼어 죽어 있었다.

구사일생으로 도망친 유신 일행은 밤새도록 달려 표하(瓢河: 임진강)에 이르러 재빨리 얼어붙은 강을 건넌 뒤 언덕에서 매복하고 있다가 추격해 오는 고구려군에게 화살을 퍼부으니 적은 다수의 사상자를 내고 물러갔다.

천신만고 끝에 유신이 돌아오자 왕은 기뻐하며 그에게 토지와 노비를 내렸다.

백제부흥군의 세력은 나날이 강성해졌다. 이제 당군들은 신라에서 오는 보급로가 군데군데서 끊겨 고전할 지경이 되었다.

이런 와중에 대당총관(大幢摠管) 진주(眞珠)와 남천주(南川州: 지금의 경기도 이천 일대) 총관 진흠(眞欽)은 백제군이 날뛰는데도 한가로이 유흥을 즐겼다가 직무유기죄로 처형 당하고 멸문(滅門)의 벌을 추가로 받았다. 진주의 아들 풍훈(風訓)만이 당나라에 유학 가 있는 바람에 겨우 목숨을 구했다.

흑치상지는 좀더 확고한 기반 위에 조직적 저항을 통한 수복운동을 벌이고자 탐라국에 사람을 보내어 부흥군을 도와 달라고 요청했다. 그는 장기전에 대비하여 만약 백제 본토에서의 저항이 쉽지 않으면 탐라로 들어가서 터를 잡을 생각이었다. 탐라국 추장 도동음률(徒冬音律)은 백제의 좌평 벼슬을 가지고 있었다. 도동음률은 그렇지 않아도 이 격변기를 맞아 어떻게 처신해야 하나 고민하던 참이라 뭍으로 사람을 보내 정세를 관망케 했다.

그러나 탐라에서 사자가 왔을 때는 부흥군 안에서 주도권 다툼이 일어나 복신이 도침을 건방지다면서 칼로 목을 베어 내부가 어수선하였다. 도동음률은 이 소식을 듣고 부흥군에겐 장래가 없다고 생각하고 아예 신라로 가 문무왕에게 신라의 영원한 속국이 될 것을 맹세했다.

'중 출신인 주제에 장군을 칭하면서 사사건건 자기와 대립' 하던 도침을 죽이고 주력 부대들을 장악한 복신은 점차 욕심이 생겼다. 그는 당초에 일본에 있던 왕자 풍을 모셔온 목적을 잊고 이제와서는 도리어 이를 후회하였다.

'나도 할아버지가 왕인 엄연한 왕손이다. 풍보다 못 할 게 뭐가 있나? 저놈은 내 덕에 지금 마치 다시 백제왕이나 된 듯 하고 있다. 천하에 한심한 놈……'

복신은 풍에게 일체의 권한을 주지 않고 바지저고리로 다루면서 그냥 제사 지내는 일만 맡으라 하였다.

백제부흥군의 세력이 나날이 강해지자 사비성 주둔 당나라군은 본국에다가 군사를 추가로 보내줄 것을 청했다. 무후는 치주(淄州), 청주(靑州), 내주(萊州), 해주(海州)의 군사 7천 명을 추가로 보냈다.

이때 부흥군 사이에서는 당나라에 잡혀가 죽은 의자왕 대신 새로 왕을 추대할 움직임이 있었다. 이에 복신은 풍을 살려두어서는 아무래도 왕좌를 차지하기가 불리할 것이라고 판단하여 그를 죽이기로 결심, 병을 칭하고는 칼을 침상 밑에 감춘 채 풍이 문병 오기를 기다렸다. 복신은 평소 풍이 기술고문으로 왜국에 있었던 것을 빗대어, "쟁이는 왕이 될 수 없다"고 떠들고 다녔다.

'오냐, 쟁이가 얼마나 무서운지 어디 당해 봐라.'

이런 흑색선전에 보복의 기회를 노리던 풍은 복신의 와병 소식에 병문안을 핑계로 그를 찾아갔다. 그리고는 수하들과 합세하여 선수를 쳐 복신을 난자했다.

이때까지 백제부흥군에 있던 안승, 군승, 선백 등은 계속되는 내분에 환멸을 느끼고 흑치상지에게만 알린 뒤 고구려로 돌아가 버렸다. 병력수는 얼마 안 됐지만 부흥군의 사기에 결정적 영향을 주던 고구려군이 가 버리자 풍은 왜에 사신을 보내 약속한 출병을 빨리 서둘러 주도록 독촉하였다.

백제 파병을 적극 주장하던 왜의 사이메이천황은 이미 작년(661년)에 사망하고 없었다. 그러나 그녀는 '부흥군을 지원하여 백제의 복국(復國)을 꼭 달성하라'는 유언을 남기고 죽었다. 이에 따라 왕자 텐치(天智)는 등극을 미룬 채, 풍의 요청에 응해 병선 400여 척에 군사 2만 7천을 나누어 실어 보냈다. 이들은 백강 어귀에 도착해 진을 치고 부흥군과 공동 작전을 펼쳤다.

왜국까지 나섰다는 소식을 들은 무후는 더 이상 방치해 두어서는 안 되겠다고 생각하였다. 일단 고구려 침공은 접고, 우위위장군(右威衛將軍) 손인사(孫仁師)에게 40만의 대병력을 주어 백제 반군 세력을 완전히 소탕하도록 명하는 한편 신라도 다시 출병할 것을 요구했다. 이에 김유신 등 28명의 신라 장수들이 출정하여 신라군, 손인사의 증파 병력, 사비성 주둔 당나라군이 함께 반군 진압에 들어갔다.

그들은 우선 백강에 진을 치고 있던 왜군과 네 차례에 걸친 접전을 벌여 400여 척의 병선을 불태우고 남은 반군을 포위 공격하였다. 풍은 행방불명되고 의자왕의 다른 아들들인 충승(忠勝), 충지(忠志) 등은 항복하였다. 오직 주류성에 있던 흑치상지와 임존성을 차지하고 있던 지수신(遲受信)만이 항복하지 않고 끝까지 버티었다.

수십만의 나당연합군이 이들을 에워싸고 공격했지만 백제부흥군의 저항은 완강했다. 그러나 드디어는 식량이 떨어져 굶어 죽는 사람들이 속출했다.

흑치상지는 부하 수미장귀를 불러 조용히 이야기를 나누었다.

"그동안 고생했네. 이제 우린 끝났네. 자네 갈 길을 가게."

순간 수미장귀의 눈에 눈물이 핑 돌았다.

"가긴 어딜 간단 말입니까? 여기서 함께 죽읍시다."

흑치상지는 고개를 흔들었다.

"우린 그동안 열심히 싸웠어. 그건 백제의 부흥이란 희망이 있었기 때문이야. 그걸 위해선 죽어도 여한이 없었어. 그런데 이제 무엇을 위해 죽나? 우린 살아야 하네."

"그럼, 같이 왜국으로 가서 후일을 도모합시다."

흑치상지는 다시 한 번 고개를 흔들었다.

"나는 이제 이 삼힌에 미련을 버렸어. 자기늘끼리 헐뜯고 서로 죽이고…… 이젠 신물이 나네."

"그럼, 장군께선 어디로 가시겠습니까?"

수미장귀는 흑치상지를 진심으로 존경하였다.

흑치상지는 백제가 망하기 전에도, 언제나 상을 받으면 부하들에게 골고루 나누어 주고 자신이 가지는 법이 없었다. 한번은 흑치상지의 애마가 어느 병사에게 매질을 당한 적이 있었다. 어떤 이가 이 일을 이르면서 문제의 병사에게 죄 주기를 청하니 그가 말했다.

"어찌 경솔히 개인의 말 때문에 나라의 군사에게 매질할 수 있겠는가?"

또 군사들이 싸움터에서 섶에서 잠을 자면 그도 섶에서 잠을 잤다. 복신, 도침, 풍 등이 서로 높은 자리를 차지하려고 으르렁거릴 때도 그는 조금도 그 이전투구에 끼이지 않고 직분만 충실히 다하였다.

그런 흑치상지가 입 밖에 낸 말은 전혀 뜻밖이었다.

"난 중국으로 들어가겠네."

"예엣? 왜 하필이면 적국으로?"

수미장귀가 눈을 둥그렇게 뜨고 물었다.

"내가 가만히 생각해 보니 사람들이 서로 헐뜯고 다투는 건 땅이 좁아서 그런 거야. 좁은 땅에서 좁은 생각밖에 더 하겠나?"

수미장귀는 할 말을 잊었다. 그는 한참 만에 말했다.

"그럼, 전 신라로 가겠습니다."

"그래? 왜 그 생각을 했나?"

"제가 그간 싸우면서 보니 신라는 장수와 병졸이 한마음이 되어 움직이는 게 과거 우리 백제와는 달라 보였습니다. 저들이 언젠가는 고구려도 무너뜨리고 삼한을 통일할 것이라는 확신이 갑니다. 지금 고구려로 도망쳐 봤자 결국엔 지금과 똑같은 꼴을 당하지 않겠습니까?"

혹치상지는 웃었다.

"좋은 생각이군. 잘못하면 우리가 머지않아 전쟁터에서 적이 되어 만날 수도 있겠군……."

"설마, 신라와 당나라가 적이 되어 싸울 리야 있겠습니까?"

"알 수 없는 일이야, 그건……."

둘은 이렇게 상의한 뒤에 결국 혹치상지는 당나라로, 수미장귀는 신라로 귀의하였다. 지수신은 고구려로 달아났다. 그밖에 수많은 부흥군과 그 가족들, 옛 백제의 관리들은 여러 척의 배에 나눠 타고 왜국으로 건너갔다.

당나라에서는 반군이 창궐하게 된 원인을 주둔군 책임자인 유인원의 강압적 통치 방식에 있다고 생각했다. 그래서 당나라 조정은 새로 유인궤를 임명하여 점령지 백성들에게 유화정책을 쓰도록 하는 한편, 포로로 잡아 왔던 의자왕의 아들 융을 웅진도독으로 명해서 구 백제 지역 백성들을 진무하게 하였다.

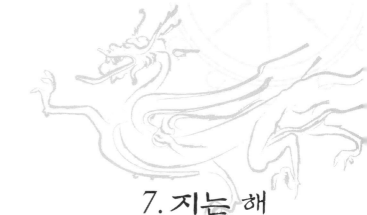

7. 지는 해

 664년 3월, 39세의 문무왕은 재작년 초에 중시 (中侍: 재상)에 임명된 문훈과 함께 차를 들며 이야 기를 나누고 있었다.

"충신과 간신은 어떻게 다른가?"

느닷없는 왕의 질문에 문훈은 당황했으나 평소 느낀 바대로 말했다.

"충신과 간신에도 급수가 있습니다."

"재미있는 말이오. 어디 그 급수를 말해 보구려."

"초급의 충신은 주군의 마음을 잘 헤아려 주군이 줄기만 말해 주면 가지는 알아서 착착 잘 챙겨 일이 잘 풀려나게 합니다. 초급 의 간신은 주군의 사사로운 취미와 기호, 심지어 인간적 약점까지 알아내어 그것으로 파고들어 환심을 사 입신출세를 꾀합니다. 중 급의 충신은 현명하고 경험이 많아 주군이 미처 생각해내지도 못 한 일까지 헤아려 대비합니다."

"그럼 중급의 간신이란?"

"중급의 간신은 비상한 머리를 굴려 주군의 입맛에 맞게 일을 처리하지만 결정적인 순간에 스스로의 몸보신을 먼저 생각합니다. 그러므로 주군이 위기에 처했을 때 도움이 안 됩니다."

"고급의 충신과 간신도 있소?"

"고급의 충신은 현명할뿐더러 자신의 안위를 돌보지 않고 충성스러운 반대를 곧잘 하는 사람입니다. 반대로 고급의 간신은 겉으로는 주군의 비위를 잘 맞출뿐 아니라 충성스러운 반대까지도 서슴지 않지만 속으로는 거짓으로 교묘히 사사로운 목적을 이루기 위하여 암암리에 주군을 유도하는 자입니다. 이런 간신은 충신과 구별하기 어렵습니다."

"재미있는 말이군……"

"최고의 간신은 중간에서 정보를 왜곡하는 자입니다. 듣기 좋은 정보, 자기에게 유리한 정보는 위로 올리고 듣기 싫은 말, 자기에게 불리한 정보는 위로 올리지 않습니다. 심지어는 정보를 차단하고자 사람의 접근을 막습니다. 백제는 이러한 자들 때문에 나라가 망했습니다."

"그렇군. 중시로서 경이 해야 할 중요한 일이 하나 있소. 바로 내게 충신을 천거하는 일이요. 사람을 제대로 골라 적재적소에 두는 일이 중시로서 해야 할 일의 반이라 생각하시오."

"명심하겠습니다."

문훈은 40이 채 안 된 문무왕이 제위에 오른지 겨우 4년째이지만 원로들의 의견과 백성들의 소리를 잘 챙기면서도 국정 목표를 확실히 하여 밀고 나가는 모습을 보고 흐뭇했다.

이때 이찬 진복(眞福)이 들어와 아뢰었다.

"전하, 웅진도독부에서 유인궤가 서찰을 보내왔습니다."

그 말을 들은 문무왕은 얼굴을 찌푸렸다. 희로애락을 잘 드러내지 않는 왕이었지만 요즈음 유인궤 얘기만 나오면 노골적으로 불쾌한 감정을 보였다.

편지를 전해 받은 왕은 내용을 읽어 보더니 고개를 설레설레 흔들었다. 마침내는 편지를 구겨 던지려다 말고 문훈에게 건네주었다.

"모처럼 경과 유익한 시간을 즐기고 있었는데 이 자가 분위기를 다 망치는구먼. 난 이 자들의 상판이라면 꼴도 보기 싫으니 경이 알아서 해 주시오."

왕은 안으로 들어가 버렸다. 문훈은 구겨진 종이를 펴서 읽어 보고 난 뒤 한숨을 쉬면서 자신의 집무실로 돌아왔다.

얼마 뒤, 김유신이 지팡이를 짚고 들어왔다. 그는 연초에 고령을 이유로 사직원을 내었으나 왕이 허락하지 않고 명주(明珠) 지팡이와 안석(案席)을 내려 주는 바람에 그냥 관직에 머물러 있었다.

"행님, 무슨 일이 있능교?"

문훈의 어두운 표정을 보고 유신이 물었다.

"우리가 아무래도 헛고생한 것 같애. 이걸 보게."

문훈은 유신 앞에 구겨진 서찰을 내어 놓았다. 유신은 서찰을 훑어보았다.

"백마를 잡아 피를 마시고…… 금가루로 쓴 증표를 종묘에 간직

한다…… 아니, 이게 무슨 귀신 씨나락 까묵는 소링교?'

"그게 유인궤란 영감탕구가 쓴 거라네. 부여융과 우리 왕을 같이 맹세를 시킨다누만……"

유신은 기가 막히다는 듯, 지팡이로 바닥을 쿵쿵 내리쳤다.

"백제 기준으로 봐도 인간쓰레기인 융이란 자와 어떻게…… 그래 왕은 뭐라 했능교?"

"왕이야 전에 그 자의 얼굴에 침을 뱉지 않았나? 기분이 몹시 언짢아서 '난 그 자들의 상판이라면 꼴도 보기 싫으니 경이 알아서 하라' 그러셨네."

"무슨 근본적인 대책이 있어야지. 이거야 원……"

유신은 혀를 끌끌 찼다.

"지금 당장 쳐들어가서 이것들을 요절을 내뿌리까?"

"지금 당나라군 대병력 40만이 그대로 머물러 있는데 승산이 있겠나?"

"신라의 병력을 모두 동원하면 가능하니더. 다만, 북쪽 국경이……"

"바로 그거야. 고구려가 있는 한 우린 웅진도독부와 문제를 일으킬 수 없는 게 문제야……"

"아! 답답하다……"

유신은 두 손으로 얼굴을 감쌌다.

"지금 자네 밑에 있는 장수들 가운데 누가 제일 뛰어난가?"

"그거야 보는 관점 나름인데…… 용맹으로 말하자면 천존, 죽지, 품일이 으뜸이고 지략으로 말하자면 양도를 따를 자가 없니더. 강수(强首: 신라의 대표적 학자) 선생보다야 못 하지만 글도 잘 쓰고…… 경륜이 좀 짧아서 그렇지 시득이도 남 못지않니다. 머리도 날카롭지만 끈질긴 면이 있거등요……"

유신은 문훈의 아들 시득도 칭찬하였다. 문훈이 듣기 좋으라고 한 게 아니라 진심으로 한 말이었다.

"양도라…… 전에 자넬 따라 평양까지 식량을 실어 나른 친구 말이로군. 근데 자네한테 늘 빛이 가려서 그렇지, 자네 아우 흠순이도 대단한 친구라 그러던데……"

"갸는 무장답지 않게 너무 재는 성격이라…… 박력이 부족해서…… 그런데 그런 건 와 묻능교?"

문훈은 긴 한숨을 쉬었다.

"자네나 나나 이제 70 노인 아닌가? 우리가 오직 삼국통일이란 명제 아래 가족들 하고 오손도손 재미나게 한번 살아 보지 못 하고 여기까지 왔지만 결과가 이게 뭔가? 신라를 계림도독부라니 이게 어디 될 말인가? 우리보다 젊은 사람들을 뽑아 뭔가 대비책을 마련해야 하네."

"무슨 좋은 대책이라도 있능교?"

문훈은 잠시 생각에 잠겼다가 입을 열었다.

"내가 22년 전에 선왕을 모시고 평양에 갔다 온 일이 있지 않은가? 그때 자네가 마중을 나왔었지……"

"그래서요?"

"그때 내가 길잡이를 해 준 한 청년을 소개하면서 그 아비, 안시 성주의 도움으로 풀려났다 하지 않았나? 선왕이 자네한테 얘기를 했는지 모르지만 그 청년의 아버지가 양만춘이란 사람인데, 사실 양 장군은 내가 젊었을 때 왜구에게 죽음을 당하기 직전에 구해 준 인연으로 의형제를 맺은 사람이야. 그 사람과 객관에서 만나 여러 가지 얘기를 나눴는데……"

"아하, 그랬구나. 나도 그때 뭔가 이상하다, 어떻게 그렇게 쉽게 도망쳐 나올 수 있었나 했디마는 그런 인연이 있었기에…… 그 자와는 전장에서 여러 번 겨뤘어도 한번도 결판을 못 냈니더. 죽기 전에 한번 결판을 내야 할낀데…… 하여간 당나라 태종도 그 사람한테 패하고 물러갔다카는데 대단하긴 대단한 자인 모양이시더."

"좌우지간, 그때 그 사람이 중국에서 이연의 군사를 도와 장안성을 점령한 이야기를 하였는데 대단히 흥미로운 게 있어."

유신은 전투 얘기가 나오자 귀를 쫑긋 세우고 주의를 기울였다.

"그때 당군은 아무 손도 쓰지 않고, 고구려 포로들이 당나라 백성으로 변장하고 들어가 곳곳에서 백성들을 부추겨 죽창으로 수나라 군사들을 해치우고 성을 점령하였다는 거야……"

"흐음……"

진지하게 듣던 유신의 눈에서 광채가 번뜩번뜩 빛났다.

"웅진도독부에다가 옛 백제의 민간인으로 변장시킨 공작부대를 대거 침투시킨다, 이 말이구마."

"그렇지, 바로 그거야. 그러면 당나라에서도 우리한테 아무런 항의를 못 할 게 아닌가?"

"그거 명안이시더. 상당 기간 훈련이 필요하겠지만…… 그러면 그 시기는 언제쯤으로 보능교?"

"우리 손바닥에 각자 붓으로 써서 생각을 맞춰 보도록 하세."

문훈의 제안에 유신이 동의하고 각자 붓으로 손바닥에 글자를 썼다. 둘이서 동시에 손바닥을 펼치니, 문훈은 '4년 뒤'라고 썼고,

유신은 '여멸동시(麗滅同時)'라고 썼다.

"흐음, 어쩌면 두 시기가 같을 수도 있겠니더."

"그러기를 바라야지……"

"그러면 국왕에게 바로 보고하고 인선에 착수하시더. 행님 보시기는 몇 명이면 될 끼라고 보능교?"

"백제가 5부(部), 37군(郡), 200성(城), 76만 호(戶)였으니 일인당 공작 대상을 400호로 잡고 2천 명쯤이면 되지 않을까? 백제에서 우리 쪽으로 넘어온 피난민들 가운데 고르면 여러모로 유리할 게야. 이것은 비밀 가운데 비밀이니 국왕을 포함하여 우리 셋과 공작부대 책임자들만 알고 추진하세."

"알겠니더. 시득이를 여기에 쓰는 데 동의하능교?"

"물론 동의하네. 그게 비밀 유지에도 좋을 게고…… 흠순에게 총책임을 맡기고 양도에게 보좌를 시키도록 하세."

"좋니더. 그렇게 하고 실무총책은 시득이에게 맡기면 좋은 짝이 될 끼시더. 아무튼 행님이나 저나 통일은 보고 죽어야 할 거 아잉교? 건강 조심하시이소."

"자네도……"

그리고 둘은 헤어졌다.

문무왕에게 이 일을 보고하자 용안에 금방 화색이 돌았다.

"내가 그 일을 생각하면 밥을 먹어도 소화가 안 되더니, 이제야 경들 덕분에 막힌 혈이 뚫릴 것 같소. 돈은 신경 쓰지 말고 어서 밀고 나가시오. 난 그때까지 무슨 수모라도 참고 견디겠소."

왕은 즉시 공작부대의 창설을 명하고 부대원들에게는 보통 군인의 몇 배에 해당하는 대우를 했다. 이 부대의 사찬 이상 주요 지휘관들에게는 즉결처분을 할 수 있는 특권을 주었다.

이듬해(665년), 문훈은 공식적으로는 관직에서 물러나는 것처럼 하고 실지로는 양도가 주축이 되어 움직이는 공작부대를 후원하는 일을 맡았다. 왕은 공작부대를 원활하게 운용하려면 중시 정도의 경력을 지닌 인물이라야 일이 수월할 것으로 여겼기 때문이다.

또 이 해에, 문무왕은 그렇게 싫어하던 문무왕-부여융-유인궤의 맹약을 군소리 않고 웅진 취리산(就利山)에 가서 이행했다. 그러나 서라벌로 돌아와서는 종묘에 간직하라고 한 맹약문을 불태운 뒤 재를 돼지우리에다 뿌려 버렸다.

666년 고구려―

24년 동안 고구려의 국정을 마음대로 주무르던 연개소문이 죽었다. 그는 병무에는 밝았으나 그밖에는 별로 아는 게 없었다. 외교와 경제 문제 같은 전문성을 요구하는 분야에는 어두워, 영양왕 때의 부강했던 국력을 더 키워 동아시아의 큰 제국으로 성장할 기회를 놓쳤다. 항상 강하고 큰 나라를 부르짖었으나 내정이 따라 주지 못 하여 공허한 염불에 그쳤으며 이 이념을 도교에 접목하고자 했으나 실패했다. 의리를 강조하여 자기 주변의 인물, 친인척, 동부 출신의 학교 후배들을 요직에 배치하고는 정권을 유지하기에 급급해 널리 유능한 인재를 구하지 못 하였다. 무력으로 정권을 장악한지라 반대파의 등장을 두려워하여 밀고 제도를 도입하였으므로 사람들이 본심을 드러내 놓고 말하기를 겁내, 언로가 막혔다. 위엄을 중시하여 상명하복의 절대복종을 조직을 다스리는 철학으로 삼았다. 왕 앞이나 조정회의 때도 항상 몸에는 당시 무사들의 정장 차림인 칼 다섯 개를 모두 차고 다녔으며, 하체가 아주 짧아 말을 타고 내릴 때에는 사람을 땅에 엎드리게 하여 등을 밟고 오르내렸고, 행차 때에는 반드시 친위대를 엄중히 앞뒤로 배치하여 앞에서 인도하는 사람이 큰 소리로 외치면 사람들이 고개를 숙여 쳐다보지 못 하게 할 정도로 암살을 두려워했다.

개소문에게는 아들 셋이 있었는데 첫째 아들 남생(男生)은 얌전한 성격에 책을 좋아하고 활을 잘 쏘았으나 성격이 유약하고 귀가 얇아 사람들이 이 말을 하면 이에 따르고 저 말을 하면 저에 따랐다. 둘째 아들 남건(男建)은 기개가 굳고 사람을 잘 부렸으나 포용력이 부족해 반대 의견을 잘 받아들이지 못 했다. 막내 남산(男産)은 사귐성이 있고 말에 조리가 있어 윗사람으로부터 신임은 잘 받았으나 부하를 거느릴 줄 몰랐다.

개소문이 죽자, 중리위두대형(中裏位頭大兄)이던 남생이 막리지 자리를 이어받았다. 남생은 막리지라는 막강한 권력을 혼자 차지하기는 했지만 변변한 인물, 특히 신진 관료들로 유능한 인물은 남건의 휘하에 훨씬 더 많았다. 그러다 보니 남생이 결정한 일은 잘 먹혀들지 않는 경우가 많았다. 또 남생은 개소문처럼 왕을 좌지우지할 권위가 없었다.

남생은 마침내 병권과 외교 등 바깥 일은 자신이 다루고, 내무는 남건과 남산에게 맡기고는 주로 서부 국경의 여러 성들을 순회하며 다녔다. 그러나 남생의 휘하에 있던 무리들, 즉 주로 개소문의 변란 때부터 권좌에 올라 절대권력에 기생하여 특혜를 누리던 훈구파들은 권력을 양분한데 대해 불만이 많았다.

　남생 밑에 수석 참모인 백기원이란 자가 있었다. 그는 조정의
실무에는 어두웠으나 비상한 계략을 자주 내어 남생의 환심을 샀
다. 그는 훈구파들의 사주를 받아 남생을 부추겨 남건과 남산에게
일부 떼어 준 권력을 되찾아 올 것을 꾀하였다. 백기원은 남생과
남건이 정면으로 붙으면 병권을 장악한 남생이 당연히 이기리라
여겼다. 그리하여 남건, 남산 휘하에 사람을 한 명씩 보내 남건, 남
산의 비리나 흠잡을 만한 것을 은밀히 수집하여 모조리 보고토록
하였다. 그러나 사소한 것들을 빼고는 나오지 않자 다른 계책을 쓰
게 되었다.

　백기원은 남건, 남산에게 그간 남생이 두 사람을 감시하여 왔다
고 은근슬쩍 정보를 흘렸다. 그러자 남건은 남생으로부터 파견된
끄나풀 두 사람을 잡아 죽였다. 그리고 백기원은 자객을 고용, 평
양에 있는 남생의 아들 헌충(獻忠)을 죽인 뒤에 남생에게 말했다.

　"두 아우께서 막리지님을 제거하고 권력을 독차지하고자 혈육
을 해치면서 날뛰고 있습니다. 만일 평양으로 돌아오라는 왕명이
내려와도 이는 흉계이니 절대로 가지 마십시오."

　그런 다음 남건 휘하의 부하를 매수하여 남건에게 보고하게 했
다.

　"막리지가 두 아우와 국왕을 시해하려고 지금 은밀히 병사들을
모으고 있습니다. 시험 삼아 왕명을 내려 평양으로 돌아오라고 해
보십시오. 그는 절대로 들어오지 않을 것입니다."

　이에 남건은 남산과 함께 상의한 뒤에 왕명으로 남생을 소환하
였다. 그러나 백기원으로부터 미리 경계를 받았던 남생은 이를 거
부하고 국내성에 들어가 거란·말갈족을 중심으로 군대를 모았

다. 남건은 먼저 선수를 치기로 하고 왕의 재가를 받아 스스로 막리지가 되어 군대를 동원하여 국내성을 치니 마침내 고구려는 내전 상태에 빠졌다. 남생은 세가 불리해지자 또 다른 아들 헌성(獻誠)을 당나라에 보내 도움을 청했다.

무후는 이때야말로 고구려를 멸할 수 있는 천재일우의 기회라 여겼다. 그녀는 헌성을 우무위장군(右武衛將軍)에 임명하여 명마, 비단, 보도(寶刀)를 내린 뒤 계필하력에게 군사를 주어 남생을 구하라 하고 별도로 사자를 보내 남생을 현도군공(玄菟郡公) 및 평양도행군대총관 겸 지절안무대사(平壤道行軍大摠管兼持節安撫大使)에 제수했다. 남생은 당군의 힘을 빌어서라도 권력을 되찾을 욕심으로 자기 부하가 지키고 있던 가물(哥勿), 남소(南蘇), 창암(倉巖) 등 여러 성을 당군에 내주었다. 당군은 화살 하나 안 날리고 고구려의 여러 성들을 차지한 것이다.

이때 조카들의 싸움과 보장왕의 무능에 나라 꼴이 영영 글렀다고 판단한 연정토는 마침내 자신이 맡고 있던 신라 접경의 12성, 763호, 3543명을 데리고 신라에 귀순하였다. 신라는 연정토와 그의 부하 24명에게 의복, 식량, 저택을 주어 서라벌 인근에 안주시키고 공짜로 얻은 성들에 군사를 배치했다.

이렇게 나라가 위기에 처하고 장수들의 마음이 갈팡질팡하자 남건은 보장왕에게 옥중에 있는 양만춘을 사면하여 본래의 자리인 안시성주로 복권시킬 것을 건의하였다. 이에 만춘은 억울한 누명을 쓰고 하옥된 지 7년 만에 석방되어 안시성으로 돌아오고 군승, 선백 등도 원래 직책으로 복귀하게 되었다.

666년 12월, 마침내 무후는 이적(李勣=이세적)을 요동도행군대총관, 소상백(少常伯)·학처준(郝處俊)을 부장, 방동선(龐同善)·계필하력을 요동도행군부대총관으로 삼고 수륙제군총관(水陸諸軍摠管) 두의적(竇義積)과 전량사(轉糧使) 곽대봉(郭待封) 등도 모두 이적의 지휘를 받게 했다. 또 하북 여러 고을의 조부(租賦)를 모두 요동으로 보내 군용으로 공급하게 했다. 한마디로 수륙의 군사 및 병량 모두를 다스리는 권한을 이적에게 주니 황제 외에 이런 권한을 받은 사람이 일찍이 없었다.

당군은 요택의 진창이 언제나 행군의 발목을 잡는다는 경험을 거울삼아 차라리 겨울에 땅이 얼어붙었을 때 요수를 건너고 날이 풀리면 바로 성들을 공격한다는 작전을 세웠다.

이듬해 3월 초, 당군은 다시 안시성으로 몰려들었다. 옥중에서 쇠잔하여 기력이 다 회복되지도 않은 70 노장 양만춘이 이들을 상대로 싸웠다. 이제 안시성은 아무런 방패막이를 해 주는 것이 없었다. 여느 때처럼 요수에서 당나라군을 저지하는 고구려 병력이나 배후에서 지원해 주는 병력은 눈을 씻고 봐도 없었다. 지원하는 병력은커녕, 남생의 고구려군이 당나라 앞잡이가 되어 공격해 왔다. 성 안의 고구려군은 반은 당군들과의 싸움이요, 반은 같은 고구려군과의 싸움을 치르는 것이었다.

만춘은 힘들었다. 옥중에서 죄 없이 고생을 하고 몸도 이제 늙었다. 하지만 육체적으로 고달픈 것은 그래도 참을 수 있었다. 그러나 무어라 표현할 수 없는 정신적인 고독감은 감당해내기 어려웠다.

도대체, 왜 나라 꼴이 이 모양이 되었나? 같은 동족끼리, 같은 형제끼리, 무엇을 위하여 외적을 등에 업고 싸워야 하나? 과거의 그

숱한 영걸들은 다 어디로 갔는가? 개소문은 왜 그들을 다 죽였는 가? 차라리 왜 못난 아들 삼형제를 몽땅 한 구덩이에 처넣고 불 질 러 죽이지 않고 선량한 장수들을 죽였는가? 왕이란 자는 무엇을 하 고 있는가? 나라는커녕 측근도 다스릴 능력이 없으면서 왜 왕이란 허울을 달고 있는가? 생각할수록 분통이 터지고 사람이 그리웠다. 을지문덕 장군은? 아마도 이젠 돌아가셨겠지…… 가영도 그리웠 다. 그도 이미 십수 년 전에 세상을 떠났다. 유구 출신이었지만 그 누구보다도 가까웠던 친구였다.

이웃 여러 성주들 가운데에서도 절반 이상은 유명을 달리했다. 성충도 그리웠다. 문훈도 보고 싶었다. 아……! 신라에서 태어난 사람들은 얼마나 행복할까? 60년 전, 문훈을 처음 만났을 적에, 그 가 '신라가 삼국을 통일합니다'라고 하자 자신을 비롯한 고구려 병사들이 얼마나 어이없이 웃었던가? 그런데 이제 그 말이 현실로 다가오고 있지 않은가? 이미 모두 고인이 된 그때 유구에 동행했던 병사들이 하늘에서 오늘의 이 광경을 내려다보면 뭐라고 할까? 차 라리 신라에 항복한 연정토의 짓이 현명한 방법인지도 몰랐다.

성벽에서 상념에 잠겨 있는 그의 곁으로 성 밖에서 날아온 화살 이 이리저리 떨어졌다.

"아버님, 위험합니다. 밑으로 내려가십시다."

군승이 만춘에게 권했다.

"아니다. 북문 전투는 어떻게 되어 가느냐?"

그는 남생과 그 앞잡이늘이 집중적으로 공격을 퍼붓고 있는 북 문이 아무래도 걱정되어 물었다.

"예, 선백이가 막고 있습니다만 남생의 병졸들 숫자가 불어나

고전하고 있습니다."

"그리로 가 보자!"

그는 군승을 앞세워 북문으로 갔다. 선백과 군사들이 성벽을 기어오르려는 남생의 군사들을 상대로 치열한 접전을 벌이고 있었다. 언뜻 보니 남생이 성벽 밑에서 이곳을 올려다보고 있는 모습이 눈에 들어왔다.

"네 이놈! 남생아!"

만춘이 찌렁찌렁한 목소리로 외치자 남생과 그 주변의 군사들이 흠칫하며 그를 올려다보았다.

"네 이놈! 네 애비한테 부끄럽지 않느냐? 어찌 당나라의 개가 되었느냐?"

남생은 무슨 말을 하려고 입을 우물거리다가 말고 그냥 돌아서 버렸다.

"네 이놈들! 너희들은 피와 얼을 고구려에서 받았다. 당장 물러가거라!"

성 밑을 가득 메운 남생의 병사들에게 만춘이 외쳤다. 군사들이 어물쩍하는 것을 보자 남생이 다시 돌아서서 부하들을 윽박질렀다. 그러자 다시 성 밑에서 만춘을 향하여 화살이 날아왔다.

"개돼지보다 못 한 놈들!"

만춘은 울분을 토하며 남생에게 창을 던졌다. 창이 남생의 투구를 맞추어 투구가 벗겨져 땅에 떨어졌다. 남생은 황급히 도망쳤다. 안시성 군사들은 만춘의 독전에 고무되어 화살을 쏘아대며 걸쳐진 사다리를 창대로 밀어내는 한편 기어오르는 적군들을 상대로 칼과 창을 휘둘렀다.

"기병들을 모아라! 성 밖으로 나가야겠다."

"아버님은 쉬십시오! 제가 나가겠습니다."

군승이 만춘을 염려하여 말렸다.

"걱정마라! 싸움이란 승세를 탔을 때 쳐야 한다."

만춘은 곧 5천여의 기병을 거느리고 나아가 쫓기는 남생의 군사들을 한바탕 짓밟아 놓은 뒤에 돌아왔다.

그러고 나서 성벽을 돌며 군사들을 격려하였다.

"이 성은 이세민이가 왔을 때도 지켜낸 곳이다. 하잘것없는 조무래기들에게 허점을 보여서는 안 된다."

이적은 6월 말까지 꼬박 넉 달 동안 공격의 고삐를 늦추지 않았지만 안시성은 견고하게 버티었다.

"아니, 같은 고구려군끼리 싸우는데 왜 밀리기만 하오?"

이적은 자신의 무능은 생각하지 않고 남생에게 짜증을 냈다.

"상대가 워낙 노련한 장수라……"

남생이 고개를 떨구었다.

"이러다간 이곳에서 해를 보내겠습니다. 차라리 평양으로 바로 갑시다."

계필하력이 나섰다.

"안 됩니다. 적이 틀림없이 우리 후미를 공격해 올 것입니다."

후진에서 수송을 책임진 두의적이 말했다. 장수들이 난감해서 침묵을 지키는데 학처준이 묘책을 내었다.

"신라군을 요동 전투에 참여시키는 것이 어떻겠습니까?"

이적은 고개를 흔들었다.

"최소한 압록수까지는 가서 신라에 도움을 요청해야 면목이 서지 요수에서부터 도움을 청한다면 대국의 체면이 뭐가 되나?"

학처준은 고집을 꺾지 않았다.

"그렇지 않습니다. 어차피 안시성을 함락하기는 글렀고, 그렇다고 그냥 지나칠 수도 없습니다. 제 말은 싸워 봤자 생색 안 나는 이런 곳은 신라군을 불러 맡기고 우리는 평양성으로 진군하자는 것이지요."

그러자 이세적이 귀가 솔깃해졌다.

"그거 그럴듯한 이야긴데…… 곧 신라에 원병을 요청하도록 하지. 그렇지만 신라군들한테만 맡겼다가 저희끼리 내통하는 수가 있지 않을까……?"

그러자 학처준이 나섰다.

"제가 이곳에 남겠습니다."

당은 즉시 신라에 원군 파견을 요청하였다.

신라는 이 요청을 받고 왕의 다섯째 아우인 파진찬 지경(智鏡), 여섯째 아우인 개원(愷元), 대아찬(大阿湌: 신라 17관등 가운데 다섯째) 원일원(元日原) 등에게 군사를 주어 요동으로 파병키로 하고, 왕은 김유신과 넷째 아우 김인태(金仁泰) 등 30여 명의 장군들과 함께 다곡(多谷)-해곡(海谷)의 길을 따라 평양으로 가기로 하였다. 지경, 개원, 원일원 등이 떠나려 하자 문무왕은 세 장수를 조용히 불렀다.

"잘 들어라. 9년 전, 자장율사가 입적하시기 전에 내게 은밀히 해 준 얘기가 있다. 고구려 요동성 부근에 가면 육왕탑이란 탑이 있고, 거기에 12척 높이의 돌미륵이 있는데 이는 아육왕(阿育王:

기원전 3세기 경에 전 인도를 통일하고 불교를 보호한 임금)이 천지간에 최초로 만든 탑과 돌부처라 한다. 이 돌부처를 모시면 삼국통일이 이루어지고 나라가 천 년 동안 편안해진다 했다. 너희들이 가거든 싸우기 전에 반드시 이 미륵을 배로 먼저 실어 보내고 나서 전투에 임하라.”

이어서 왕은 불경 하나를 내어 주었다.

“옮기기 전에는 반드시 이 경을 읊어라. 그래야 불상이 움직일 수 있다 했느니라.”

요동으로 간 신라군은 고생고생하여 겨우 육왕탑을 찾아냈다. 처음에 깜빡 잊고 경을 외우지 않고 옮기려 하였더니 꼼짝도 하지 않았다. 그러다가 나중에 왕이 준 경을 읽고 나자 쉽게 움직였다.

서라벌에서는 이 불상이 도착하자 황룡사에 모셨다. 불상을 제자리에 앉히자 오색구름이 일고 선명한 무지개가 홀연히 이곳에 걸렸다고 한다.

나중에, 설인귀가 당나라에서 저명한 스님을 데리고 다시 그 장소에 와서는 미륵이 이미 사라졌음을 알고 발을 동동 굴렀다고 전한다.

한편, 이적은 지경·개원·일원의 신라군이 도착하자 안시성 공략은 지경·개원의 신라군과 학처준에게 맡겼다. 그는 원일원의 신라군과 함께 신성(新城)으로 장소를 옮겨 공격을 펼쳤는데 여러 날이 되도록 성과가 없었다. 그러자 남생이 몰래 사람을 파견하여 성 안의 장교 사부구(師夫仇) 무리와 내통하여 이들이 성주를 묶고 성문을 여니 성이 함락되고 말았다. 이에 주위의 16성이 모두 당군의 손에 넘어갔다.

　남건은 이 소식을 듣고 신성 쪽으로 군사를 증파했다. 당나라측에서는 고간(高侃)이 나와 고구려군 증파 병력과 싸웠다. 고구려군은 고간의 부대를 물리치고 신성을 탈환했다. 이어 고구려군은 다른 성들도 탈환코자 나아가다가 당군의 역습을 받아 5만 명이 전사했다.

　한편 이적은 압록강 쪽으로 진군하면서 별도로 곽대봉과 풍사본(馮師本)에게 수군을 지휘하여 평양성을 공격하게 하였다. 곽대봉은 고생 끝에 패수 하구에 이르렀으나, 군량과 장비를 실은 풍사본의 후속부대가 탄 배들이 모두 고구려 수군에 전멸되어 고기밥이 되었으므로 군사들이 거의 굶어 죽을 판이었다. 사병 하나가 겹겹이 쳐진 고구려군의 포위를 뚫고 압록강변에 주둔한 이적의 부대까지 와서 곽대봉의 서신을 전달하였다.

　이적은 이때 고구려군과 강을 사이에 두고 격전을 벌이느라 정신이 없었다. 이적이 편지를 뜯어보니 〈칠언시(七言詩)〉라는 제목의 글이 나왔다.

　　氷馬水兵八王滅
　　八良米日一里絲
　　色文寸不口下人
　　西女臣又絲火心
　　車八一月刀八天
　　邊不女口日土寸
　　八王兵八良我四

"이 자식! 남은 바빠 죽겠는데 태평스레 무슨 시냐? 내 이 자의 목을 꼭 베고 말겠다."

이적이 종이를 구겨 던지니, 행군관기통사사인(行軍管記通事舍人: 전투 기록 담당관) 원만경(元萬頃)이 이를 주워 보았다. 그는 이적에게 설명하였다.

"이것은 시가 아닙니다. '氷馬' 란 합쳐서 '풍(馮)' 자가 되고 '八王' 은 '전(全)' 자를 쪼갠 것이니 첫줄은 아마 '풍사본(馮師本)의 수병이 전멸하였다' 는 뜻일 것이고, 셋째 줄의 '文寸' 은 '대(對)' 자의 약자이니 이런 식으로 읽으면 둘째, 셋째 줄은 '식량절대부족(食糧絶對不足)' 의 뜻이 됩니다. 넷째 줄의 '火心' 은 아마도 '급(急)' 자를 대신 쓴 것 같고, 여섯째 줄의 '변(邊)' 자는 그냥 갓머리를 칭한 것으로 여기까지 읽으면 요긴급수송(要緊急輸送)이 되며 마지막의 '사(四)' 는 '사(死)' 와 소리가 같으니 '불여시전병아사(不如時全兵餓死)' 라는 뜻입니다. 아마도 적이 이 글을 빼앗아 보고 우리의 허실을 알게 될까 봐 두려워서 파자(破字)를 한 것 같습니다. 진짜 시에도 이런 형식이 있는 바 그것을 이합시(離合詩)라 합니다."

이적은 자신의 무식이 폭로되자 그제야 머리를 긁적거리며 평양으로 식량을 보낼 방법을 의논하였다. 바닷길은 고구려의 수군이 제해권을 장악하고 있고 압록수 너머에는 첩첩이 고구려 진영이라 보낼 방법이 없었다. 만만한 게 신라인지라 다시 신라에 양곡 조달을 부탁하기로 하고, 원일원 휘하의 신라군 가운데 이동혜(尒同兮) 촌주 대내마 강심(江深)을 뽑았다. 그에게 거란 기병 80명을 주면서 무슨 수를 쓰든 남쪽의 신라군에게 편지를 전하라 하였다.

강심은 겹겹이 쳐진 고구려군의 진을 피해, 죽을 고비를 수십 번 넘어 가며 마침내 신라군 진영에 이르렀다. 이때 문무왕이 직접 이끄는 평양 원정 부대가 칠중성을 지나고 있었다. 문무왕은 용감하게 임무를 수행한 강심을 진급시키라고 지시한 뒤 편지를 읽어 보았다.

'대총관이 알린다. 신라군은 만사를 다 젖혀 놓고 빨리 평양으로 가 곽대봉의 군사들에게 식량을 공급하고 거기에 모여라.'

왕은 제장을 불러 의논했다. 장수들이 모두 반대했다.

"그것은 무리한 부탁입니다. 지금 평양과 이곳 사이에 고구려의 성이 수십 개인데 그것을 다 그대로 두고 평양까지 곧장 갔다가 고구려군이 퇴로를 끊으면 곽대봉의 부대는 물론 우리 부대까지 독 안에 든 쥐가 됩니다."

"그렇다고 대총관의 말을 무시할 수는 없고 어떡하면 좋은가?"

김유신이 건의했다.

"부장들의 말이 백 번 맞습니다. 그러나 이적의 말도 무시하기 어려우니 평양으로 가기는 가야 하겠으나 도중에 있는 수곡성(水谷城: 황해도 신계군)은 전략 요충 가운데 요충이라 깨뜨리고 지나지 않을 수 없습니다."

그리하여 신라군은 일단 수곡성을 공략하였다.

이적은 여러 차례 압록수 도하를 시도하였으나 남건이 철통 같이 방어하므로 강을 건널 수가 없었다. 장수 하나가 와서 청했다.

"이곳에서 50리 떨어진 곳에 위화도란 섬이 있는데 그곳의 방위가 상대적으로 허술하니 거기로 병력을 집중하면 건널 수 있을 것입니다."

이적은 위화도로 가서 지형을 살펴보았다.

"도강엔 더 없이 좋은 지형이다. 그런데 고구려군이 그것을 모를 리 없지. 저런 곳에는 틀림없이 매복한 군사가 있을 것이다. 그렇다면 어디……"

이적은 나름대로 머리를 굴렸다. 그리고는 이합시를 풀이한 원만경을 불러 글을 짓게 하여 고구려 진영으로 보냈다.

남건이 이적으로부터 받은 글에는 이런 내용이 적혀 있었다.

동방의 우뚝이 빼어난 장수 남건,
문(文)은 고금을 꿰뚫었고,
무(武)는 그 옛날 항우를 능가했네.
그러나 어쩌랴! 시절을 잘못 만난 것을……
형은 천하의 대세와 역사의 물줄기를 알아,
천자의 품에 귀의했건만,
동생 홀로 창공에 남은 외톨이 기러기 신세가 되었네.
사면이 초가(楚歌)인데 더 버텨 무엇하리……
진실로 죽어 후대에 이름을 길이 남기고자 한다면,
오늘 밤 위화도에서 천자의 군대와 자웅을 결해 보세.

남건이 부하 장수들에게 편지를 보이니 장수들의 의견이 한결같았다.

"이것은 삼척동자도 알 만한 잔꾀입니다. 우리가 주력을 그쪽으로 이동하면 그 틈을 이용하여 이곳에서 도강하겠다는 수작입니다."

"그럴까? 난 이적이 나름대로 머리를 굴리는 거라고 생각하는데…… 어디 누구 말이 맞나 봅시다."

남건은 아주 큰 백지에 단 네 글자만을 적어 답서로 보냈다.

'謹聞命矣(삼가 명을 받들겠습니다).'

답신을 받아 본 이적은 예상했다는듯이 소리쳤다.

"됐다! 이것은 거짓이다. 오늘 밤 우리는 위화도로 도강한다."

이적은 군사들 일부만을 앞에 세워 거짓으로 강을 건너는 척 요란히 기를 흔들고 북을 치며 고함을 지르게 한 뒤 주력을 이동하여 위화도 쪽에서 강을 건넜다.

그러나 수많은 배들과 뗏목을 동원하여 섬 중간쯤에 다다랐을 때 갑자기 사방에서 불화살이 하늘 높이 솟아오르더니 섬 뒤쪽과 상류 쪽에서 무수한 고구려 병사들이 공격하여 왔다.

"이적은 어디에 있느냐? 연남건이 목을 받으러 왔다."

벽력 같은 고함이 울렸다.

"아차, 그게 아니었구나!"

이적은 후퇴 명령을 내렸다. 그러나 야간에 물 위에서 급습을 당한 군사들은 대혼란에 빠져 4만여 군사들이 고구려군의 화살과 칼 아래 쓰러지거나 물귀신이 되었다.

대참패를 당한 이적은 책임을 원만경에게 뒤집어씌워 영남(嶺

南)으로 귀양 보내고 자신은 요수 쪽으로 철수하였다.

안시성 근방에 오니 학처준이 성에서 나온 양만춘의 고구려군에게 쫓기어 도망치고 있었다. 이적은 일단 학처준의 부대를 구해 줬다. 고구려-당나라 양군은 주필산(駐蹕山) 동쪽 평야에서 대치 상태에 들어갔다.

"고구려군의 숫자는 얼마나 되나?"

"3만을 약간 넘습니다."

학처준의 대답에 이적은 인상을 찌푸렸다.

"귀관의 군사는 5만이 넘지 않은가?"

"죄송합니다. 적들이 우리와 같이 있던 신라군이 돌아간 것을 알고 급습하는 통에 그만……"

학처준은 말꼬리를 흐렸다.

"지금 우리 병력이 도합 10만을 넘는다. 적들이 성으로 들어가기 전에 요절을 내야겠다."

이적이 압록수에서 당한 분풀이를 이곳에서 하려고 전면전으로 승부를 걸려 하자 부장이 말렸다.

"압록수에서 철수한 우리 군사들이 이곳으로 전부 집결하려면 시간이 걸립니다. 서두르지 않는 게 좋을 것 같습니다."

그러나 이적은 듣지 않았다. 압록수에서 연남건에게 당한 그는 부하들에게 뭔가를 보여 주어서 체통을 회복하고 싶었다.

"걱정하지 마라. 평지 싸움에서는 수적 우세가 절대적이다. 더구나 이곳은 전에 태종 황제가 고구려군을 이긴 곳이다. 땅 기운이 우리 편이다."

그는 마침내 하북의 기병을 선두로 세우고 공격 명령을 내렸다.

고구려 진영에서는 양만춘이 높은 언덕에서 이들의 움직임을 지켜보고 있었다.

"흠, 저것은 중국 장수들이 흔히 애용하는 공명의 팔진법이라 하는 것이다. 언뜻 틈이 없는 것 같지만 한번 무너지면 다시 수습하기는 쉽지 않다. 어디 오늘은 을지문덕 장군께서 책에 쓰신 진법 가운데 하나를 써먹어 볼까?"

그는 부장 고연무에게 좌익의 적을, 선백에게 우익의 적을 공격케 하고 자신은 군승과 함께 말갈 기병과 보병을 이끌고 정면으로 나아갔다.

"고구려 놈들이 장사진(長蛇陣: 두 부대가 적의 선두와 후미를 강타하는 기동전술)으로 나오는 것 같습니다."

학처준이 이적에게 말했다.

"그럴 줄 알았다. 진형을 팔문금쇄진(八門金鎖陣: 조조가 창안했다는 진법 중 하나)으로 바꾸고 적을 가둔 뒤 포위 섬멸하라!"

이적이 자신 있게 말했다. 그러나 고구려군은 팔문금쇄진의 휴(休), 생(生), 상(傷), 두(杜), 경(景), 사(死), 경(驚), 개(開) 여덟 곳 문들 가운데 유일하게 사는 문인 생(生), 경(驚), 개(開)의 세 곳을 향하여 곧장 돌격해 왔다.

늦은 아침부터 시작된 이 날 전투는 거의 반나절 이상 계속되었다. 처음에는 당군과 고구려군이 이리저리 뒤엉켜 어느 편이 우세한지 판가름하기가 어려웠다. 그러나 시간이 지날수록 당군의 진영은 점점 쪼개져 산만한 반면, 고구려군은 마치 내부에 무한한 힘을 축적한 식물이 꽃망울을 연속적으로 터뜨리듯 넘치는 힘을 뿜어내었다. 세 개 집단의 군이 마치 삼두사(三頭蛇)가 움직이는 모양으로 조직적으로 어우러졌다 갈라졌다를 되풀이하며 당군을 유린하였다.

특히 이 날 싸움에서 말갈 기병들의 활약은 눈부신 것이었다. 용감무쌍한 투혼과 마치 춤추듯 장창을 휘둘러대는 능란한 무용 앞에 하북 기병은 상대가 되지 않았다. 그들이 돌진하는 곳마다 기병이든 보병이든 당나라군은 추풍낙엽처럼 떨어졌다.

마침내 이적은 군사의 절반 이상을 잃고 도망쳐 남생이 제공한 남소성, 목저성, 창암성으로 들어가 성문을 굳게 닫고 꼼짝도 하지 않았다. 된통 혼이 난 이적은 남생을 불러 상의하였다.

"말갈 기병이 용맹하단 얘기는 들었지만 그렇게 센 줄은 몰랐소. 고구려군에게서 말갈 기병을 떼놓을 방법이 없겠소?"

남생은 한참 생각하더니 입을 열었다.

"말갈족은 원래 출신에 따라 대략 여섯 개의 무리가 있습니다. 그 가운데 흑수부는 애초부터 고구려에 복속을 거부하였고, 안시성에는 율말부와 불열부 출신이 많고 신성에는 백줄부와 안차골부 출신이 많습니다. 그 외 호실부는 오골성에 많이 있습니다. 이들에게는 말갈 독립국을 세우는 것이 숙원입니다. 그러나 안시성에 있는 말갈인들은 성주 양만춘이 이들을 고구려인과 차별 없이 대하니, 구슬려 봐야 먹혀들지 않을 것입니다. 하지만 신성에 있는 백줄부와 안차골부 출신 우두머리에게 독립국 건설을 확실히 약속해 준다면 솔깃해 할지도 모릅니다."

이적은 바짝 구미가 동했다.

"무슨 방법을 쓰든 신성에 있는 말갈인들을 우리 편으로 끌어들일 방법을 찾아 주시오. 그런 연후에 다른 곳에 있는 말갈인들을 회유한다면 우리는 수십만의 원군을 얻은 거나 다름없소."

"제가 데리고 있던 말갈 장수 가운데 백줄부와 안차골부 출신이 있습니다. 중간에 사람을 놓아 장군의 뜻을 전하고 은밀히 신성에 있는 말갈족 우두머리와 접촉해 보겠습니다."

남생은 이 말을 실천에 옮겼다. 그러자 과연 얼마 뒤 신성에 있는 말갈족 우두머리에게서 연락이 왔다.

'말갈 독립국의 건립을 황제의 옥새가 찍힌 서면으로 보장한다면 기회를 봐서 고구려 진영에서 이탈할 수 있다.'

이 소식에 이적의 표정이 밝아졌다. 마침 무후의 명을 받고 일선의 정황을 파악하러 나온 시어사(侍御史) 가언충(賈言忠)과 이 문제를 함께 논의했다.

"황제의 조칙으로 말갈 독립국을 보장한다…… 쉽지는 않겠는데……?"

가언충이 고개를 갸웃하자, 이적이 말했다.

"제가 적당히 가짜 옥새를 하나 파서 그냥 찍어 줘 버릴까요?"

남생이 끼어들었다.

"그들도 바보가 아닙니다. 가짜 도장인지 아닌지 확인할 길은 얼마든지 있습니다. 예컨대 고구려에 보낸 국서의 도장과 대조해 본다든가…… 평양에도 궁정 안에서 잡무에 종사하는 말갈인들이 수두룩합니다."

"그도 그렇지만 아무리 가짜라 해도 황제의 이름이 들어가는 옥새를 판다는 건 보통 일이 아니오. 자칫 황제가 오해하면 장군의 목이 위태로울 수도 있소. 이 일은 정식으로 황제께 보고하지 않으면 임의로 진행하기 어렵겠소. 그런데 장군께서는 언제쯤 다시 다음 작전을 전개할 생각이오?"

가언충의 물음에 이적은 멋쩍게 대답했다.

"내년 초, 날이 풀리는 대로 바로 시작할 작정입니다."

"알았소. 그때까진 내가 돌아가니 황제께 보고하여 바로 연락을 드리겠소."

문무왕이 이끄는 신라군은 이적의 부탁에 따라 평양에서 멀지 않은 장새(獐塞)에 이르러 아사 직전에 있는 곽대봉 휘하의 당나라군들에게 식량을 주었다. 신라군은 이적의 군대가 빨리 오기를 눈 빠지게 기다렸으나 이적으로부터 내년까지는 공격이 없을 것이라는 전갈을 듣고 허망하게 발걸음을 돌렸다.

유신이 서라벌로 돌아오니 문훈은 병석에 있었는데 상태가 위중하였다.

"그래, 전황은 어떻던가?"

문훈은 누운 채로 유신에게 물었다.

"이적이 남건에게 패하여 다 망쳤니더. 아무래도 내년에 다시 가야 할 것 같니더."

"내년에는 자신 있는가?"

"고구려가 내분이 심하니…… 더 버티기는 어려울 끼시더."

"고구려가 끝난 다음에는 어떻게 되겠는가?"

"웅진도독부의 예로 봐서 당나라는 고구려 땅도 고스란히 다 차지하려 들 게 틀림없니더. 아무래도 당나라와 일전을 각오해

182

야……"

유신의 표정이 굳어졌다.

"무슨 대비책이라도 있는가?"

"흠순과 양도가 철저히 준비는 하고 있지만 저들이 어떻게 나오느냐에 따라 변수가 많니더."

"내가 아무래도 약속한 4년을 못 채우고 죽을 것 같네."

"행님, 약한 말씀 마시소. 눈을 감으시더라도 꼭 통일을 보고 감으셔야 될 거 아잉교?"

"그게 어디 사람 힘으로 되는 일인가?"

문훈은 힘없이 웃었다.

"내가 병석에 누워서 가만히 생각해 봤는데 당나라를 물리치려면 수군을 길러야 하네. 그 방법밖에 없네."

유신은 잠시 생각하더니 고개를 끄덕였다.

"맞니더. 나야 수군에 대해서는 문외한이지만 우리가 만약 서해 해상만 완전히 장악해서 당의 추가 병력이나 보급선이 상륙하지 못 한다면야 뭍에서의 싸움이 훨씬 수월하지요."

"지금부터는 우리 주적을 당나라라 생각하고 대비하게. 왕께 말씀 드려 전함 건조 작업을 시작하게. 적어도 200척 이상은 되어야 하네."

"명심하겠니더."

"내가 저승에서라도 꼭 자네 모습을 지켜보겠네."

"행님, 무슨 말씀을……"

"마지막으로 부탁 하나 하겠네. 일전에 말한 대로 안시성의 양만춘 성주는 내 의형이야. 그 양반에게는 내가 신세를 너무 많이 졌네. 선왕께서도 신세를 진 셈이고…… 만일 고구려가 망하거든 그 분 일가족들을 자네가 꼭 좀 보살펴 주게. 혹 기회가 되거든 이 편지도 좀 전해 주고……"

문훈은 유신의 손을 꼭 잡고 나서 서신 한 장을 맡겼다.

"염려 마시소, 행님. 의리를 숭상하는데 어찌 피아의 구별이 있겠능교?"

"자네만 믿겠네."

이런 대화를 나눈 그 날 밤, 문훈은 세상을 떠났다.

8. 아아, 평양성

이듬해, 다시 당나라의 대 고구려 공세가 시작되었다.

이때, 정세는 고구려군에 절대적으로 불리한 형국이었으니 그것은 다름 아닌 남생의 존재 때문이었다.

종전까지, 당군은 1년 이상 작전을 펼칠 수가 없었다. 하북에서 날씨가 풀리는 2~3월에 출발해서 요택의 늪지대를 지나거나 아니면 북쪽으로 우회해서 현도성이나 신성에 이르면 4~5월이 되었다. 이때부터 작전을 시작하여 추위가 닥치는 11월까지 요동의 여러 성을 함락시키거나 아니면 평양성을 함락시켜야 했다. 그렇지 않고 더 버티면 식량 수송이 곤란한 데다 추위가 닥쳐, 얼어 죽거나 고구려군의 칼에 죽거나 둘 가운데 하나였다. 바꾸어 말하면 고구려군은 8~9개월만 잘 버티면 적이 스스로 물러나지 않을 수 없게 되어 있었다.

그런데 이 상황은 남생이 고구려의 성 몇 개를 당나라에 내어 줌으로써 사정이 달라졌다. 적은 이제 겨울이 닥쳐와도 중국으로 물러가지 않고 여러 성에서 느긋하게 등을 따뜻하게 하고 배를 불리면서 기다렸다가 날이 풀리자마자 공격을 개시할 수 있게 된 것이다. '적의 울타리 안의 아군은 울타리 밖의 아군의 열 배와 같다'는 말이나, 병법에 '적의 양식 1종은 국내 양식의 20종과 맞먹으며 적의 말먹이 한 섬은 국내에서 가져온 말먹이 20섬과 맞먹는다'는 말이 바로 이 경우였다.

이러니 남생은 당나라 쪽에서 보면 눈에 넣어도 아프지 않을 만큼 귀한 존재가 되었고, 거꾸로 고구려 쪽에서는 뼈를 갈아 마셔도 시원찮을 만고역적이었다.

게다가 백제가 망함으로써 당나라는 웅진도독부 주둔군도 동원하여 남북 협공 작전이 가능하게 되었다. 더욱이 이때 중국에서는 측천무후라는 여걸이 적인걸(狄仁傑), 요원숭(姚元崇), 위원충(魏元忠), 누사덕(婁師德) 같은 인재들을 기용하여 후방에서 튼튼한 지원을 보냈다. 이에 견주어 군사정권의 허수아비에 지나지 않는 보장왕은 개소문이 죽은 뒤에도 권력을 되찾아 오지 못 했다. 또 무엇보다도 내전 때문에 병사들의 사기가 땅에 떨어져 누구를 위한 싸움인가 의심하게 되었다. 《손자병법》에서 말한 오사(五事) 중에서도 으뜸으로 친 도(道)가 땅에 떨어진 것이었다.

당나라 시어사 가언충은 요동 전선 시찰을 마치고 장안으로 와무후에게 전방의 일을 아뢰었다. 무후가 물었다.

"군중(軍中)이 어떠하더뇨?"

"반드시 이길 것입니다."

가언충은 자신 있게 대답하였다.

"무슨 근거로 그렇다는 겐가?"

"예전에 선제 태종께서 뜻을 이루지 못 한 것은 적에게 아직 틈이 없었기 때문입니다. 속담에 '군대에 중매가 없으면 중도에 돌아온다' 고 하였습니다. 지금 고구려왕 고장(高藏: 보장왕의 본명)은 허약하고 권신이 처사를 마음대로 하며 개소문이 죽은 뒤 그 아들들은 서로 권력 다툼으로 날을 새웁니다. 남생은 우리에게 빌붙어 충실한 우리 군의 안내자가 되었으니 적군의 실정에 대해 모르는 것이 없습니다.

게다가 고구려는 흉년이 거듭되고 지진으로 땅이 꺼졌으며, 늑대·여우가 성으로 들어오고 두더지가 문에 구멍을 파대서 인심이 흉흉하니 이번 걸음으로 성공할 것이며 두 번 걸음할 일이 없을 것입니다."

그는 무후의 눈치를 봐 가며 이적이 부탁한 말갈 독립국에 관한 건을 보고했다. 무후는 의외로 선선히 승낙했다.

"고구려가 망하고 난 다음에는 그까짓 땅 조금 떼어 주는 일이 무슨 큰일이겠소? 줬다가 나중에 아까우면 군사를 일으켜 다시 빼앗아 버리면 그만 아니오?

그리고…… 이적 장군에게 고구려를 이기고 나서는 반드시 신라왕과 장수들을 함께 처치하라고 하시오. 지난번에 소정방에게 이 일을 시켰는데 김유신이란 자 때문에 실패했다 하오. 이번에는 실수 없이 처리토록 하시오."

당나라는 정초부터 남북 합동작전을 꾀하여 웅진도독부의 감독을 겸하고 있던 우상(右相) 유인궤를 요동도부대총관으로 삼고 학처준, 김인문을 그 부장으로 삼았다.

2월에는 설인귀의 선제공격으로 부여성을 함락시켰다. 남건이 부여성을 구하려고 이적 등과 설하수(薛賀水)에서 만나 어울려 싸웠으나 3만여 명의 사망자만 내고 패퇴하였고 이적은 대행성(大行城)으로 진출하였다.

이때 신라에서 김보가(金寶嘉)가 사신으로 와서 신라군의 행동 지침을 물었다. 이적은 한참 생각한 뒤에, 신라군은 바로 평양으로 집결하되 반드시 왕이 직접 오라고 말했다. 그리고는 다시 유인궤를 시켜 황제의 칙명으로 이를 집행하게 하였다.

문무왕은 대각간(大角干: 김유신을 포상코자 내린 정규 관등을 초월한 최고 벼슬) 김유신, 각간 흠순, 대아찬 양도, 이찬 인태, 그리고 지난해 요동 전투에 참여한 적이 있는 대아찬 일원을 모아 놓고 비밀회의를 열었다.

"경들이 보기에 지금의 여당(麗唐) 전황이 어떤가?"

좌중에는 잠시 침묵이 흘렀다. 일원이 말했다.

"지난해 제가 요동 전투 때 본 바로는 이제 고구려의 멸망은 시간문제라 여겨집니다. 그때 남생이 이적의 옆에서 공격이 있을 적마다 고구려의 실정을 샅샅이 말하는걸 보았습니다. '이 성 성주는 몇 시부터 몇 시까지 낮잠 자는 버릇이 있다' 는 것 하며, 말이 몇 필이며 양곡이 몇 섬이다, 성벽 어느 쪽에 돌이 몇 개 허물어져 있다는 것까지 말했습니다. 그러니 고구려가 무슨 수로 이기겠습니까?"

문무왕이 개탄했다.

"개소문이 참으로 아들 교육을 잘못시킨 값을 톡톡히 받는군. 막리지 벼슬에 있었던 자가 어떻게 제 나라를 그렇게 팔아넘길 수가 있단 말인가?"

흠순이 거들었다.

"얼마 전에 살별(혜성)이 필성(畢星)과 묘성(卯星) 사이에 나타난 것은 고구려가 망할 징조라고들 말을 합니다. 아마 고구려가 올해를 넘기기 힘들지 않나 사료됩니다."

"이적은 나더러 직접 군사를 이끌고 평양성으로 와서 기다리라고 했다는데, 경들의 생각은 어떤가?"

유신이 답했다.

"그것은 안 될 말이옵니다. 지금 당나라는 우리가 연초에 보낸 연정토도 억류하고 돌려보내지 않고 있습니다. 이적은 음흉한 자입니다. 그의 흉계를 경계하지 않을 수 없습니다. 이번 고구려 원정군은 제가 갈 테니 대왕께서는 서라벌에 머무르셔야 합니다."

문무왕은 잠시 생각하더니 말했다.

"이적에게 흉계가 있다면 대각간이 간다는 것 역시 안 될 말이오. 대각간은 나라의 기둥인데 만일 무슨 변고가 있다면 어찌 하겠소? 또 저들이 작심하고 들면 무엇인들 못 할 것이며 웅진도독부가 코앞인데 궁궐을 모두 비운 사이에 도독부 주둔군이 들이닥치면 누가 감당하겠소?"

양도가 의견을 내놓았다.

"이렇게 하면 어떻겠습니까? 만약 전하께서 서라벌에 머무시면 이적은 틀림없이 황제의 칙명을 우습게 아느니, 군기를 어겼느니 어쩌니 트집을 잡을 게 분명합니다. 전하께서는 저희들을 먼저 평양으로 보내시되 후진으로 천천히 따라오시다가 한산주에 머무시고, 이곳 서라벌은 대각간 어른께 맡기시는 게 어떨까 합니다. 한산주는 평양에서 그리 멀지 않아 저희들이 먼저 도착해서 기미가 이상하면 바로 대왕께 연락 드릴 수 있고, 또 웅진도독부에서 이상한 짓을 하면 대각간 어른과 연락하여 바로 협공할 수 있으니 그 가운데 상책이 아닌가 합니다."

일동은 양도의 제안이 가장 현명하다고 생각하여 그에 따르기로 했다.

그리하여 유신은 풍질(風疾)을 핑계로 서라벌에 남고 인문, 천존, 도유 등을 6월 22일 1진으로 출발시키고 27일에 왕이 2진으로 출발하였으며, 다른 부대들은 29일 3진이 되어 출발했다.

7월 16일에 한산주에 도착한 문무왕은 그곳에 머물고, 후속 3진 부대들은 1진을 따라 북진토록 하였다.

당군과 고구려군은 이때 평양성 부근의 사수(蛇水)에서 일대 격돌을 벌이고 있었다. 남건은 이곳을 평양성의 최후 방어선으로 여기고 전력을 집중하여 막았다. 당군들은 신라군이 도착할 때까지 방어선을 돌파하지 못 하고 고전하고 있었다.

신라군 대아찬 문영이 돌파의 소임을 자청하고 나섰다. 문영 휘하의 한산주 소감 김상경(金相京)이 선봉이 되어 부하들과 돌격하여 다리를 건넜다 그러나 건너자마자 고구려군이 벌떼처럼 덤벼들어 싸우다 죽었다. 이를 지켜본 사찬 구율(求律)이 명령도 받지 않고 다리 아래로 내려가 물을 건너 진격하여 고구려군과 맞붙었다. 그러자 고구려군에서 갑자기 수천의 기병을 내세워 측면을 공격하므로 신라군이 위태롭게 되었다. 대당소감(大幢小監) 본득(本得)의 기병 2천이 달려가 죽을힘을 다하여 이들을 막고 문영이 나머지 군사를 모두 출동시켜 겨우 고구려군을 들판 쪽으로 밀어냈다.

그제서야 당나라군이 총공격에 나섰다. 고구려군은 사수에서 물러나 평양성으로 들어갔다.

신라군이 도착하자마자 용전분투하는 것을 본 이적은 당나라 장수들을 모아 놓고 분발하라고 다그쳤다.

이에 계필하력이 공명심에 불타 군사들을 이끌고 먼저 평양성 밑에 이르렀다. 그는 빨리 공을 세우고 싶은 마음에 조급히 사다리를 걸고 성을 공격하다가 군사의 절반을 잃고 물러났다. 성 안에서 고구려군이 몰려나와 나머지 당군을 섬멸하려 들었다. 계필하력의 군대가 쫓기어 평양 남교(南橋)까지 이르렀을 때, 신라 장수 구기(仇杞)가 병사들을 이끌고 나와 싸워 겨우 구원되었다.

이적의 대군이 평양성을 포위하자 고구려군과 나당연합군 사이에 본격적인 전투가 벌어졌다.

한 달 동안 포차, 강궁, 충차, 운제 등 갖가지 무기들을 동원해서 공격했으나 고구려군의 저항은 완강했다.

그러나 고구려 보장왕은 엄청나게 많은 적의 숫자에 겁을 집어먹고 항복할 마음이 생겼으나 겉으로 드러내지는 못 하고 전전긍긍하였다. 그런데 남산이 은연중에 똑같은 생각을 비치므로 둘은 항복할 궁리를 하였다. 남산이 용기를 내어 남건에게 왕의 뜻을 알리자 남건은 침통한 표정을 지었다.

"군사(君使)가 혼연일체가 되어 막아도 될까 말까 한 처지에 군주가 되어 어찌 한심하게도 항복을 생각한단 말인가?"

　남건은 휘하 장수들과 이 일을 의논하였다. 장수들은 싸움이 끝날 때까지 보장왕을 아예 유폐시켜 놓자는 주장을 했다. 그러나 남건이 고개를 흔들었다.

　"나는 아버지가 저지른 잘못을 되풀이하고 싶지 않다."

　그는 마침내 항복하고 싶은 사람은 성 밖으로 내보낼 것을 결정하였다. 그리하여 보장왕과 그 측근들 98명이 백기를 들고 성 밖으로 나갔다. 남산 역시 보장왕을 따라나섰다.

　남건은 다시 성문을 닫고 지키면서 한편으로는 군사를 내보내 싸워 일진일퇴를 거듭하였다.

　이적이 김인문, 흠순, 천존, 문충을 불러 놓고 의논했다.

　"지금 공방전이 두 달 가까이 계속되었는데도 사상자만 늘어나고 싸움에 결정적인 승세가 없다. 만일 신라군에서 이 난국을 타개하는 장수가 있다면 황제와 공훈을 논하는 자리에서 마땅히 그를 으뜸으로 삼을 것이다."

　그러자 흠순이 나섰다.

　"지금 신라군은 사수 싸움 이래 독자적인 작전권이 없습니다. 만일 장군께서 앞으로 신라군의 독자적인 작전권을 인정하신다면 방법을 찾아보겠습니다."

　이적은 미간을 찌푸리고 한참 생각하더니 마침내 허락하였다.

　흠순 일행은 신라군 진영으로 돌아와 평양성에 침투할 병사들을 모집하였다. 남한산 군사(軍師) 북거(北渠)와 흑악령(黑嶽令) 선극(宣極)이 자원하였다.

　둘은 밤중에 날쌘 기병 500명을 이끌고 평양성으로 침투하여 선극은 평양 대문을 열고 북거는 북문을 열었다. 문밖에서 기다리던 한산주 소감 박경한(朴京漢)과 서당당주(誓幢幢主) 김둔산(金遁山)의 부대가 즉시 들이닥쳤다. 성문을 지키던 고구려 군주(軍主) 술탈(述脫)이 막았으나 박경한의 손에 죽고 말았다.

신라군이 성문 두 곳으로 진입하여 곳곳에서 싸움을 벌이자 당군들이 비로소 뒤따라 들어와 싸움을 거들었다. 밤새 치열한 접전이 벌어졌다. 성 안이 온통 비명 소리와 고함 소리, 건물이 불에 타 무너지는 소리로 생지옥을 이루었다.

동이 트자 성 안에 즐비하게 널린 시체가 눈에 들어왔다. 고구려군은 점차 수세에 몰리기 시작했다. 남건은 남은 군사들을 모아 평양소성(平壤小城)에 들어가 항거하였다.

이때 남건의 휘하에 승려 출신인 신성(信誠)이란 장수가 있었는데 관세가 불리해지자 소장(小將) 오사(烏沙) 및 요묘(饒苗)와 짜고 배신을 꾀했다. 그들은 나당연합군측에 몰래 사람을 보내 내응하기를 청하였다.

닷새 뒤, 신성이 성문을 여니 신라군의 비열홀 가군사(假軍師) 세활(世活)을 필두로, 나당연합군이 들이닥쳐 성에 불을 질렀다. 남건은 할복 자결하였으나 숨이 끊어지기 전에 잡혔다.

이때가 668년 9월 말이었다.

이적은 다시 무후의 밀명대로 신라를 칠 궁리를 해 보았다. 당초 그의 계획은 문무왕을 평양으로 불러 고구려군이 항복하는 즉시 신라 장수들과 함께 잡아 가두고 서라벌로 진군하는 것이었다.

그런데 문무왕이 한산주의 힐차양(肹次壤)이란 곳에 머물면서 이 핑계 저 핑계 대고 오지 않았다. 대안을 생각해 보니, 평양의 신라군과 일전을 치른 후에 다시 남진하여 문무왕의 군사를 깨뜨리고 서라벌로 진공해야 할 터였다. 하지만 신라군들의 무용을 보니 평양에 있는 군사를 깨뜨린다는 것도 만만치 않거니와 한산주의 군대, 나아가 서라벌의 김유신 군단까지 쳐서 이긴다는 것은 더욱 자신이 서지 않았다. 결국 신라와의 일전은 뒤로 미루어야 했다.

평양성이 함락되자 이 유서 깊은 수도는 완전히 아수라장이 되었다. 점령군은 고구려 장수들 가운데 남건에 가담하여 끝까지 저항한 고급 장교들을 모두 목 베어 머리를 저잣거리에 걸어 놓았다. 하급 장교들은 성민들이 보는 앞에서 날마다 사정없는 채찍질과 태형을 당하였다. 보름 동안 성 안은 처절한 비명과 고통에 못 이긴 신음으로 가득하여 연옥을 방불케 하였다.

또 이적은 부하들에게 지시하여 전 고구려 안의 서적을 다 모으게 한 다음 한꺼번에 불살라 버렸다. 장안에서 온 문관들이 고구려 문물이 상당 부문 당나라보다 훨씬 앞서 있다고 이구동성으로 주장하는 게 듣기 싫었던 것이다.

그런 다음 그는 당나라로 끌고 갈 포로를 골랐는데 그 수가 무려 20만 명이었다. 포로의 숫자가 이렇게 많게 된 것은 고구려를 다시는 일어설 수 없도록 하려는 의도도 있었지만 그보다는 이적의 노욕과 허영심이 작용한 게 주된 이유였다. 이적을 누구보다 신임하는 측천무후는 평양 함락 소식을 듣고 성대한 개선 행사를 베풀 터이니 위용을 갖추어 장안으로 들어오라는 명을 전해 왔다. 이 전갈을 받고 무후의 성격을 잘 아는 이적은 되도록 많은 포로를 데리고 가 끌고 다니며 구경거리로 삼는 게 장안의 백성들에게 태후의 위엄을 과시하고 또 그녀에게 아부하는 길이라 믿었다.

백제가 항복했을 때 소정방이 당나라로 끌고 간 포로는 1만

2807명이었다. 당시 문헌에 따르면 백제 인구는 76만 호로서 고구려의 69만 호보다 많았다. 물론 고구려에는 산악 지방이 많아 공식적인 호구에 포함되지 않은 인구가 꽤 있었지만 그렇더라도 백제의 총인구를 크게 넘어서지 않았다. 더구나 아직 요동 지방의 적에게 넘어가지 않은 여러 성 주민수를 감안한다면, 평양성 주변의 고구려 백성들은 열에 하나는 끌려가는 포로 신세가 되었다 해도 지나친 말이 아니었다.

설인귀가 이적의 무리한 처사를 보다 못 하여 입을 열었다.

"장군, 지금 우리가 가진 배를 다 합쳐 봐야 5만 명을 태우기도 힘듭니다. 20만 명은 너무 지나치지 않습니까? 더욱이 지금 해상에는 고구려의 수군 세력이 만만찮게 남아 있습니다."

"배에 다 못 태우면 육로로 끌고 가면 될 것 아니오?"

이적은 퉁명스럽게 되받았다.

포로를 고르는 일로 평양성은 다시 한번 생지옥을 이루었다. 아이를 놓아주지 않으려는 어미의 처절한 울음소리, 사랑하는 사람의 소매를 놓지 않으려는 남녀의 절규, 딸을 뺏기고 통곡하는 부모들의 흐느낌 소리가 성 밖에까지 들리었다.

선인(仙人) 이상의 벼슬을 가진 자는 노약자와 걸을 수 없는 어린아이만 빼놓고 식구 전부가, 그밖의 군인 가족 가운데 장정이나 부녀자로서 노동력이 있는 웬만한 사람들은 거의 포로가 되었다. 그리고 보장왕의 두 아들 복남(福男)·덕무(德武)와 대신 이상으로 나중에 이용 가치가 있는 소수만을 식구들과 더불어 승선시켰다. 나머지는 우선 장정들을 굴비처럼 엮어 숨 쉴 공간도 주지 않고 배 밑창에다 밀어 넣었다.

또 고구려 수군들이 함부로 공격해 오지 못 하게 포로들을 뱃전에 묶어 죽 늘어세웠다. 이와 같이 고등어 재듯 최대한 밀어 넣어도 배에 태울 수 있는 인원은 5만 명에 불과했다. 결국 아이들, 부녀자들, 장정들 가운데 배에 다 못 싣지 못 한 포로는 줄줄이 엮어서 요동 땅을 지나 장안까지 4500리 길을 걸어가게 되었다. 애초에는 부녀자들은 배에 태우자는 의견이 있었으나, 남자들만을 걸리게 되면 요동을 지날 때 문제를 일으킬 우려가 있다 하여 여자와 아이들이 함께 걷는 신세가 되었다.

때는 음력 10월, 벌써 몽고 쪽에서는 매서운 겨울바람이 불어오고 있었다. 보장왕은 이적의 감시 아래 육로로 가면서 그의 백성이었던 사람들의 처량한 모습을 지켜봐야 했다.

설인귀는 평양에 남아 검교안동도호(檢校安東都護)가 되어 2만 명의 군사를 거느리고 주둔하면서 고구려의 5부, 176성, 69만여 호를 9도독부, 42주, 100현으로 나누어 통치하였다.

평양성의 비극을 전해들은 만춘은 식음을 전폐하다시피 하고 드러누워 있었다. 혼미한 머릿속에 아버지 어머니의 모습, 영양왕, 을지문덕 장군의 모습, 가영의 모습, 그리고 지난 세월 겪었던 숱한 전장에서의 일들이 가물가물 떠올랐다.

이런 그에게 어느 날 군승이 와서 십수만의 고구려 포로들과 그보다 훨씬 많은 수의 당군 행렬이 안시성 동쪽 100리 지점인 고산에서 남쪽으로 우회하고 있다고 알렸다.

이때 이적은 회군하는 길에 요동 지방의 항복하지 않은 성들 가운데 일부라도 점령하고 돌아갈까도 생각했으나 무후와 개선 행사

기일을 12월 말까지로 이미 잡아 놨기 때문에 내년에 다시 나올 생각을 하고 그냥 지나치기로 하였다. 그는 도중에서 가장 껄끄러운 안시성을 피하여 남쪽 건안성 방향으로 우회하던 길이었다.

이 소식을 들은 만춘은 자리에서 벌떡 일어났다. 그리고는 부장 몇 명만을 데리고 말을 달려가 외진 곳에 숨어 이들을 관찰하였다. 그것은 차마 눈뜨고는 볼 수 없는 비참한 광경이었다. 이미 눈이 하얗게 덮인 벌판을 남루한 옷차림의 고구려 포로들이 행렬 양 옆과 감시병들의 가운데에 늘어서서 손이 묶인 채 눈보라를 맞으며 기진맥진한 모습으로 걷고 있었다.

"약은 놈들, 우리가 화살을 쏘지 못 하도록 저렇게 뒤섞여서 걷게 하는구나……"

만춘은 추위에 얼어 죽을 사람들이 속출할 것과 장안에 도착한 뒤에 과거 그가 겪었던 것처럼 포로들이 당할 온갖 수모를 생각하니 더욱 가슴이 찢어지는 것 같았다.

"즉시 다른 성에 통보해 군사들을 모으자. 단 얼마라도 구출해 내야겠다."

"아버님, 무립니다. 적 병력은 대강 봐도 50만이 넘습니다. 게다가 우리는 활을 쓰지 못 하는데 적은 마음대로 쏠 수 있습니다."

군승이 만류했다.

"내가 싸우려는 것은 이기거나 분풀이를 하려는 것이 아니다. 또 아무리 노력하더라도 겨우 극소수의 백성만 구할 수 있을 것이다. 내가 싸우려는 목적은 나른 데 있다. 저 많은 백성들이 이역만리에서 고생하면서 우리의 싸우는 모습을 떠올리면 뭔가 희망을 가질 것이다. 희망을 잃지 않는 백성에게는 언젠가 기회가 온다.

하지만 이 추운 벌판에서 아무도 관심을 가져 주지 않을 때 저 백성들이 남의 땅에서 자포자기해 버린다면 영영 남의 나라 종노릇하는 신세가 되지 않을까, 그것이 나는 두려운 것이다. 정 안 되면 적의 꽁무니라도 치자! 빨리 가서 준비하자!"

만춘은 아직도 건재한 10여 개 성에 기별을 띄우는 한편 안시성에도 출전 준비를 알렸다.

그러나 사흘 뒤에 들려온 것은 좋지 않은 소식이었다. 신성 성주 석호명이 군사 1만 5천을 거느리고 오다가 휘하에 있던 말갈 기병 5천이 변심하여 성주의 목을 베어 싸들고 당군 진영으로 도망쳤다는 소식이었다. 그밖의 다른 성에서 오던 병력 가운데서도 말갈족이 다 이탈해 버린 경우가 대부분이었다. 병력을 모아 보니 안시성 병력 3만을 합쳐 겨우 6만이 못 되었다. 만춘은 힘이 빠졌다.

'나라가 있는 군대와 나라가 없는 군대가 이렇게 차이가 나는구나……'

그러나 그는 단념하지 않았다. 만춘은 우선 자기 휘하에 있던 말갈족 우두머리를 불렀다.

"잘 듣게. 지금 여러 성에서 말갈족의 이탈이 두드러지고 있네. 이는 필시 당나라가 간계를 꾸민 것이 분명하네. 그러나 그들을 믿지 말게. 지금 당나라는 간악한 여자 한 명이 천하를 주무르고 있네. 그 여자가 말을 바꾸는 건 손바닥 뒤집기보다 쉽고 다른 사람들은 허수아비야. 그러나 만일 자네들이 정 떠나고 싶다면 언제든지 떠나게. 그게 자네들에게 정말로 도움되는 일이라면 난 반대 않겠네."

만춘이 말을 마치자 말갈족장은 울면서 말했다.

"저희들은 성주님께 태산 같은 은혜를 입었습니다. 저희들은 23년 전 주필산에서 당나라 놈들이 우리 말갈 포로들 수천 명을 송두리째 구덩이에 넣고 학살한 광경을 똑똑히 기억하고 있습니다. 저희들은 목숨이 다 하는 날까지 성주님을 따르겠습니다."

"고맙네. 고구려는 왕은 항복했지만 나라는 꼭 다시 일어날 걸세. 자네들의 노고에 꼭 보답하는 날이 올 걸세."

만춘은 그들을 고무시킨 다음 다른 성에서 온 장수들과도 결사 항전을 맹약하고 작전을 짰다.

활을 쏠 수 없는 데다 적병이 이쪽의 열 배에 가까웠으므로 작전은 주로 지형을 이용해 기병을 주축으로 기습하여 꼬리를 토막 내 놓고 도망치는 유격전 위주로 짰다.

고구려군은 당군의 행렬이 건안성을 출발할 때부터 시작하여 요수에 이를 때까지 끊임없이 나타나 괴롭히고는 사라졌다. 게다가 지형에 밝은 이점을 교묘히 이용하는 통에 당나라군은 고구려군을 끝까지 추격할 수가 없었다. 가랑비에 옷 젖는다는 말처럼 이렇게 매일 수차례나 덤벼드는 고구려 병사들의 칼에 쓰러지는 숫자가 하루에 수천 명이 넘었다.

이런 일이 요수를 건넌 뒤에도 끈질기게 계속되자 마침내 이적은 보장왕의 측근 신하를 대동한 사신을 만춘에게 보내왔다.

"장군의 고명은 일찍이 들어 알고 있습니다. 그러나 고구려는 이미 왕이 항복하여 우리 진영에 있습니다. 그런데도 무의미하게 이렇게 인명 손실만 초래하는 전부는 군자가 할 행동이 아니라 여겨집니다. 부모가 집을 이사하겠다는데 자식이 안 따라가겠다고 우기는 것과 마찬가지 아닙니까?

만약 장군께서 고구려왕과 뜻을 같이 한다면 영공(英公: 이적을 말함) 대감께서는 꼭 황제께 주청하여 이미 항복한 고구려인들의 안전은 당연히 보장할 것이며, 아직 항복하지 않은 성들은 귀공의 휘하에 두어 다스리도록 하겠다고 하셨습니다. 그렇게 되면 주민들은 평온하게 생업에 종사할 수 있으며 귀공은 이들을 거느리게 되니 좋은 일 아닙니까?'

만춘은 한바탕 크게 웃고 나서 말했다.

"임자 없는 땅의 주인이 되라…… 거, 기분 나쁜 일은 아니오. 그러나 나는 내 분수를 알고 있소. 나는 무장이지 나라를 다스릴 만한 그릇은 못 되오. 그리고 황제께 주청한다고 하셨는데 도대체 지금 중국의 황제가 누구요? 이 씨요? 아니면 무 씨요? 그리고 이 요동 땅은 본시 우리 땅인데 중국황제가 무슨 권한으로 누구에게 다스리라 마라 한단 말이오?"

사신은 아무 대꾸도 못 하고 입을 다물고는 옆에 있던 보장왕의 측근에게 눈짓을 했다. 그는 만춘도 안면이 있는 보장왕의 측근 가운데 측근이었다. 그는 만춘에게 두루마리 서찰을 건네주었다. 보장왕의 친필 서한이었다.

'……짐이 덕이 없어 나라를 지키지 못 하고…… 경의 충성심은 만고에 본받을 만하다. 그러나 지금은 이미 대세가 기울어 나라를 지킬 힘이 없으니 무고한 백성들을 전쟁의 참화에서 구하고 평화를 되찾는 길은 당나라에 의지하여 문물을 본받는 것이 최선의 길이다. 자꾸 당군이 돌아가는 길을 괴롭히면 그들의 적개심만 일으켜 나중에 장안에 도착한 뒤 우리 백성에게 가해질 가혹 행위

가 두렵다……'

언뜻 봐도 이적이 옆에서 부른 대로 받아 쓴 냄새가 물씬 풍겼다. 만춘은 서신을 갈갈이 찢어 버리고 싶은 충동을 가까스로 참고 보장왕의 신하에게 자신의 뜻을 전했다.

"돌아가거든 고장(高藏)이한테 전하시오. 오늘 이후로 고구려에서 아무도 그를 왕이라 부르지 않을 거라 전하시오. 우리 백성들 가운데 이제 아무도 그를 받드는 사람은 없소. 오랑캐의 꼭두각시 노릇을 하며 주구가 될 바에야 깨끗이 목숨을 끊어 선대왕들의 영전에 나가 죄를 빌라 하시오. 우리는 최후의 한 사람까지 싸우다 죽을 따름이오."

그는 이어서 당나라 사신에게 말했다.

"이적 장군에게 전하시오. 이 엄동설한 험한 벌판에 죄 없는 숱한 백성들을 짐승처럼 몰아가는 게 과연 중유(仲由)를 하늘처럼 받드는 나라의 황제가 시키는 짓인가 물어보시오. 만일 그대들이 포로들 가운데 쇠약한 사람을 다 풀어 주고 나머지 포로들에게는 의복과 양식을 충분히 준다면 공격을 멈출 수도 있다고 전하시오. 단, 풀어 줄 사람을 정하는 건 당신네들이 멋대로 정해서는 안 되고 반드시 우리 대표가 가서 선발하는 조건이라야 하오."

이적은 사신의 말을 전해 듣자 처음에는 체면이 구겨진 듯 기분이 나빴다. 그러나 다시 생각해 보니, 약해 빠진 포로들을 끝까지 끌고 가느니 풀어 주는 것이 행군 속도도 빨리할 수 있고 양식도 덜 축내는 일이다 싶어 동의하였다. 그는 곧 석방 인원수에 대한 협상에 들어갔다.

만춘은 절반을 주장하고 이적은 1할인 1만 5천을 주장했다. 결국 쌍방 주장의 평균을 조금 넘는 5만 명 선에서 합의가 이루어졌다. 여타 포로의 처우에 대해서는 옷가지는 군용으로 비축하고 있는 옷들을 즉시 지급하되, 식량은 장안에 이를 때까지 병사들과 꼭 같은 분량과 종류를 줄 것을 문서로 언약하였다. 이를 담보하기 위하여 당시 종군한 이적의 손자 이경업(李敬業)과 당나라 장군 세 명을 안시성에 인질로 잡아 두었다.

사실 만춘은 되도록 많은 포로를 데려오고 싶었지만 안시성의 식량이 모자라 난감한 실정이었다. 군승·선백 등 안시성의 부장들이 석방 포로를 선발하러 갔는데 포로들이 하나같이 애타게 자기를 데려가 주기를 갈망하는 눈길이어서 차마 마주 바라볼 수가 없었다. 결국 쇠약자, 부녀자, 아이들 위주로 선발하였다. 남은 사람에게는 단지 희망을 가져라, 용기를 잃지 마라는 말밖에 할 수가 없어서 선백·군승은 하루 종일 울어 눈이 퉁퉁 부어 돌아왔다.

포로를 이끈 이적의 군대가 장안에 도착하자 무후는 이적에게 성대한 개선 대회를 열어 주고 그들의 특등공신(고구려측에서 보자면 배신자)인 남생을 우위대장군(右衛大將軍)에 임명하고 스스로 항복한 보장왕과 연남산을 각각 사평태상백원외동정(司平太常伯員外同正)과 사재소경(司宰少卿)으로 삼았다. 끝까지 저항한 연남건은 검주(黔州)로 귀양 보냈다.

만춘은 고구려 포로들이 큰 인명 피해 없이 장안에 도착했다는 소식을 듣고 이경업 등 인질을 풀어 주었다.

16년 뒤인 684년. 이경업은 자신의 할아버지 이적이 그렇게 충직하게 모셨던 측천무후를 치고자 의병을 모은다.

'한 줌의 흙이 아직 채 마르지 않았는데, 여섯 자 외로운 몸은 어디에 있는가?('선제 고종을 장사 지낸지 얼마 안 되는데, 그 뒤를 이을 중종은 어디에 계신가? 라는 뜻)'

'시험 삼아 오늘의 국내를 보라. 도대체 누구의 천하냐?'

이경업이 뿌린 격문의 내용들이다. 이경업은 왕위 계승권을 갖고 장난치는 측천무후의 전횡에 철퇴를 때리고자 양주(揚州)에서 군사를 일으켰다. 그러나 이 거사가 실패하자 그는 고려국(高麗國: 당시 고구려 유민 일부가 국내성을 중심으로 세운 나라. 잠깐 동안 존재)으로 망명하려고 했다. 결국 뜻은 이루지 못 하고 측천무후가 보낸 군대에 패하여 죽었다.

당시 당나라 백성들은, 보신(保身)에 급급하여 무후에게 아첨하던 권신들과는 달리 평안히 부귀영화를 누릴 수 있음에도 불구하고 무후의 독재를 막고자 군사를 일으킨 이경업에게 마음속으로 뜨거운 박수를 보냈다. 이처럼 의인으로 불린 그가 고구려 유민에게 몸을 의탁하려 했다는 것은 668년 당시, 안시성에 체류하며 많은 것을 느꼈기 때문일 터이다.

9. 8년 전쟁의 시작

문무왕은 대외정책을 결정하는 데 머리 회전이 빨랐다. 또한 일반 백성들의 살림살이나 경제 문제에도 해박한 지식을 갖춘 명군(名君)이었다. 그는 이제 백제와 고구려가 지도 위에서 없어진 이상, 신라가 그 유민들을 받아들여 민족공동체의 구심점 역할을 해야 한다는 민족의식이 뚜렷한 지도자이기도 했다.

669년 2월 21일, 그는 중대한 교서를 내렸다. 교서의 내용은—

'첫째, 기사년(己巳年: 669년) 2월 21일 새벽 이전에 죄를 범하여 감옥에 갇힌 사람 가운데 5역(五逆)의 죄를 범한 자 빼고는 모든 죄수를 풀어 준다'. 이른바 생계형 범죄에 대해서는 무조건 방면령을 내린 것이다. 사실 이 당시에는 잦은 흉년으로 말미암아 굶주림을 해결 못 해 남의 재물을 훔치다 투옥된 자가 많았으며, 또 가난한 백성들이 귀족들에게서 곡식을 빌렸다가 갚지 못 하자 귀족들이 채무감옥(債務監獄)에 집어넣은 경우가 허다했다. 그런가 하면 귀족들은 웬만해서는 감옥에 가는 경우가 드물었다. 말하자면 무전유죄 유전무죄(無錢有罪 有錢無罪)가 성행하고 있었던 것이다. 문무왕이 더 이상은 귀족들의 자의적인 사형(私刑) 관행을 두고 보지 않겠다는 뜻이었다.

'둘째, 사채동결령(私債凍結令)을 내린다'. 곡식을 빌려 쓴 백성들 가운데 흉년이 든 지방에 사는 사람은 이자와 원금을 모두 갚을 필요가 없고, 풍년이 든 지방에 사는 사람은 추수철에 이르러 단지 원금만 갚고 그 이자는 갚을 필요가 없다는 명령이었다. 왕은 여러 관청으로 하여금 이 명령을 지키지 않는 자들을 철저히 찾아 엄벌에 처하도록 했다.

이전에도 이런 조치를 생각해 본 왕들이 더러 있었다. 그러나 귀족들의 반발이 두려워 감히 시행하지는 못 했다. 그런데 문무왕이 대차게 밀어붙인 것이다. 또 5월에 천정군(泉井郡: 현재의 원산), 비열홀군(比列忽郡: 현재의 원산-안변 지역), 각련군(各連郡: 현재의 강원도 회양)의 백성들이 굶주리자 궁궐 창고를 열어 양곡을 방출하였다. 이러니 자연히 백성들의 인심이 국왕에게 쏠렸다.

그런데 문제가 발생하였다. 비열홀군의 비열성(卑列城) 일대는 원래 고구려 땅이었다가 신라 진흥왕이 뺏어 낸 곳인데 안동도호부(安東都護府: 당나라가 옛 고구려 땅을 직접 다스리고자 세운 기관)에서 이 땅을 일방적으로 자기네 소속으로 편입시켜 버린 것이다. 사채동결령으로 고무되어 있던 이 지방 백성들은 다시 당나라에 세금을 내야 하는, 조세부담을 지게 됨과 아울러 자칫 사채동결령이 자기네 고장에서는 무효화될지도 모른다는 생각이 들자 크게 실망하여 마침내 들고일어나 안동도호부에서 파견된 관리들을 내 쫓아 버렸다.

　문제는 이에 그치지 않았다. 이 사건의 소문을 들은 웅진도독부 소속 주민들(옛 백제 백성들)도 웅성거렸다. 이웃 신라에서는 사 채동결령이 내렸다는데, 도독부의 당나라 놈들은 대여곡식에 엄청 난 고리(高利)를 붙여 수탈을 일삼으니…… 급기야 누적된 불만이 폭발하여 백제 유민들이 도독부 관리를 내쫓아 버리는 사태가 빈 번히 발생했다. 물론 여기에는 문훈과 유신이 일찍이 훈련시켜 심 어 놓은 공작부대가 민심을 업고 행동대 역할을 했던 것이다.

　사실 나당(羅唐)의 긴장 관계는 평양성이 함락된 직후부터 나타 났다. 이적이 당나라로 돌아갈 때, 평양성 공략에 으뜸가는 공을 세운 신라군은 황제가 크게 표창할 것이라는 말에 김인문·대아찬 조주(助州)·인태(仁泰)·의복(義福)·수세(藪世)·천광(天光)· 흥원(興元) 등이 따라갔다.

　그러나 막상 장안에서의 사정은 전혀 달라, 표창이 공정성을 상 실했다. 이적의 직속 부하들은 별반 공이 없는 자도 후한 상을 받 고, 심지어 고구려 항장(降將)들도 웬만한 상 하나씩을 받는 반면, 신라 장수들은 한 사람도 수상자 명단에 끼어 있지 않았다. 빈손으 로 돌아오는 신라 장군들에게 고작 술대접을 하면서 하는 말이 '신라가 군대 동원 기일을 어겼으니 어쩔 수 없다'는 것이었다. 이 에 신라 장수들 사이에 당나라에 대한 불신감이 커졌다.

　그뿐 아니라 연초부터 웅진도독부에서는 전함을 대대적으로 수 리하는 공사를 벌였다. 이를 두고 구 백제군 사이에는 '이 배를 수 리하는 것은 겉으로는 왜국 정벌 핑계를 대고 있지만 사실은 수리가 끝나는 대로 곧 신라를 치러 갈 것이다'라는 말이 공공연히 나돌았다.

이 판국에 한성도독 박도유(朴都儒)의 반역 사건이 일어났다. 그는 백제 여자와 결혼해 살면서 농민들을 상대로 곡식을 대여해 주고 이를 고리로 거둬들이는 사채업에도 손을 댔다. 백성들이 곡식을 못 갚으면 땅을 뺏는 수법으로 많은 토지를 수탈하여 왔는데, 왕이 사채동결령을 내리자 잔뜩 불만을 품고 있었다. 마침 웅진도독부에서는 그를 부추겨 한성을 웅진도독부로 편입시킬 음모를 꾸몄고, 박도유는 이에 호응하였다. 그러나 웅진도독부측에 병기 창고를 내어주기 직전에 발각되어 흠순과 양도의 손에 처형되었다.

그런데 웅진도독부에서 보고를 어떻게 했는지 당나라는 칙명을 보내, '흠순과 양도는 장안으로 와서 사죄하라'고 하였다. 문무왕은 669년 6월, 둘을 보내 충분히 해명토록 했다. 당 조정은 두 사람을 6개월 이상 감옥에 가두어 놓고 심한 고문을 하여 양도가 감옥에서 죽었다.

당나라는 이에 대한 아무런 해명도 없이 뭉개고 있다가 670년 정월 초하룻날 귀국한 의상대사를 통해 이 사실을 안 신라가 강력히 항의하자 그때서야 슬며시 흠순만을 돌려보내면서 신라와 안동도호부·웅진도독부의 땅 경계를 그린 지도를 지참시켜 보내왔다.

이 지도에 따르면 백제·고구려 최전성기의 땅은 당나라가 다 가져가는 것으로 되어 있었다. 즉, 신라는 한성주·비열홀군·하슬라주를 내줘야 할 뿐 아니라, 영토가 북으로는 죽령, 서로는 대야성을 경계로 하는 손바닥 만한 땅으로 줄어드는 것이었다.

이제 문무왕은 결단을 내려야 했다. 마침내 그는 유신과 흠순·

시득을 불러서 당부했다.

"지금 당은 고구려·백제 땅뿐만 아니라 한성주를 차지하기 위해 갖은 흉악한 음모를 꾸미고 있다. 지난번 박도유 사건도 그 일환이다. 이러다간 우린 결국 동해 바다로 밀려날 판이다. 앉아서 당할 수만은 없다. 웅진도독부와 안동도호부 지역의 농민 봉기를 적극 지원하라. 1차 목표는 패수까지이다. 그것은 우리의 권리이다. 그 다음은 형편을 보아 가며 결정할 것이다."

그런 다음 병기를 손질하고 병사들의 훈련을 강화하며 병선을 수리하여 출동에 대비토록 지시하였다. 670년 정월의 일이었다. 한편으로는 중신들을 모아 놓고 병력의 열세를 극복할 방안을 논의하였다.

대아찬 인태가 말했다.

"요동에는 아직 항복하지 않은 고구려 성이 여럿 있습니다. 이들과 손잡고 안동도호부를 남북으로 협공하는 것이 좋은 방안이라 사료되옵니다."

다른 신하가 반대 의견을 내었다.

"우리가 당군과 더불어 평양을 쳤는데 우리가 무슨 낯으로…… 그들이 쉽사리 그 감정을 잊을 수 있겠소?"

"크게 기대할 것은 아니지만, 지난번 돌아가신 문훈 대감으로부터 안시성주 양만춘이란 사람과 젊었을 때 이상한 인연으로 서로 의형제를 맺은 사이라 들었습니다. 그 사람이 의협심이 대단한 인물이라 하오니, 혹 우리가 처한 어려운 처지를 잘 알리고 또 문훈 대감의 유언을 전하면 응할지도 모릅니다."

유신이 거들자 문무왕이 명하였다.

"나도 선왕께 여러 번 그 사람 얘기를 들은 바 있소. 사자를 물색하도록 하시오."

"기왕이면 돌아가신 문훈 대감의 자제, 급찬 시득을 보내도록 하겠습니다."

유신의 천거에 따라 시득은 평복을 하고 한수 이남으로 향했다. 몰래 어선을 빌어 요동 반도 끝에 도착, 대장산도(大長山島)에 진을 치고 있는 고구려 수군 잔여 병력과 만났다. 그들의 안내를 받아 당군의 감시망을 뚫고 안시성에 이른 뒤 성 밖 외딴 오두막에 머물면서 기회를 노렸다.

그러던 어느 날 무시무시한 한파가 닥쳤다. 날아다니는 새의 날갯죽지가 얼어 땅에 떨어질 정도로 추워지자 당군은 포위를 잠시 풀고 자기들이 차지한 이웃 성으로 물러났다. 이 틈을 타 시득은 안시성으로 들어가 문무왕의 친서를 전하였다. 만춘은 별로 기분이 개운치 않았다.

"신라의 법민이라는 자, 염치도 좋다. 당나라 놈과 같이 군사를 동원하여 고구려를 칠 때는 언제고 2년이 채 안 된 지금에 와서 다시 같이 당군을 치자고? 대체 우리의 어려운 사정을 알고나 하는 얘긴가?"

그러자 시득은 또 한 통의 편지를 내놓았다.

"이것은 저희 아버님이 돌아가시기 전 남기신 편지입니다."

'형님, 못난 아우가 흙 속으로 들어가기 전에 몇 자 적습니다. 생각하면 60년 전, 철이 아직 덜 들었을 때 왜적에게 죽을 목숨을 건

진 이래 그 은혜를 못 갚은 가운데 다시 선왕과 같이 평양에 들어
가, 형님의 바다와 같이 넓은 도량으로 저와 선왕이 목숨을 건졌습
니다. 만일 형님이 아니었으면 제 목숨은 물론 어찌 신라가 온전할
수 있었겠습니까? 그 뒤에 들은즉 형님께서 그 일로 오른손까지 잘
렸다 하니 제가 죽어서도 부처님께 뵐 낯이 없겠습니다. 저는 늘
삼국이 통일되어 형님을 모시고 한솥밥을 먹으면서 패수에서 낚시
질을 하고 금강산에 올라 산천 구경을 하며 태백산에서 사냥이나
하면서 여생을 보내는 게 소박한 꿈이었습니다. 이제 명이 다하여
꿈은커녕, 은혜의 만분의 일도 갚지 못 하고 먼저 저 세상으로 갑니
다. 형님이야 그 너른 마음 씀씀이로 극락왕생할 게 확실하지만 죄
많은 저야 어찌 그런 영화를 바라겠습니까? 그러나 혹시라도 내세
에 다시 인간으로 태어날 홍복을 누린다면 반드시 양지 바른 곳에
다 자그만 집을 짓고 형님을 매일 모실 수 있기를 꿈꾸어 봅니다.

　소식을 들으셨겠지만 백제는 이미 망하고 아우 성충은 불귀의
혼이 되었습니다. 저승에서라도 아우를 만나볼 수 있기를 빌어 봅
니다. 이 글을 쓰는 지금 우리 군사들은 평양으로 출정하였습니다.
듣건대 남생이 당군의 앞잡이가 되었다 하니 이런 만고의 역적부
터 목을 자르는 게 우선이라 여겨집니다만 제 능력으로는 그렇게
못 하는 게 안타깝습니다.

　당나라는 지금 백제가 망한 뒤에 한 뼘의 땅도 남김없이 몽땅
차지하고는 그것도 모자라 우리 신라의 땅을 넘보고 있습니다. 우
리가 고구려와 싸워 이기든 고구려가 우리에게 이기든 궁극적인
적은 저 음흉한 당군이라 생각하니 울분으로 몸이 떨릴 지경입니
다. ……제가 죽은 뒤에 만일 고구려가 이번 싸움에서 당군을 이기

거든 주저하지 마시고 유신이나 제 아들 시득에게 부탁하여 힘을 합하여 웅진도독부와 적군을 소탕하시고 그 땅을 차지하십시오. 그것이 또한 아우 성충의 혼을 위로하는 길이기도 합니다. 그간 입은 은혜를 다시 한번 엎드려 감사드리오며 옥체 만강하시기를 빕니다…….'

만춘은 편지를 읽은 뒤 시득을 찬찬히 훑어보고 나서 물었다.
"아버지가 쓴 편지라고? 그럼, 그대가 문훈의 자제란 말인가?"
"그렇습니다."
시득이 공손히 대답했다. 만춘의 마음이 흔들렸다.
'그래, 궁극적인 적은 당나라군이다. 고구려가 없어진 지금, 신라와 과거의 은원을 따져 무엇하겠는가?'
"그러고 보니 얼굴이 많이 닮았네그려. 그대 선친과 나는 형제의 의를 맺은 사이네. 따지자면 난 자네의 백부가 되는 셈이지. 그러니 말을 놓겠네.
보다시피 우리 성 안의 사정이 몹시 어렵네. 적이 거의 포위망을 푸는 날이 드무니 군사 하나가 아쉬운 실정이야. 그러나 내 아우의 죽기 전 마지막 뜻을 어찌 모른 체하겠나? 안시성 군사의 절반인 1만 명을 동원해 도울 터이니 가서 군기를 정해 통보해 주게. 그러나 신라군은 반드시 고구려군 복장을 입혀 출전시키라 하게. 그래야 당과 신라의 전면전을 당분간 피할 수 있네."
만춘은 군승과 선백을 불렀다.
"너희들, 이 친구를 잘 모셔라. 내가 종종 말하던 신라의 의동생 문훈 대감의 자제이다."

"저희들은 이미 구면입니다."

군승이 대답했다. 만춘은 깜짝 놀랐다. 군승에게서 여당전쟁 직후 신라 정벌 의용군으로 참전했다가 포로가 되었으나 탈출시켜준 주인공이 시득이란 얘기를 듣고 고개를 끄덕였다.

군승과 선백은 아무리 바쁘더라도 며칠만 쉬었다 가라고 시득을 강요하듯 붙잡았다. 시득은 부득이 며칠 더 머무르게 되었다. 그들은 아버지들의 인연으로 금방 친하게 되었다. 더욱이 시득 역시 선백 이상 가는 바둑광인데다가 그때까지 바둑이라면 적수가 없던 선백보다도 한 수 위여서 둘은 시간만 나면 바둑을 두곤 했다. 군승 역시 이들보다 한 급 낮은 수였지만 옆에서 구경하는 것을 좋아했으므로 셋이서 늘 같이 어울렸다.

하루는 시득이 선백의 집에 가니 선백은 아직 퇴청 전이었다. 선백의 아내 미영이 '바깥어른은 곧 오실 터이니 들어와서 기다리라'고 했다. 시득은 그래도 주인 없는 방에 들어가기도 무엇하고 해서 마루에서 바둑판을 펴 놓고 미영과 이런저런 얘기를 나누다가 그녀가 계백의 딸임을 알고 적이 놀랐다. 그리고 그녀의 말을 통해 군승이 사실은 김유신의 친아들임을 알고는 더욱 놀랐다.

얼마 뒤 선백이 군승과 함께 들어왔으므로 선백과 시득은 내기 바둑을 두고 군승이 옆에서 구경을 하였다.

시득은 도중에 갑자기 생각난 듯 선백에게 물었다.

"참, 뭐 하나 물어봅시다. 올 때 고구려 수군의 도움을 받았는데 고구려 수군은 어떻게 그 작은 섬에서 보급 부족을 해결하며 오래 버티고 있소?"

바둑판을 들여다보며 수읽기에 골몰하던 선백이 대답했다.

"그게 다 비법이 있지. 그런데 그걸 공짜로 가르쳐 줄 수야 있나? 이 한 수만 물러 주면 가르쳐 드리지."

선백은 흑의 오른쪽 귀퉁이 대마가 수 싸움에서 다 죽게 된 돌 하나를 가리키며 말했다.

"안 되지요! 지금 이 성에선 피보다 귀한 술 한 되가 걸린 싸움인데……"

시득이 거절하였다.

"그럼 할 수 없지……"

선백도 입을 다물었다. 그러나 바둑을 물러 주지 않더라도 안 가르쳐 주고 못 배기리라 생각했던 시득은, 선백이 계속 입을 다물고 있자 점점 더 궁금증이 더해져 참지 못 하고는 마침내 문제의 바둑돌을 물러 주었다.

"좋아, 물러 주겠소. 에잇, 아깝다. 다 이긴 바둑인데……"

의기양양해진 선백은 문제의 패착 이후에 둔 알들을 다 걷어 내고 나서 말했다.

"두면서 들으시오. 신라 수군도 배는 튼튼하게 잘 만든다고 하는데, 배에 탄 병사들의 식량 공급 때문에 자주 뭍에 들리면 수군의 장점이 절반은 줄어드는 거 아니겠소?"

"그래서요?"

"우리 고구려 수군은 한 번 보급을 받으면 몇 달은 추가 보급을 안 받고도 견딜 수 있소."

"그러니까 그 비법을 가르쳐 달라는 거 아니오?"

선백이 자꾸 뜸을 들이자 시득은 안달을 냈다. 자신도 수군에서 일했던 만큼 수군에 관한 사항은 그의 최대 관심사였다. 선백은

'엣햄' 하고 기침을 한 번 하고 나서 말을 이었다.

"찐쌀이나 미숫가루를 아시오?"

"찐쌀? 미숫가루? 처음 듣는 얘긴데?"

"나락을 껍질을 벗기지 않은 상태에서 쪄서 두면 말랑말랑한 상태로 몇 달을 가오. 그걸 입에 넣고 씹으면 구수하고 삼키고 나면 배가 든든해지지. 또 볶은 콩이나 마, 찹쌀, 밀 같은 걸 갈아서 가루로 가지고 다니면 불을 안 피워도 물에 개어 마실 수 있지……."

"흐음— 그 말이 정말이오?"

시득은 비상한 관심을 나타내었다.

결정적인 수 하나를 물린 바둑은 선백의 흑에게 유리하게 펼쳐졌다. 그러나 시득은 승부사다운 끈질긴 면이 있었다.

"아니, 거기를 끊어서 어떡하겠다는 거요? 어제처럼 또 뒤집기를 시도하려고?"

시득이 한 군데를 끊어 중앙의 흑 대마와 대판 싸움을 벌이려 하자 선백이 말했다.

"그냥 한번 해보는 거지 뭐……."

그러나 끝까지 인내심을 가지고 상대방의 빈틈을 노리고 역전극을 만들어 내는 시득의 바둑 특징을 안 선백은 긴장을 늦추지 않았다. 과연 시득은 수를 열심히 계산해 가며 한 수, 한 수 흑 대마를 조여 왔다. 마침내 전혀 죽을 가능성이 없을 것 같던, 중앙의 흑 대마가 위기에 몰렸다.

"또 비법 하나를 가르쳐 주면 내 열 수를 물러 주겠소."

승패가 거의 결정 단계에 이르자 시득이 선백을 은근히 야유하였다.

"젠장!……."

마침내 선백은 돌을 던졌다.

"아니, 공은 실제 싸움할 때도 바둑 두듯 그렇게 하오?"

선백이 아직 패배의 쓴맛이 가시지 않은 듯 말했다.

"글쎄…… 억울하면 나중에 또 다시 도전하시오."

"참, 내일은 꼭 떠나셔야 되오?"

바둑을 구경하던 군승이 시득과 헤어지는 게 무척 섭섭한 듯 아쉬운 표정을 지었다.

"예, 지금 당군과 벌이는 싸움이 워낙 예측불허 상황이라…… 꼭 나중에 두 분이서 함께 서라벌로 오십시오. 제가 극진히 모시겠습니다."

선백은 한숨을 쉬었다.

"후우. 글쎄, 그런 날이 온다면야 얼마나 좋겠소? 그럼 오늘 술은 송별주가 되는 셈인가? 내기에 졌으니 내가 술을 사야지. 이곳은 양식이 모자라 술값이 금값이라오."

그들은 아쉬운 작별을 해야 했다.

이튿날, 저녁 식사를 끝내고 나서 시득이 만춘에게 작별 인사를 하였다. 만춘은 이제 신라가 고구려와 백제의 한을 모두 풀어 줘야 한다며 여러 말로 격려한 뒤에 군승에게 뭐라고 귓속말로 지시를 했다. 군승은 안으로 들어가서 매 한 마리를 갖고 나왔다.

군승은 다른 사람이 안 보는 틈을 타 시득을 데리고 어느 외진 창고로 갔다. 창고 안에 놓인 독을 옆으로 슬쩍 밀치니 사람 하나가 겨우 들어갈 만한 구멍이 나타났다.

"이 통로를 아는 사람은 열 명도 되지 않소. 아주 위급한 경우에 적에게 포위된 상황에서 다른 성들과 연락할 때만 쓰는 곳이오. 다음에 군기를 통지하러 올 때 적이 포위 중이면 이곳으로 오시오."

그곳으로 내려가니 사람이 엎드려 무릎으로 기어서 겨우 통과할 정도의 땅굴이 길게 이어졌다. 도중에는 두꺼운 문이 있었다.

"이 문은 안쪽에서만 열립니다. 이 매를 드릴 테니 공이 와서 매를 성 안으로 날려 보내면 내가 여기로 와 기다리겠소. 내가 만일 그때 무슨 일이 생겨 못 오게 되거나 공이 아닌 다른 사람이 오게 되면 군호를 대시오. 내가 아니면 공의 목소리를 못 알아들을 테니까……."

군승은 매는 잘 길들여져 있다는 설명을 덧붙이고 군호도 정하여 주었다. 문을 지나자 좌우에 가짜 통로가 여럿 있었다.

"밖에서 들어올 때 자칫하면 가짜 통로에서 헤매다가 목숨을 잃는 수가 있습니다."

군승은 시득에게 가짜 통로를 식별하는 방법까지 알려 주었다. 다시 두 사람은 캄캄한 어둠 속에서 거의 5리 가량을 무릎으로 기어 나가니 희끄무레한 광선이 내비치었다. 머리 위에 덮인 위장된 잣나무 가지를 들추고 기어 나오니 그것은 큰 고목 둥치에 자연스럽게 난 구멍이었고 주위는 숲이었다. 입구 부분은 나뭇가지로 위장되어 있었다. 누구도 그 밑에 통로가 있을 줄은 꿈도 못 꿀 곳이었다.

둘은 숲에서 작별 인사를 나누었다. 시득은 군승이 같은 신라 사람이면서 오직 적자가 아닌 서자라는 운명 때문에 그와는 달리 내일을 알 수 없는 운명 속에서 고초를 겪고 있다고 생각하니 스스로 죄를 지은 것 같아 괜히 가슴이 아팠다.

시득이 다시 바닷길로 돌아와 매초성(買肖城)에 닿으니 어떻게 알았는지 한성주의 총관 수세(藪世)가 맞았다.

"어딜 다녀오시오?"

시득은 잠시 망설였다. 한성주 총관이면 직위가 대단히 높긴 하지만 자신의 임무가 극비 사항이라 사실대로 말할 수 없었다.

"태대각간(太大角干: 대각간 김유신의 벼슬을 더 높여 준 직위) 어른이 개인적인 심부름을 시켜서……."

그는 적당히 얼버무렸다. 수세는 시득의 고사에도 불구하고 꼭 한성주에서 하루를 묵고 가라고 부득부득 우겼다. 시득은 할 수 없이 거기서 하루를 묵고 서라벌로 향했다.

시득은 수세가 준 말 두 마리를 번갈아 타고 죽령에 못 미쳐 하루를 묵고, 이튿날 죽령 정상을 향했다. 지팡이 무게도 무겁게 느낄 정도로 고개 넘기가 너무 힘들어 오직 대나무 지팡이로만 넘을 수 있다는 데서 지명이 유래했다는 죽령― 이곳은 아달라왕 5년(158년)에 개통된 이래 신라의 한성주와 서라벌을 연결하는 거의 유일한 길이었다.

시득은 말을 탔다가 걸렸다가 하면서 힘들게 올라갔다. 갑자기 좌우 숲에서 짐승 가죽으로 옷을 지어 입은 무리 여럿이 칼을 들고 나타나 그를 에워쌌다. 시득은 대항하려 했으나 워낙 중과부적인 데다가 그 자신이 길을 오르느라 지칠 대로 지친 상태라 결국 꼼짝없이 붙들리고 말았다.

그들은 시득의 겉옷, 속옷을 샅샅이 뒤져 먼지 하나까지 다 털어 냈다. 그런 다음 수세에게 받은 말이나 군승이 준 매와 같이 비싼 것들을 빼앗지 않고 보내 줬는데, 시득은 그 와중에 이상한 점을 발견했다. 산적들이 두목과 얘기를 주고받다가, 두목이 부하의 말에 고개를 끄덕이며 무의식 중에 "하오(好)"라는 중국말을 사용했기 때문이다. 중국인이 죽령에서 산적 두목 노릇을 한다는 게 여간 흥미롭지 않았다.

서라벌로 돌아온 시득이 만춘의 말을 전하자 신라왕과 유신은 침울했던 얼굴을 활짝 폈다.

"고구려군 옷을 입혀 합동으로 당군을 친다? 역시 그는 탁월한 명장이다. 세민이 패퇴한 이유를 이제야 알겠다."

이때 유신은 개인적으로 충격적인 소식을 들었다. 그와 천관 사이에 난 서자 군승이 안시성주의 양아들로 살고 있다는 것이었다.

'왜 지난번 평양에서 오던 길에 만났을 때, 천관은 그 얘기를 안 해 줬을까? 천관은 그 뒤 어떻게 되었을까?'

70대 중반, 인생의 황혼기에 접어든 그는 새삼 젊은 시절의 일이 그리웠다. 그리고 그와 천관 사이에 난 자식이 어떻게 생겼을까 보고 싶기도 했다.

농민 봉기는 예상했던 것보다 거세게 불어 닥쳤다. 점령지 주민을 다스린 경험이 일천한 설인귀의 안동도호부에서 더 빨리 일이 터졌다. 평양 주둔 당군이 비무장 농민을 무자비하게 살해한다는 소식을 들은 문무왕은 마침내 출정 준비를 시키고 안시성에도 사자를 보냈다. 만춘이 얘기한 대로 출정군 모두에게 고구려군 복장을 입혔다. 이전에 평양에서 개선할 때 고구려군 포로를 7천 명 넘게 데리고 왔으며 그 이전에도 노획한 것이 많았으므로 모두 합하니 옷이 1만여 벌이 충분히 되었다. 군사들 가운데 일당백의 정병 1만을 뽑아 사찬 설오유(薛烏儒)로 하여금 해로로 나아가게 하였다.

만춘은 이에 호응하여 성 안의 모든 전력을 다 동원, 적의 포위망을 뚫고 부성주격인 태대형 고연무에게 1만의 군을 주어 요동반도 끝에 웅거하고 있는 고구려 수군의 도움을 얻어 뱃길로 평양으로 가게 하였다.

고구려-신라 연합군은 패수 입구에서 만났다. 여나연합군(麗羅聯合軍)은 농민봉기군과 합세하여 평양의 당나라군을 쫓아내고 연전연승하며 북진, 압록수까지 이르렀다. 고연무는 즉시 당군을 뒤쫓을 것을 주장했으나, 설오유는 문무왕의 생각을 몰라 멈추고서, 사람을 서라벌로 보내 압록강을 건너야 할지 말아야 할지 왕의 처분을 기다렸다. 문무왕으로부터 명령이 왔다.

'압록수는 물론 요수까지 진군해도 좋다. 단, 소수 병력으로는 고립의 우려가 있으니 작전에 신중을 기하고 고구려군과 긴밀히 협력하여 당군에 대항하라.'

설오유와 고연무가 압록강을 건너 옥골(屋骨)에 이르니 당나라와 말갈의 혼성군 3만이 먼저 개돈양(皆敦壤)에 와 진을 치고 있었다. 4월 4일에 마주 싸워 대승을 거두고 적을 궤멸시켰다. 그러나 뒤이어 당군의 지원 병력 10여만 명이 물밀듯이 밀어닥쳤으므로 할 수 없이 옥골 서남쪽에 있는 백성(白城)으로 물러나 그곳을 지켰다.

　신라와 고구려의 연합군이 안동도호부를 몰아내고 요동으로 진출하였다는 소식이 입에서 입으로 퍼지자 고구려의 유민들이 크게 고무되었다. 6월에 고구려 수임성(水臨城) 사람 대형 모잠(牟岑)이 유민들을 모아 궁모성(窮牟城)을 점거하고 패강(浿江) 남쪽에 이르렀다. 이들은 마침 신라군에게 쫓기어 당나라로 탈출하려고 모여 있던 안동도호부 관리들과 도호부 승려 법안(法安) 등을 우연히 발견하여 잡아 죽이고 신라로 향하던 가운데, 사야도(史冶島)에 있던 연정토의 아들 연안승(淵安勝)과 해후한 뒤 소형(小兄: 고구려 12관등 중 네 번째) 다식(多式)을 신라에 사자로 보내 자기네 사정을 알렸다.

　'망한 나라를 일으키고 끊어진 세대를 잇게 해 주는 것은 천하의 올바른 도리이니 오직 대국 신라에 이를 바랄 뿐입니다. 우리나라의 선왕이 도를 잃어 멸망 당하였으나, 지금 저희들은 본국의 귀족 안승을 맞아 받들어 임금으로 삼았습니다. 바라건대 대국 신라를 지키는 울타리가 되어 영원한 충성을 다하고자 합니다.'

　문무왕은 그들을 받아들여 금마저(金馬渚: 지금의 전북 익산)에 살게 하였다.
　한편 요동에서는 여나연합군-당나라군의 대치가 계속되었다. 문무왕은 내심 불안감을 떨칠 수가 없었다.
　'우리가 신라군을 고구려군으로 꾸며서 병력을 동원한 사실을 당나라측에서 혹시 눈치 채고 쳐들어온다면……? 더욱이 지척에 있는 웅진도독부는 아직 건재하지 않은가?'

문무왕은 대아찬 진주(眞珠: 662년에 처형된 진주와는 동명이인)를 불렀다. 그는 당나라에서 죽은 양도의 후임으로 당시 공작부대 일을 총괄하고 있었다.

"웅진도독부의 동태를 철저히 감시하시오. 또한 기우(杞憂)이기를 바라지만 우리 내부의 대신들 가운데서도 '이상한' 마음을 품고 있는 자들이 있을지 모르니 신경을 쓰도록 하시오."

진주는 왕의 당부를 받은 뒤 얼마 안 되어 전에 공작부대에서 근무하다 안시성에 다녀온 시득에게 묘한 이야기를 들었다. 그것은 시득이 죽령에서 만났다는 중국인 산적 두목에 관한 이야기였다. 진주는 이 얘기를 흘려듣지 않고 좀 더 상세히 전후의 얘기를 해 보라고 했다. 시득이 다시 한번 이야기를 하나도 빠뜨리지 않고 말하자 그가 물었다.

"도둑 주제에 주머니를 샅샅이 뒤져 털어 가면서 말이나 매 같이 비싼 건 뺏지 않았다? 묘하군…… 자네가 오는 길을 누구누구에게 말했나?"

"한성주 총관 외에는 누구에게도 말하지 않았습니다."

"그으래? 그렇다면 그 자가 혹시……."

진주는 그렇잖아도 웅진도독부가 한성주를 차지하려고 집요하게 공작을 하는 것에 늘 신경이 곤두서 있던 터였다.

'혹시 한성주 총관 수세가 당나라와 손을 잡고 일을 꾸며 시득을 덮친 것 아닌가? 시득이 뭔가 중요한 문서나 지니고 있었던 줄로 알고서?'

진주는 즉각 심복을 시켜 수세의 거동을 감시하게 했다.

의심은 곧 사실로 밝혀졌다. 수세는 지난번 박도유처럼 신라를 멸한 후에는 '계림도독'을 시켜주겠다는 당나라의 말에 솔깃하여 은밀히 그들과 내통했던 것이다. 진주가 이 일을 보고하자 문무왕은 크게 놀랐다.

"곧바로 한성주로 가서 그 자를 처단하라! 또 그놈이 그동안 웅진도독부의 당나라 놈들과 내통하여 왔다면 틀림없이 도독부에서 우리한테 강한 의심을 보내고 있을 것이다. 대책을 찾아라."

진주는 곧 한성주로 가 수세를 처단하였다. 그리고 나서 신라 조정은 짐짓 웅진도독부에 서신을 보내었다.

'고구려 잔존 병력이 반도(叛徒)들을 부추겨 중국 관리를 죽이고 안동도호부를 몰아냈으니 같이 군사를 동원하여 이들을 칩시다.'

그러자 그간 수세와 내통하여 신라의 태도를 대충 감 잡고 있던 도독부측은 이 말을 믿지 않고, 거꾸로 도독부에서 군사를 내면 신라군들이 그 틈을 이용하여 도독부를 점령하려는 의도로 해석했다. 웅진도독부는 사마(司馬) 예군(禰軍)을 보내와 이런 제안을 내놓았다.

'군사를 일으킨 뒤에 피차 의심할까 걱정되니 서로 책임자를 교환하여 볼모로 삼읍시다.'

문무왕은 진주에게 의견을 물었다.

"이는 틀림없이 저들이 볼모를 빙자하여 이곳에 머물면서 우리가 안동도호부를 몰아낸 배후라는 증거를 잡고자 하는 뜻입니다."

"그렇다면 어떻게 하면 좋은가?"

"우리도 모른 척하고 볼모를 보내 저들의 행동을 탐지하고 유사시에 저들이 본국인 당나라에 추가 병력 지원을 요청하는 낌새가 보이면 군사들을 동원하여 먼저 치는 게 좋을 것 같습니다."

"알았다. 그러면, 그 예군이라는 자의 일거수일투족을 철저히 감시하라."

그리하여 신라에서는 김유돈(金儒敦)과 흑치상지의 부하였던 백제 출신 주부(主簿) 수미장귀(首彌長貴)를 도독부로 보냈다.

진주의 추측은 들어맞았다.

'안동도호부를 쫓아낸 군사들은 신라군임이 확실하다.'

예군이 서라벌에 자리 잡은지 얼마 안 되어 웅진도독부로 몰래 보내려다 들킨 서찰의 내용이다.

문무왕은 예군을 붙잡아 두고 군사를 한 발 먼저 일으켜 도독부를 쳤다. 도독부에서는 백제인의 지역감정을 불러일으켜 신라에 대항하려 했으나 도독부의 앞잡이 노릇을 하는 구 백제 관리들 몇몇을 빼고는 먹혀들지 않았다. 이 관료들은 이미 백제의 관리가 아닌 당나라의 주구일 뿐인데도 도독부에서는 그들이 주민 동원 능력이 있으리라 착각한 것이었다.

품일, 문충, 중신, 의관, 천관 등이 도독부 지역으로 쳐들어가자 도합 63개 고을의 농민들이 호응을 하였다. 천존과 죽지는 일곱 성을 빼앗고 2천 명의 당나라군을 목 베었으며 군관과 문영 등은 12

개의 성을 빼앗고 적병 7천 명을 목 베었다.

　7월 한 달 만에 일어난 일이었다. 이러한 단기간의 성과는 농민들의 호응이 결정적이었기에 가능했다. 빼앗은 성의 농민들은 즉각 희망에 따라 내지(內地)로 옮겼다.

　한편 문무왕은 안시성에서 설오유의 부대와 연합작전을 펼친 고구려군의 눈부신 활약을 보고 받자, 고구려 유민에 대한 포용정책을 더욱 적극적으로 펼쳤다. 그 일환으로 문무왕은 안승을 고구려왕으로 봉하여 다음과 같은 책문을 주었다.

　'경오년(庚午年: 670년) 8월 1일에 신라왕은 고구려의 후계자 안승에게 책봉의 명을 내리노라. 공의 태조 중모왕(中牟王: 주몽)은 덕을 북산에 쌓고 공을 남해에 세워 위풍이 청구(靑丘)에 떨쳤고 어진 가르침이 현도(玄菟)를 덮었었다.

　자손이 서로 잇고 대대로 끊어지지 않았으며 땅은 천 리를 개척하였고 햇수는 800년 가까이에 이르렀으나, 남건과 남산 형제에 이르러 화가 집안에서 일어나고 형제 사이에 틈이 생겨 집안과 나라가 멸망하고 종묘사직이 없어지게 되었으며 백성들은 동요하여 마음을 의탁할 곳이 없게 되었다. 공은 산과 들에서 위험과 곤란을 피해 다니다가 홀몸으로 이웃 나라에 의탁하였으니, 떠돌아다닐 때의 괴로움은 그 자취가 진문공(晉文公)과 같고 망한 나라를 다시 일으킴은 그 사적이 위후(衛候)에 견줄 수 있으리라. 무릇 백성에게는 임금이 없을 수 없고 하늘은 반드시 사람을 돌보아 주심이 있는 것이다. 선왕의 정당한 후계자로는 오직 공이 있을 뿐이니, 제사를 주재함에 공이 아니면 누가 하겠는가? 삼가 사신 일길찬

(一吉湌: 신라 17관등 가운데 일곱째) 김수미산(金須彌山) 등을 보내 책명을 펼치고 공을 고구려왕으로 삼으려는 바, 공은 마땅히 유민들을 어루만져 모으고 옛 왕업을 잇고 일으켜 영원히 이웃 나라로서 형제처럼 친하게 지내야 할 것이니 삼가고 삼갈지어다.

아울러 멥쌀 2천 섬과 갑옷 갖춘 말 한 마리, 무늬 비단 다섯 필과 명주와 세포(細布) 각 10필, 모시 15칭(稱)을 보내니 왕은 그것을 받으라.'

이 글은 사량부 사람 강수(强首)가 쓴 것이었다. 그의 어머니는 꿈에서 머리에 뿔이 돋은 사람을 보고 그를 배었는데, 해산을 해보니 아기의 머리 뒤에 뼈가 툭 튀어나와 있었다. 관상가가 아이를 보고 '신농(神農) 씨 머리 같은 아이라 귀히 될 것'이라고 하였는데, 과연 총명하여 하나를 읽으면 열을 깨달아 이름이 차츰 알려지게 되었고 벼슬도 높아졌다.

그는 대장간집 딸과 연애를 하여 정이 깊어졌는데, 나이 스무 살이 되어 그의 부모가 양갓집 규수에게 결혼시키려 하니 그는 두 번 장가들 수 없다며 이를 거절했다. 아버지가 크게 노하였다.

"너의 명성이 나라에서 모르는 사람이 없을 정도인데 어찌 미천한 여자를 배필로 삼아 가문의 수치를 만드느냐?"

강수는 두 번 절을 하고 말했다.

"가난이나 천한 것은 부끄러운 일이 아니나 도를 알면서도 행하지 않는 게 부끄러운 일입니다. 옛말에 조강지처는 버리지 아니하고 어려울 때 사귄 친구는 잊을 수 없다 했으니, 저도 그 여자를 버릴 수 없습니다."

이렇게 고집을 세워 마침내 사귀던 여자와 결혼하였다.

김춘추가 왕위에 오르고 얼마 안 되어, 당나라에서 국서가 왔는데 그 가운데 난해한 대목이 있었다. 강수를 부르니 한번 보고는 해석에 막힘이 없는지라 그 이후부터 국서에 답하는 표문(表文) 짓는 일은 모두 강수의 차지가 되어 이름이 당나라에도 잘 알려지게 되었다. 태종무열왕 김춘추도 그를 존경하여 이름을 부르지 않고 그의 출신지 임나가량(任那加良)을 따라 늘 '임생(任生)'이라고만 불렀다.

강수는 생계에는 관심이 없어 평생 가난하게 살았다.

그 이듬해(671년) 여름, 강수는 좀 더 긴 문장을 쓰지 않으면 안 되었다. 그 이유는 안동도호부에서 쫓겨나 장안으로 갔던 설인귀가 행군총관(行軍摠管)이 되어 병사들을 이끌고 쳐들어오면서 장문의 편지를 보내왔기 때문이다. 이세적은 2년 전 11월에 이미 죽어, 설인귀는 당시 중국에서 제일가는 장수로 이름을 날릴 때였다.

이미 이 해에는 당과 신라 사이에 싸움이 격화되어, 당군 5300명이 석성(石城: 지금의 충남 부여)에서 죽는 등 상반기 내내 곳곳에서 전투가 벌어지고 있었다. 6월에는 당나라군들에게 식량이 제공되는 것을 막고자 장군 죽지(竹旨) 등이 웅진도독부 지역인 가림성(加林城: 충남 부여 일대)으로 가서 인근 들판의 벼를 짓밟아 버렸다.

설인귀의 편지 내용인즉 이러했다.

'행군총관 설인귀는 신라왕께 글월을 올립니다.

……삼가 듣건대 왕께서는 바르지 못 한 마음을 움직여서 변경의 성에 무력을 쓴다고 하니 이는 중유(仲由)의 말을 저버린 것이요 후생(侯生)의 승낙을 잃으신 것입니다. 형은 역적의 우두머리가 되고 아우는 충신이 되어 꽃과 꽃받침 사이의 그늘이 크게 벌어지고 서로 그리워하는 달이 헛되이 비추는 것과 같습니다. 이런저런 일을 생각하면 실로 한숨과 탄식만 더할 뿐입니다.

……지금 강한 적은 이미 없어졌고 원수들은 나라를 잃게 되어 군사와 말과 재물을 왕이 또한 갖게 되었으니, 마땅히 마음과 힘을 다른 데에 돌리지 말고, 안과 바깥이 서로 의지하여 병기를 녹이고 허술한 나라 안을 다스리는데 마음을 두어 자연스럽게 그 좋은 방책을 후손에게 전해 주고 자손을 현명하게 도와주면 후세 역사가가 이를 칭찬할 것이니 어찌 아름답지 않겠습니까!

지금 왕께서는 편안히 할 수 있는 기틀을 버리고 떳떳한 정책 지키기를 꺼리어, 멀리는 천자의 명을 어기고 가깝게는 아버지의 말씀을 저버리고서 천시(天時)를 마음대로 업신여기고 이웃 나라와의 우호를 속이고 어기면서 한쪽 모퉁이 땅 구석진 나라에서 집집마다 군사를 징발하고 해마다 무기를 들어…… 이는 순리와 역리가 바뀌었으니, 활을 당겨 나아가면서 발 앞의 마른 우물에 빠질 줄을 모르고, 사마귀가 매미를 잡으려고 나아가면서 참새가 자기를 노리고 있음을 알지 못 하는 것과 같습니다……

……마음속으로 음흉한 생각을 품고서…… 앞에서는 구차하게 은혜를 바라고 뒤에서는 반역을 도모한다면, 이는 선왕의 뜻을 받드는 게 아닙니다……

……고구려의 안승은 나이가 어리고…… 그를 바깥의 응원 세

력이라 여기니 얼마나 잘못된 것입니까?

……황제가 멀리서 이런 소식을 들으시고도 쉽게 믿지 않으시고 제게 명하여 가서 곡절을 살펴보라 하셨는데, 왕께서는 사신을 보내 위로하지도 않고 소를 잡고 술을 빚어 우리 군사를 먹이기는커녕, 도리어 낮은 언덕에 군사를 숨기고 강어귀에 무기를 감추어 벌레처럼 숲 사이에 기어 다니고 거친 언덕에 숨차게 기어올라 뒤에 후회할 창날을 내밀었으니…… 미혹에 빠져 날뛰기를 아무쪼록 그칠 줄 아십시오. 무릇 큰일을 이루려는 사람은 작은 이익을 탐내지 않고 고상한 절의를 지키려는 사람은 뛰어난 행실에 의지함이니, 난새와 봉황도 길들이지 않으면 반드시 승냥이와 이리 같은 사악한 마음이 일어나게 되는 것입니다……

……만일 고 장군(高侃을 말함)의 중국 기병과 이근행(李謹行)의 변방 군사, 오(吳)·초(楚) 지방의 수군과 유주(幽州)·병주(幷州)의 사나운 군사가 사방에서 구름처럼 모여들어…… 한다면 이는 왕에게는 고칠 수 없는 가슴속 깊은 병이 될 것입니다……

오호라! 전에는 충성스럽고 의롭더니 지금은 역적의 신하가 되었구나! 처음에 잘 하다가 끝에 가서는 나빠진 것이 한스럽고, 근본은 같았는데 끝이 달라진 것이 원망스럽습니다…… 왕께서는 지혜가 뛰어나시고 위풍과 정신이 맑고 수려하시니, 겸손한 뜻으로 돌아가 도를 따르는 마음을 가지신다면…… 삼엄한 싸움 가운데에도 사신은 다니는 법이니 이제 왕의 신하 임윤(琳潤)을 시켜 서신을 가져가게 하여 한두 가지 생각을 폅니다.'

"흠— 이 친구가 영 무식한 친구는 아니로군!"

편지를 읽고 난 문무왕은 강수를 불러 요지를 불러 주고 답장을 쓰게 했다.

답서의 내용은 이러했다.

1. 648년, 당 태종은 평양 이남의 땅을 신라에게 주기로 약속한 바 있다.

2. 660년, 우리 선왕인 태종무열왕이 스스로 나아가 연합하여 백제를 평정한 사실과 그 뒤 웅진성에 있던 당군이 백제부흥군에게 포위 당해 '호랑이에게 잡혀 먹힐 것 같은 위기'에 처했을 때 신라군이 구해 낸 사실이 있다.

3. 661년 초 주류성 싸움 때, 신라군은 당군에게 소금과 간장을 공급하였다.

4. 661년 6월, 신라왕은 상(喪)을 당해서도 당나라군을 도우러 출병한 사실을 상기하라.

5. 그 해 12월에서 이듬해 정월에 걸쳐, 신라군은 험한 길을 무릅쓰고 평양의 당군에게 양식을 조달하느라 인마가 수없이 희생되었으며 무리한 공출로 신라 백성들은 풀뿌리로 연명했다.

6. 웅진도독부 군사가 위급할 때면 신라에서 구원해 주고 옷을 보내 주며 식량을 조달하였으니 웅진도독부 소속 당나라군 모두는 뼈와 가죽은 비록 중국 땅에서 태어났다 하더라도 피와 살은 모두 신라의 것이라 할 수 있다.

7. 또 663년 주류성을 공략할 때 당군이 겁에 질려 있자 신라군이 선봉에 서서 백제부흥군의 항복을 받아 낸 사실이 있다.

8. 664년, 신라왕은 부여융과 원하지 않는 맹세를 억지로 해야

했다.

9. 667년, 이적 장군은 신라군을 평양으로 불러 놓고서는 헛걸음시킨 일이 있다.

10. 668년 평양 공방전 때 중요한 싸움에선 꼭 신라군이 앞장선 사실이 있다.

11. 당나라측에서 나당연합군 지휘관들에게 포상을 줄 때, 신라 장수는 모두 제외되었다.

12. 비열성은 본래 신라 땅이었는데 왜 안동도호부로 편입시켰는지? 신라는 백제를 평정한 때부터 고구려를 평정할 때까지 충성을 다하고 힘을 다 바쳐 당나라를 배신하지 않았는데 무슨 죄로 하루아침에 버림을 받게 되었는지?

13. 668년, '당나라가 배를 수리하는 것은 겉으로는 왜국을 정벌한다고 하지만 실제는 신라를 치고자 하는 것이다'라는 소문이 나돈 사실과 '박도유 모반사건'을 기억하는가?

14. 670년, 웅진도독부는 소위 '볼모 교환'을 제의했는데 그 뜻이 참으로 표리부동했다. 또, 그 해 7월에 김흠순이 가져온 당나라측의 국경지도를 봤다. 그 지도대로라면 옛 고구려 · 백제 땅은 몽땅 당나라 것으로 되어 있다. 실망이 꽤 크다. 황하가 아직 막히지 않고 태산이 아직 숫돌 같이 되지 않았는데 3~4년 사이에 한 번 주었다 한 번 빼앗으니 신라 백성은 모두 희망을 잃었다.

15. 설 장군의 편지는 잘 받았다. 내용이 전적으로 신라가 반역한 것으로 되어 있는데 이는 사실과 다르며, 한 사람의 사신을 보내 일의 근본과 사유를 물어보지도 않고 곧바로 수만의 무리를 보내 온 나라를 덮치려 하여 함선들이 푸른 바다에 가득하고 배들이

잇대어 강어귀에 줄지어 선 것은 무슨 변고인가?

16. 오호라! 두 나라를 평정하기 전에는 발자취를 쫓는 부림을 당하더니 들에 짐승이 없어지자 요리사에게 쫓기는 신세가 된 꼴이다. 태양이 비록 그 빛을 비춰 주고 있지 않으나 해바라기와 콩잎의 본심은 여전히 해를 향하는 마음을 품고 있다.

이 편지는 두 통이 작성되어 한 통은 설인귀에게, 다른 한 통은 당나라에 있는 김인문에게 보내졌다. 김인문에게는 이와 함께 다른 지령도 떨어졌다.

'당과의 일전불사는 이제 신라의 피할 수 없는 운명이다. 그러나 우린 시간을 벌어야 한다. 설인귀의 5만 대군은 막을 자신이 있다. 그러나 전면전이 벌어지면 아직은 곤란하다. 최대한 당의 출병을 늦추라.'

김인문은 괴로웠다. 이미 싸움은 붙었다. 금년 들어서만도 6천 명에 가까운 당군이 전사했다. 그런데 무슨 수로 출병을 막는단 말인가? 강수의 문장은 과연 명문이었다. 그러나 과연 이 글만으로 당의 출병을 막을 수 있을 것인가……?

인문은 머리가 아팠다. 외교관이란 게 이렇게 어려운 일인 줄 몰랐다.

그는 울적한 마음을 술로 달래려 장안에서 유명한 유흥가로 접어들었다. 평소에는 신라의 왕족이란 체면 때문에 함부로 드나들지 않는 곳이었다. 혹시 누구 아는 사람이 보지 않나 앞뒤를 살펴면서 붉은 등이 주렁주렁 달린 술집으로 재빨리 들어가 조용한 방을 청했다. 그리고 술잔을 거푸 들이켰다. 취기가 오르자 정신이 몽롱해졌다. 이때 주모가 들어섰다.

"무슨 술을 재미없게 혼자서 드십니까? 이쁜 애 하나 들여보낼까요?"

평소 같으면 사양했을 터이지만 이 날 인문의 기분은 여느 때와 달랐다.

"좋을 대로 하시오."

주모는 의미심장한 웃음을 짓더니 잠시 후 한 여자를 들여보냈다. 인문과 비슷할 정도로 키가 훤칠하게 크고 이목구비가 뚜렷한 여자였다. 그 여자가 옆에 앉아 가끔씩 말을 걸며 술잔을 따랐다. 김인문은 과연 무슨 말로 당나라 조정에 신라의 행동을 변명해야 하나 고민하느라 그녀의 말이 제대로 귀에 들어오지도 않았다. 어느덧 자정을 알리는 북소리가 은은히 울려 퍼졌다.

"주무실 때가 되지 않았습니까?"

인문은 그냥 고개를 끄덕였다. 그 여자는 인문의 손을 끌더니 아늑한 방으로 안내했다. 여자가 등불을 껐다. 그리고는 먼저 침상으로 기어들었다. 인문은 옷을 벗고 여자 옆에 누웠다. 여자의 손이 인문의 가슴을 더듬었다. 그리고는 인문의 허벅지 위로 손이 올라왔다. 여자는 경험이 많은 듯 수줍어하지 않고 능숙하게 인문의 몸을 애무하였다. 인문도 손을 뻗쳐 그 여자의 몸을 더듬었다. 인문의 손이 여자의 사타구니에 닿았다. 그러다가 소스라치게 놀랐다. 여자의 사타구니에는 분명히 없어야 할 게 있었다. 그것은 남자의 생식기였다. 인문은 벌떡 일어나 등불을 다시 켰다.

"이게 무슨 짓이냐?"

여자, 아니 여장을 한 그 소년은 다만 고개를 숙이고만 있었다.

"네 이름이 뭐냐?"

"회의(懷義)라고 합니다."

"언제부터 여기서 일했느냐?"

"석 달 전부터입니다."

"누가 시킨 짓이냐?"

"저는 모릅니다. 다만 주인이 알아서 시키면 시킨 대로만 할 뿐입니다."

"당장 주인을 불러라!"

잠시 뒤에 그 소년은 주모와 다시 나타났다.

"남자에게 남자를 붙여 주다니 이게 무슨 해괴한 짓이요?"

인문은 호통을 쳤다. 그러나 주모는 별로 당황하는 기색도 없이 대꾸했다.

"아니 손님, 우리 집에 드실 때 그것을 모르셨습니까? 우리 집은 남색 하는 손님들만 드는 곳입니다. 문 앞에 은밀히 그 표시를 해 두었는데 손님이 그것을 못 보셨군요…… 혹 이 아이가 마음에 안 드시면 다른 아이로 바꿔 들여보내겠습니다."

인문은 기가 찼다.

"아니, 필요 없소. 당장 나가겠소."

인문이 의관을 챙기자 주인 여자가 말했다.

"손님, 지금 자정을 알리는 점고가 끝난지 꽤 지났습니다. 지금 나가시다가 순라군들에게 잡히면 괜히 번거로워집니다. 시중드는 아이가 필요 없으시면 조용히 혼자 주무시고 아침에 나가십시오."

주인의 권유에 따라 인문은 그냥 혼자 방에 남았다.

'세상에 별 희한한 유곽도 다 있구나.'

인문은 쓴웃음을 지으며 잠을 청했다. 그러나 선잠이 들었다 금방 깼다. 이런 집에 들었다는 게 수치스럽기도 했고 앞으로 당나라 조정측에 할 말을 생각하느라 잠이 제대로 오지 않았다. 그가 마주 대할 무후의 얼굴이 눈에 아른아른거렸다.

'그래도 그 여자가 도와주니까 이때까지 줄타기를 하며 버텼는데……'

인문의 머리에 불현듯 어떤 생각이 떠올랐다. 그것은 엄청난 모험을 해야 하는 구상이었다. 잘못하다간 목을 잘려 거리에 내동댕이쳐질 수도 있었다.

'그러나…… 이왕 죽기 아니면 살기다.'

인문은 날이 새기를 기다렸다. 그리고는 주인을 불렀다.

"어젯밤에 회의라는 그 아이, 내가 사겠소. 얼마면 되겠소?"

주인이 어안이 벙벙해서 물었다.

"사다니요? 오늘 밤을 사겠다는 말입니까? 싫으시다더니……."

"아니, 하룻밤이 아니라 영구히 사겠소. 내가 여기서 데리고 나가겠다는 말이오."

"뭐라고요?"

주인 여자는 눈이 둥그렇게 되었다. 그러다가 다시 묘한 웃음을 지었다.

"그렇군요. 속으로는 좋으시면서 괜히…… 하긴 그런 애는 장강 이북에선 좀체 보기 힘들어요. 우리도 엄청난 돈을 주고 샀거든요……."

흥정이 이루어졌다. 주인은 엄청난 금액을 요구했지만 인문은 집에 가서 그 액수를 채워 왔다. 그리고 그 아이를 집으로 데려와 말했다.

"이제부턴 내가 네 주인이니 잘 들어라. 너는 지금부터 내가 시키는 대로만 해야 한다. 이 일이 잘 되면 너는 이 세상 누구 부럽지 않는 호강을 누린다. 그리고 네 집엔 특별히 넉넉하게 돈을 더 보내 주마. 그 대신 네가 남자라는 사실을 절대 누구에게 발설해선 안 된다. 알겠지?"

올해 17세라는 회의는 고개를 끄덕였다.

며칠 후, 인문은 무후를 독대한 자리에서 몰래 말했다.

"마마, 제가 우연한 기회에 천하이색이라 할 만한 여인을 하나 발견했습니다. 제가 취하기 아까워 마마의 침소 수발이나 들게 하려는데 의향이 어떠하온지……."

"왜, 천하일색이 아니고 이색이오?"

"천하이색으로 하여금 천하일색의 시중을 들게 하려는 의미로……."

무후는 깔깔 웃었다.

"그대는 무엄한 농담도 곧잘 하는구려. 어디 오늘 저녁에 경이 직접 데려와 보시오."

인문은 그 날 저녁, 회의를 무후의 침소로 들여보냈다. 그리고는 도망치듯 궁궐을 빠져나왔다. 숙소로 돌아와 혼자 술을 벌컥벌컥 마시고 드러누웠다. 황제 이치에게는 못 할 짓을 한 것 같았다.

'이제 내 목이 떨어지든가 그 반대든가 둘 중 하나다. 목이 떨어

진다면 아마 오늘 밤 안으로 떨어질 것이다. 술 냄새 풍기는 목을 가져가라지, 제기랄.'

인문은 엄청 술을 마시고 인사불성이 되어 곯아떨어졌다. 이튿날 아침에 일어나니 속이 쓰렸다. 시종에게 궁중에서 누가 오지 않았던가 물었다. 아무 소식도 없다는 대답이었다.

'혹시, 궁중에 들어가는 순간 지옥행으로 떨어지는 건 아닌가?'

그는 조마조마했으나 마침내 큰맘 먹고 의관을 챙긴 뒤 신라에서 보낸 국서를 지참하고 궁중으로 들어갔다. 그는 차마 무후의 표정을 살필 엄두도 못 냈다. 마냥 고개를 숙인 채로 국서를 올렸다. 등에서는 식은땀이 흘렀다.

"이건 설인귀 총관에게 보내는 편지이지 내가 볼 것이 아니지 않는가?"

무후가 담담히 말했다.

"하오나 그것이 저희 대왕의 공식적인 뜻이라 감히 올리는 바입니다."

"이 글은 누가 썼는가?"

"강수라는 신하가 쓴 글입니다."

"대단한 글 솜씨로군. 알았어. 그대가 어제 내게 좋은 선물을 했으니 그 보답으로 나도 설인귀 장군에게 신라의 뜻을 잘 이해시켜놓겠소."

순간 인문은 안도의 한숨을 쉬었다.

'모험이 성공했다! 그러나 저 여자는 보통 여자가 아니다. 아마 중국 역사상 전무후무한 여자일 것이다. 황후된 몸으로 감히 황제를 곁에 두고 다른 남자와 자다니…….'

인문은 한편으로 몸서리를 치며 궁궐을 빠져나왔다.

당나라 신료들은 신라의 국서를 두고 옥신각신했다. 문무왕의 뜻을 정면 도전으로 받아들여 대병을 일으켜 칠 것을 주장하는 의견과, 고구려 지역이 아직 불안정한 판에 어제의 우방인 신라를 다시 적국으로 삼는 것은 온당치 않다는 주장, 대국의 체면을 여지없이 짓밟은 만큼 최소한 버릇만은 단단히 고쳐 놓아야 된다는 주장 등이 논란거리가 되었다. 무후는 일단 강력한 조치는 취하지 않기로 하였다. 대신 설인귀에게 사태를 관망하면서 신중히 처리토록 하는 한편, 요동에 나가 있는 고간(高侃) 장군의 부대에게 유사시에 설인귀를 돕도록 했다.

인문으로부터 소식을 전해 듣고 한숨 돌린 문무왕은 김유신과 향후 대책을 협의한 끝에 다음과 같은 결론을 내렸다.

"지금 상황에서 당나라와 전면전을 벌이는 것은 승산이 적다. 1차 전략 목표는 유격전을 벌이면서 중요 전략 요충을 점거하는 데 두어야 한다. 2차로는 서해에서 제해권을 장악하여 적이 서해안에 상륙할 수 없도록 해야 한다. 3차로 패수 이남의 모든 지역을 장악하여 방어망을 세우고 고구려 유민과 백제 유민을 모은다면 적이 전면전으로 나오더라도 승산이 있다."

10. 안시성의 최후

요동의 안시성—

백발 노장 양만춘은 입술을 깨물고 성을 포위하고 있는 당나라 장수 고간의 군대를 내려다보고 있었다. 평양성이 함락된 지도 이미 3년. 그동안 적들은 숱한 공격과 회유, 협박, 항복을 권유하기도 했으나 만춘은 거들떠보지도 않고 초지일관했다.

작년 초까지만 해도 만춘처럼 보장왕의 항복을 인정하지 않고 저항을 계속한 성이 안시성 외에도 북부여성(北扶餘城), 절성(節城), 풍부성(豊夫城), 신성(新城), 도성(桃城), 대두산성(大豆山城), 요동성(遼東城), 옥성(屋城), 백석성(白石城), 다벌악성(多伐嶽城) 등 주요 성만 10개가 되었고 그에 딸린 부속성까지 합하면 훨씬 많았다.

그러던 것이 하나 둘 무너져 이제 이 안시성이 최후로 남은 성이 되었다. 작년에 신라군과 연합으로 안동도호부군을 치고자 포위망을 뚫고 고연무에게 1만여 군사를 주어 내보낸 때가 고구려군이 적극적 공세를 취한 마지막 싸움다운 싸움이었다.

3년 동안 적들이 포위망을 푼 날은 30~40일 정도…… 요동의 추위는 엄청나서, 물을 사발에 부으면 그대로 얼어 마실 수 없는 날이 많았다. 그런 날에는 성 밖으로 군사들이 나가 토끼든 참새든 잡으러 다녔고 땔나무를 구하러 떠돌았다. 그러나 들짐승 몇 마리를 식량으로 쓰기란 그야말로 코끼리 배에 삶은 콩 한 알 집어넣기였다. 말도 많이 잡아먹어 탈 수 있는 말이 천 여 마리에 불과했다. 아사 직전에 놓인 사람들은 신발을 솥에 넣어 물을 붓고 끓여 주린 배를 채웠다. 물이 부족할 때면 말 오줌을 받아 마셨다. 병사들의 수도 10분의 1로 줄었다.

무엇보다 괴로운 것은 희망이 없어진 것이다. 왕이 항복하고 대부분의 요동 땅에 당나라군이 우글거리는 판에 무엇을 위해 싸우는 것인가 하는 의문을 갖는 사람들에게 해 줄 답변이 없었다.

만춘은 다시금 개소문이 원망스러웠다. 그가 왕족을 다 죽이지만 않았더라도 누군가 정통성이 있는 사람을 옹립하여 항복하지 않고 남은 성들이 뭉치어 다시 대응한다면 승산이 없지는 않았을 것이다. 들리는 풍문에는 연정토의 아들인 안승을 받든다는 말이 있었으나 정통성 여부는 고사하고 도대체 어디에 있는지 알 수조차 없었다. 어느 섬에 웅크리고 있다는 말도 있고 신라로 갔다는 소문도 있었다.

안승의 아내인 그의 딸 경숙은 남편의 행방도 모른 채 평양성 함락 때 목격한 아비규환에 충격을 받아 정신이상이 되어, 지금 안시성으로 피난 와 있었다. 그만큼 이곳은 오랫동안 포위 당해, 완전 고립된 섬처럼 격리된 세상 속에 있었다.

'더 이상 사람들이 굶어 쓰러지는 것은 볼 수 없다.'

만춘은 하루에도 이런 생각을 수차례나 했다.

'그래도 혹시나 패수로 간 고연무에게서라도 어떤 좋은 소식이 오지 않을까…….'

한편으로는 이러한 실낱같은 희망으로 버텨 왔지만 그로부터도 종무소식이었다. 하기는 1만 병력으로 이미 요동을 뒤덮은 수십만 당군을 헤치고 돌아오기를 기대한다는 것 자체가 무리한 기대였다. 사실 이때 고연무는 안시성으로 돌아가는 것이 불가능해지자 안승의 밑에 가 있었는데 만춘은 이를 알 턱이 없었다.

만춘은 꺼질듯 한숨을 쉬며 성가퀴를 내려와 성 안을 맥없이 걸었다. 어느 집에 이르니 사람들이 마당에 모여 큰 나무 십자가를 앞에다 세워 놓고 뭔가를 중얼거리며 열심히 기도를 올리고 있었다. 작년에 아내 소연이 영양실조로 죽기 전까지 경교를 열심히 포교하는 바람에 안시성에는 경교 신자들이 꽤 많았다. 특히 말갈인들은 경교의 교리를 불교보다 더 선호했다. 만춘 자신은 소연의 권유에도 불구하고 끝까지 경교에 입문하지 않았으나 가끔 책자를 들여다보니 마음에 썩 드는 구절이 있는데다가 그들의 의식이 퍽 엄숙하여 신자들이 자꾸 늘어도 내버려 두었다.

십자가를 보면서 만춘은 몇 년 전의 일이 떠올라 혼자 멋쩍게 웃었다. 그때는 경교가 본격적으로 포교되기 전이었다. 부하 하나가 헐레벌떡 집무실로 뛰어와 보고했다.

"성주님, 우리 성 안에 사람을 잡아먹는 식인집단이 있습니다."

만춘은 무슨 영문인지 몰라서 자세히 물었다.

"성주님, 지금 말갈인들이 너도나도 경교에 빠져 한번 믿으면 모두 혼이 뺏겨 종이 되는데, 그 사제인가 도승인가 하는 사람이 사람 고기를 먹으라고 가르친답니다."

만춘은 어이가 없었으나 부하의 표정이 너무 심각한 바람에 한번 실상을 알아보려고 부하 몇 명을 시켜 경교의 설교가 열리는 곳에 잠적해 동향을 파악하도록 했다. 그러나 제각기 말이 다르고 의견도 달라 별 수 없이 자신이 얼굴과 복장을 감추고 참석해 봤다. 그들의 의식은 꽤 복잡했다. 나중에 사제라는 사람이 가루떡을 신자들에게 나눠주며 이렇게 말하는 것이었다.

"너희는 모두 이것을 받아먹어라. 이것은 내 몸이니라."

그리고는 술을 한 모금 따라 주면서 말했다.

"너희는 이것을 받아 마셔라. 이것은 내가 흘린 피, 곧 언약의 피니라."

만춘은 황당한 생각이 들었지만 그들이 직접 사람을 죽이는 것은 못 보았기 때문에 일단 자세히 조사해 보기로 했다.

그런데 여기에 대해 명확한 대답을 준 것은 소연이었다.

그것은 수백 년 전 구세주라는 사람이 나타나 십자가에 못 박혀 죽었으므로 그를 기리는 것이지 식인과는 아무런 상관이 없다는 설명이어서 오해는 풀렸다.

전쟁통에 한쪽 다리를 잃은 만춘의 동생 영춘 역시 열렬한 경교 신자 가운데 한 사람이었다. 만춘은 동생에게 경교 교리 설명을 제대로 들어야겠다고 생각했다. 만춘은 요즘 혼자 있을 때에 외로움을 느꼈다. 가끔 소연 생각을 할 때면 그녀가 경교를 믿으라고 설득하던 모습이 떠오르곤 했다. 그런데 늘 경교 의식 때마다 앞줄에 앉아 있던 영춘이 그 날따라 눈에 띄지 않았다. 마침 마주 오던 선백에게 '삼촌을 만나거든 보잔다는 말을 전하라'고 하자 선백도 영춘을 찾았으나 눈에 띄지 않았다.

이때 영춘은 뒷골목 귀퉁이에서 예순을 약간 넘은 구석이라는 사람과 아주 색다른 얘기를 나누고 있었다.

"틀림없다니까요. 그가 성벽 가까이 왔을 때 제가 몇 번이나 확인했는데 코 밑에 검은 점이 있는 게, 틀림없이 용백이 그 아이라니까요."

구석의 이야기는 지금 성을 포위하고 있는 당나라 장수 고간이 고구려 사람이라는 것이었다. 그는 거듭 확인을 하는 영춘에게 말했다.

"틀림없습니다. 그 사람 가족이 건안성에 살았는데, 당 고조 때 중국으로 건너갔거든요. 그 사람 애미가 꿈에 흰 용을 보고 낳았다 해서 아명(兒名)이 용백이었어요. 그때 용백이 어미가 젖이 모자라 우리 어머니가 늘상 젖어미가 되어 대신 먹여 길렀어요. 나이가 나보다 일곱 살 어려, 내가 늘 탈 것을 만들어 태우고 다녔습니다. 조부가 무슨 큰 죄를 지어 가산이 몰수되는 바람에 끼니도 거를 정도로 어렵게 지냈어요. 그때는 고구려와 당이 사이가 좋아 저 사람이 일곱 살 때 당나라에 들어가 살겠다고 이민을 갔어요. 그런데 크게 출세했네……."

어리석다 할 만큼 마음이 순진하기도 하고 지나치게 다정다감한 영춘은 구석의 말을 듣고 아까부터 좀 엉뚱한 생각을 하고 있었다. 그는 장가도 한번 못 가 보고 이미 노인이 되어 버렸지만 형을 어려워하기도 하고 존경하기도 하였으며 또 조카인 만춘의 아들과 손자들을 끔찍이 좋아했다.

그는 남도 자신처럼 마음이 좋을 줄 알고 쉽게 믿어 버리는 성격이었다. 영춘은 만일 고간이 진짜 고구려 사람이라면, 구석이 가서 옛 인연을 이용하여 툭 터놓고 매달리면 성민들을 중국으로 잡아가지 않고 이곳에 살게 해 줄 수 있는 방법이 있지 않을까 생각하고 있었다. 아니, 애들만이라도 잡아가지 않는다면…… 최소한 형의 손자들만이라도 내버려 둔다면…… 수모 당할 각오를 하고 매달릴 가치가 있다고 생각했다. 영춘의 생각에도 성이 함락되는 건 이제 시간문제일 뿐 기정사실인 것 같았다.

형인 만춘에게 이 문제를 상의할까도 생각해 봤지만 형의 성격을 아는 그는 일언지하에 핀잔을 받을 것을 뻔히 알고 있었다.

마침내 영춘은 구석에게 자기 생각을 말하고, 같이 은밀히 만나서 부탁해 보면 어떨지 물어보았다. 구석의 답변이 모호하였다.

"글쎄요. 자기가 입은 은혜를 생각하면 들어주는 게 도리일 텐데…… 좌우지간 한번 만나 보지요, 뭐. 그런데 성주님이 성 밖으로 내보내 주실까요?"

"아니, 우리 둘만 몰래 나가서 만나자는 거지……."

"몰래 어떻게 나갑니까?"

"그건 내게 맡기게."

그리하여 영춘은 어두워지기를 기다려 구석을 데리고 어느 으슥한 창고로 갔다. 창고 밑은 전에 시득이 통과한 적이 있는, 그 비밀 통로였다. 만춘은 10여 년 전에 이 굴을 팔 때 아주 믿을 만한 일부 사람만 동원하여 몇 달에 걸쳐 만들었다. 영춘도 이 굴을 팔 때 참가한 사람 가운데 하나였지만 실제 그 자신이 이 땅굴을 통과해 본 것은 10년 동안 딱 세 번뿐이었다. 그만큼 이 통로는 철저하게 보안이 유지되어 왔다. 둘은 캄캄한 어둠 속을 무릎으로 기어 예의 큰 고목나무 둥치에 난 구멍을 통해 숲으로 나왔다.

"자네, 이 통로에 대해서는 죽을 때까지 비밀을 지켜야 하네."

영춘이 구석에게 몇 번이나 다짐했다.

"염려 마십시오. 그런데 참…… 우리 성주님은 대단하신 분이야. 이렇게 감쪽같은 통로가 있을 줄은……."

그들은 살금살금 도로 성 쪽으로 다가가 당나라군 진영에 이르렀다. 보초병에게 고간 장군을 뵈러 왔다고 하자 보초는 누구냐고 신분부터 물었다. 구석이 나서서 건안성에 살던 구석이라면 알 거라고 하자 보초는 한동안 그들을 훑어보고 나서 사라졌다. 한참 뒤 무장을 한 장교 네 명이 나타나 그들의 옷을 더듬어 숨긴 무기가 없는지 확인하더니 둘을 군영 중앙에 있는 큰 장막으로 데려갔다. 그들을 세워 두고 장교 하나가 막사 안으로 들어가더니 금방 다시 나타나, 안으로 들어가라고 하였다.

영춘과 구석이 들어서자 고간은 의자에 앉아 있고 장수 두 명이 그 옆에 서 있었다. 영춘이 약간 얼어서 무슨 말부터 꺼내야 할지 멈칫거리는데 구석이 먼저 나섰다.

"용백이, 자네 날 모르겠는가?"

고간은 구석의 반말에 기분이 나빠진 듯 무뚝뚝하게 대답했다.

"알지요. 그런데 무슨 일로 왔소?"

구석은 말을 더듬거렸다.

"이 분은…… 벼슬은 없지만 안시성주의 먼 친척되는 분이고,

지금 안시성이 몹시 어려운데…… 자네도 원래 고구려 사람이니……."

고간은 중도에 말을 끊으며 냉랭하게 대꾸했다.

"나는 고구려를 잊은지 오래요. 고구려가 내게 해 준 일이라곤 아무것도 없소."

영춘은 일이 글렀다고 생각했으나 내친김에 부탁해 보았다.

"성민들은 지금 오랜 싸움에 지칠 대로 지쳐 있습니다. 장군께서 아량을 베푸시어 싸움이 끝난 뒤에도 주민들을 이곳에 계속 살게 해 주신다면 인근의 묵정밭을 개간하고 가축을 길러 성이 예전의 기력을 회복할 것이며……."

고간은 다시 말을 막았다.

"그 문제는 안시성주의 공식 대표와 우리 사이에 논의할 문제지 민간인들이 와서 얘기할 사항이 아니오. 우리 조정에서 정해 놓은 원칙이 있으니 나는 그에 따를 뿐이오. 더구나 안시성은 그동안 수차례의 항복 권유에도 아랑곳없이 끝까지 저항하고 있으니 예외란 더더욱 있을 수 없소. 물러가시오."

고간은 차갑게 돌아섰다.

무안만 당하고 나오자 구석은 분하게 여기며 투덜거렸다.

"저 사람이 어릴 때 성격하곤 딴판이구만…… 제가 아무리 출세를 했기로 젖을 먹여 준 은혜를 잊다니……."

그런데 그들이 장막을 떠나 영문(營門)을 빠져나오려 하자 장교 둘이 뛰어왔다.

"잠깐, 고간 대장군께서 다시 보자시니 따라오시오."

장교들은 두 사람을 고간의 장막 옆에 있는 자그만 빈 장막으로 안내하고는 다시 사라졌다. 둘은 혹시 붙잡히는 것 아닌가 불안한 마음으로 떨면서 기다리고 있었다. 한참 뒤 고간이 혼자 나타났다. 그는 양손에 자루 하나씩을 들고 있었다. 그는 구석을 향하여 고개를 크게 숙이고는 말했다.

"제가 아까는 부장들이 보는 앞이라 일부러 홀대하는 척했습니다만 제가 어찌 젖을 먹여 길러 준 은혜를 잊겠습니까? 아무리 부장들이 내 부하들이라 해도 저는 고구려 출신인지라 처신에 여간 신경을 쓰지 않으면 안 됩니다. 이해하시겠습니까?"

고간은 어리둥절해 있는 구석과 영춘에게 자루를 건네주었다.

"이것은 쌀이고 이것은 금방 잡은 쇠고기입니다. 안시성에 양식이 귀할 텐데 이걸로 두 분이서 몇 끼라도 배부르게 드십시오. 아까 말씀하신 사항은 저도 사실은 결정권이 없고 황제의 명을 받드는 고위층이 군문에 나와 있어 그 사람 말을 들어야 합니다. 그러나 눈치를 봐 가며 제가 꼭 힘자라는 데까지 도움이 되도록 노력하겠습니다."

쌀은 한 말이 족히 되고 고기는 30여 근이 넘어 보였다. 그제야 두 사람은 감동하였다. 구석은 인사를 몇 번이나 하고 영춘은 정당나라 장수들의 눈치가 보이면 어린애들만은 봐 달라고 두 번 세 번 당부한 뒤에 그곳을 떠났다.

영춘은 흡족한 생각이 들어 구석에게 확인해 보았다.

"우리가 영 헛걸음한 것은 아니지?"

"아무렴, 제 속에 고구려 피가 흐르는데 피를 속일 수야 있겠습니까? 하긴, 우리도 그 사람 처지를 이해해 줘야지. 당나라 장수들 틈바구니 속에서 눈치를 봐 가며 저런 자리에 오르기까지 오죽 피눈물 나는 일이 많았겠습니까? 우리 뜻만 우길 수는 없지요."

둘은 당군 진지를 떠난 뒤로 혹시 누가 자신들 뒤를 밟는 기색이 없나 조심스레 살피느라 가다가 뒤돌아보다가를 되풀이했지만 아무런 낌새가 없었다. 두 사람은 땅굴로 기어들어 도로 성 안으로 들어왔다.

둘은 워낙 고기와 쌀을 구경한지가 오래라, 참지 못 하고 쌀 조금과 고기 두 근 정도를 추려 내어 외진 곳에서 얼른 불을 피워 국밥을 끓이고는 허겁지겁 먹었다. 영춘과 구석은 쌀자루와 고기 자루를 창고 한 곳에 숨겨둔 뒤 누구에게도 오늘 밤 일을 절대 말하지 않기로 약속하고 나서 헤어졌다.

영춘이 집으로 돌아오자 순찰을 돌고 들어오던 선백이 말을 걸었다.

"삼촌, 어디에 가 있었소? 아버지께서 초저녁부터 찾으셨는데……."

"그래? 뭣 때문이란 말은 안 하시고?"

"모르겠소. 지금 안 주무시는 모양이니 가서 물어보시오."

영춘은 내일 아침에 만날까 생각하다가 만춘의 방에 아직 불이 켜진 것을 보고 들어갔다. 그를 본 만춘이 말했다.

"어딜 그리 종일 돌아다녔나?"

"뭐, 누구에게 좀 부탁할 일이 있어서…… 그런데 절 찾으셨다던데……."

"아니, 그리 중요한 일은 아니고 자고 나서 내일 얘기하지."

영춘이 돌아서 나오려는데 만춘이 물었다.

"네 바지 자락에 그게 뭐냐?"

영춘의 바짓가랑이에는 굴 속을 기느라 묻은 흙에데다 고기 자루에서 배어 나온 쇠고기 선지피가 군데군데 묻어 있었다.

영춘은 적당히 얼버무리려다 다시 생각하니 고간의 태도로 볼 때 그를 만나고 온 게 칭찬을 받았으면 받았지 꾸중 들을 일은 아니다 싶어 사실대로 말해 버렸다. 만춘의 안색이 대번에 하얗게 변하더니 칼을 빼 들고 뛰어나갔다.

"이런 바보 같은 놈! 빨리 군승을 불러라! 아니, 모두 깨워라! 빨리 창고로 가자!"

그와 일단의 병사들이 달려가자 창고는 벌써 불에 활활 타고 있었다.

"당군이 숨어들었다! 잡아라!"

군사들이 이리저리 뛰어다녔다. 다행히 숨어든 적병들의 수는 얼마 되지 않아 금방 처치되었지만 문제는 그나마 아끼고 아껴 두었던 마지막 비상식량이 거의 불에 타 숯더미가 되어 버리고 만 사실이었다.

이 날 고간은 하찮은 두 백성들의 하소연을 한쪽 귀로 흘리려다 다시 생각해 보았다. 안시성주가 문을 열고 내보낸 자들도 아닐 텐데 어떻게 포위망을 뚫고 나왔는지가 궁금하였다. 그래서 그들을 다시 불러다가 쌀자루와 고기 자루를 주고는 쌀자루 밑에 몰래 쌀알이 몇 개씩 떨어질 만한 구멍을 내놓았다. 그리고 고기는 일부러 선지피가 뚝뚝 흐르는 것을 주어 핏자국이 땅에 남게 하였다. 영춘과 구석온 이두워시 이를 못 본 것이었다.

고간은 그들이 사라진 한참 뒤에 횃불을 밝히고 개까지 동원해 그 자국을 추적하여 땅굴 입구를 알아냈다. 땅굴에는 거미줄 같은 미로와 막다른 길이 여럿 있어 진짜 통로를 찾는데 애를 먹었다. 게다가 중간에 두터운 문이 있어 안쪽에서만 열게 되어 있는 바람에 이를 부수고 성 안으로 침투하느라 여간 힘들지 않았다. 결국 다수의 군을 투입시키는 것은 포기하고 몇 명을 투입하여 우선 창고를 불태우고 혼란을 틈타 가능하면 성문까지 열어젖힐 셈이었다. 결국 창고만을 불태우다 모두 잡혔지만 목적은 반쯤 달성한 셈이었다.

만춘의 분노는 이만저만이 아니었다. 그는 당장 영춘과 구석을 잡아 묶어 놓고 그 자리에서 처형하려 하였다. 군승과 선백이 사정사정하며 삼촌 딴에는 성민들을 위한다고 한 짓이니 목숨만은 살려주기를 빌었다. 만춘은 일단 날이 밝으면 결정하기로 하고 그들을 옥에 가두었다. 그러나 아침이 되어 옥문을 여니 둘은 바지끈으로 목을 매달아 스스로 목숨을 끊은 뒤였다.

그 날 하루 종일 만춘은 허탈한 표정으로 성가퀴를 오르락내리락하며 아무 말이 없었다. 그 이튿날도 그랬다. 사흘째 되는 날, 해가 뉘엿뉘엿 넘어갈 무렵 만춘은 군승과 선백을 불렀다.

"오늘 저녁에는 있는 식량을 모두 백성들에게 나눠 줘 실컷 배불리 먹게 해라. 술도 아끼지 말고 있는 대로 다 나눠 줘라."

군승과 선백은 갑작스런 명령에 약간 얼떨떨한 표정이었으나 금방 그 뜻을 헤아렸다. 그러나 차마 입 밖에 내어 물어보지 못하고 다만 에둘러 물을 따름이었다.

"진정으로 하시는 말씀입니까?"

만춘은 말없이 고개를 끄덕이더니 눈물을 보이지 않으려고 얼굴을 돌려 버렸다. 군승과 선백은 어깨를 축 늘어뜨리고 힘없이 명령을 전하려고 터벅터벅 발걸음을 옮겼다.

해가 져서 깜깜해지고 밤이 늦어질 때까지 만춘은 성가퀴에 마냥 서서 성 밖을 지켜보았다.

하늘에는 별이 총총히 빛나고 있었다. 군승이 성가퀴로 올라와 만춘 옆에 섰다.

"아버님, 성민들이 좋은 음식을 성주님 없이 다 먹어 버릴 수 없다고 얼른 오시랍니다."

"알았다. 내 곧 가마."

잠시 후, 만춘은 장대(將臺) 쪽으로 갔다. 장대 밑에는 주민들이 여럿 모여 웅성거리고 있었다. 고깃국 냄새와 술 냄새가 그득하였다. 이미 술에 취해 비틀거리는 사람도 있었다. 실로 몇 년 만에 맛보는 제대로 된 잔칫상이었건만 분위기는 침울하기 그지없었다. 몇몇이서 불어대는 풍악도 구슬프기만 했다. 만춘은 주민들이 권하는 술을 몇 잔 받아 마시고 자리를 뜨려 했다. 그러자 한 젊은이가 그의 옷자락을 잡고 울먹이며 말했다.

"성주님, 이젠 끝입니까? 고구려는 이제 영영 마지막입니까?"

만춘은 말이 없었다.

"난 다 알아요. 성주님, 너무 억울합니다. 억울해요."

그는 엉엉 울기 시작했다. 주위에 있던 사람들도 흐느꼈다.

"아니다. 고구려는 반드시 다시 일어난다. 나는 그 날을 볼 수 없지만 너는 반드시 그 날을 볼 것이다— 이 사람을 데리고 가라!"

만춘은 그 자리에서 나와 버렸다.

만춘은 성 주위를 한 바퀴 삥 돌기도 하고 성벽을 오르락내리락하기도 하며 뜬눈으로 밤을 지샜다.

축시(丑時)가 끝날 무렵 그는 조용히 일어나 십자가가 달린 경교 예배당으로 가 십자가를 뚫어지게 응시하다가 눈을 감고는 오랫동안 생각에 잠겼다. 다시 성벽에 올라오니 어느덧 동녘 하늘이 어슴푸레 잿빛을 띠며 여명을 알려 왔다. 군승도 그때까지 자지 않고 서성거리며 성 바깥을 내려다보고 있었다.

"왜 자지 않느냐? 날이 새는 것이 두려우냐?"

만춘이 조용히 물었다.

"아닙니다. 저는 날이 새기를 기다리고 있습니다."

"왜······?"

"제 운명이 어떤 건지 결말을 빨리 보고 싶습니다."

만춘은 한숨을 한번 크게 내쉬었다.

"생명은 유한하지만 운명은 끝이 없는 것이다. 운명을 속단하진 말거라."

"아버님, 물어볼 게 하나 있습니다."

"뭐냐?"

"언젠가 아버님은 신라의 원광법사께서 맡아 달라고 했기 때문에 저를 맡으셨다 했습니다. 그때 왜 거절하지 않고 저를 맡으셨습니까?"

"그건······ 내가 원광법사를 좋아했기 때문에 거절할 수가 없었던 게다. 거 뭐냐, 그 양반이 지었다는 그 화랑오계란 게 썩 맘에 들더라. 그 중에서도 '살생유택(殺生有擇)' 이란 말이 제일 가슴에 와 닿았어. 비단 살생뿐 아니라, 사내란 스스로 죽을 때와 살 때를 가려야 한다는 뜻으로 나는 새기고 있다. 그러나 그보다 더 중요한 것은 사실은······."

만춘은 입을 떼려다 말고 군승에게 과연 이 말을 해야 할까 망설였다.

"사실은 그때 나는 한 여인을 무척 사랑하고 있었다. 그땐 이미 한 남자의 아내였지만 난 그녀를 위한 일이라면 죽을 각오까지 되어 있었다. 그래서 원광법사께서 그 여자를 구해 주는 조건으로 널 맡아 달라고 했을 때 거절할 수 없었다."

군승은 입가에 엷은 미소를 지었다.

"아버님께도 그런 일면이 있었군요. 전 아버님은 그저 냉철하고 이성적이고 어떤 유혹에도 흔들리지 않는 강철 같은 사람인 줄 알았습니다. 그 여자가 누구인지 말해 주시면 안 됩니까?"

"너의 장모이니라. 이미 오래 전 얘기지만……."

만춘의 입가에 씁쓸한 웃음이 떠올랐다.

"그러니까 제가 아버님의 아들이 된 건 순전히 우연의 산물이었군요……."

"인간의 눈으로는 우연이겠지만 신의 눈으로는 필연일지도 모르지……."

"신을 믿으십니까?"

"그렇다."

"부처님을, 아니면 어머니가 믿으시던 천제님을……?"

"그런 건 중요한 게 아니다. 어차피 인간이 절대자를 온전하게 묘사하진 못 하니까……."

"아버님, 우리가 요동 땅을 다시 밟을 수 있겠습니까?"

"땅은 어차피 부지런한 사람의 것이다. 우리 삼한의 땅이 될 것이다."

"신라가 이 땅을 차지하게 될 것 같습니까?"

"신라가 차지 못 하면 고구려가 다시 일어나겠지……."

"전 아버님이 그 얘길 하실 적마다 우리 백성들 듣기 좋으라고 하시는 줄 알았습니다. 이제 보니 진심이군요."

"그렇다. 다만 네게 미안하다. 내가 융통성이 모자라서 너조차 막판으로 몰고 가는구나……."

"아버님, 그런 말씀 마십시오. 저는 아버님이 오늘 속마음까지 다 말씀해 주셔서 행복합니다."

"고맙다. 그러나 죽음을 가벼이 여기지는 말아라. 죽음을 가벼이 여기는 것은 최선을 다 하는 것이 아니다."

"명심하겠습니다."

둘이서 얘기를 마쳤을 때 선백이 올라왔다. 세 사람은 다시 한 번 성을 삥 둘러보고 아래로 내려갔다. 날이 이미 훤해졌다. 간소한 아침 식사를 마친 뒤 만춘은 결심한 듯, 원로 백성들을 불러 놓고 일렀다.

"오늘 적이 입성하면 대항하지 말고 백기를 들어 부상자와 노약자들을 다치지 않게 하시오."

말을 마친 뒤 그는 전투능력이 있는 군사들을 모두 모았다. 5천이 채 안 되었다. 만춘은 그들 앞에 나아갔다.

"우리는 오늘 적의 포위망을 뚫고 대장산도(大長山島)로 가 거기에 있는 수군 손세형 장군의 부대와 합친다. 우리 가운데 몇 명이 살아남을지 아무도 모른다. 또 형편상 가족들은 데려가지 못 한다. 그러니 모두 가족들과 작별 인사를 하여라. 원하지 않는 사람은 따르지 않아도 좋다."

손세형은 가영의 아들이었다. 이미 오래 전에 죽은 가영에 이어 그의 아들 역시 수군에 입문해 중국 삼국시대 때부터 계속된 수군 가계의 전통을 이어 가고 있었다.

질문하는 사람이 있었다.

"대장산도 이후에는 어떻게 됩니까?"

"나도 확실하게 말할 수는 없다. 아마 거기서 바다로 나가 뱃길로 신라에 가는 길이 최선책이 될 것 같다."

신라……! 그랬다. 나라를 잃은 그들이 항복하지 않는 이상, 갈 곳이라고는 이제 그곳밖에 없었다.

만춘은 식솔들을 다 불러 모았다. 선백 내외, 군승 부부 및 손자들, 경숙과 성충의 아내 자옥, 그리고 노비들이 한 자리에 모였다.

"오늘 우리 집안 남자들은 모두 성 밖으로 나가 싸운다. 셋이 다 죽을지 혹시 하나는 살아서 대장산도로 갈지 알 수 없다. 알다시피 적군이 겹겹으로 포위하고 있으니 다른 사람들은 데려갈 수 없다. 우리가 떠난 뒤, 이 성은 당군에게 항복할 것이다."

여기까지 말하자 좌중에는 천근 같은 침묵이 흘렀다. 마침내 군승의 아내 명희가 친정어머니인 자옥을 붙잡고 흐느껴 울었다. 명희는 백제-고구려로 이어지는 두 번째 망국을, 자옥은 유구-백제-고구려로 이어지는 세 번째 망국을 겪는 기구한 운명이었다.

만춘은 말을 이었다.

"포로가 된다고 자포자기하거나 부끄러워할 필요는 없다. 나는 두 번씩이나 중국의 포로가 되었다. 다만 부끄러운 포로는 잡힌 뒤에 그들의 앞잡이 노릇을 하는 것이다. 중국 놈들은 포로를 써 먹을 수 있는 포로와 그렇지 않은 포로로 나눈다. 너희들은 절대 배를 채우기 위해 그들에게 이용 당해서는 안 된다. 명심해라."

그는 약간 목이 메인 소리로 말을 계속했다.

"사람이 살아가는 유형에 크게 세 가지가 있다.

첫째, 순전히 자기 배를 채우고자 남의 사정은 개의치 않는 인간— 가장 비천한 인간이다. 이 유형 가운데는 심지어 남의 생명까지도 고려치 않는 극단적인 경우가 있는데 남생이 대표적인 예다.

두 번째는 남에게 폐를 안 주고 자기도 되도록 신세를 안 지려는 유형인데 이는 속인들이 흔히 살아가는 방식이다. 그들은 과오가 두려워서 의로운 행동을 망설이고, 죄를 짓지 않는 것이 최고라고만 생각한다. 남에게 신세를 안 지고 자기가 여유가 있을 때 남을 돕는 것은 좋은 일이다.

그러나 너희들은 여기서 그쳐서는 안 된다. 너희들은 너희들이 어려울 때는 남도 어려울 것이라 생각하고 어려울 때 남을 도울 줄 알아야 한다. 이것이 이른바 의리란 것이며, 바로 세 번째 유형의 인간으로, 의를 위하여 자기를 희생하는 삶이 사람으로서 가장 고귀한 삶이다. 사람의 진면목은 평소에 드러나지 않는다. 위기에 몰리거나 극한 상황에 처했을 때 평소의 수양 정도에 따라 종이 한 장 차이로 이 모습이 되기도 하고 저 모습이 되기도 한다. 그러나 비록 종이 한 장 차이라 할지라도 구별은 분명히 있다. 위기는 용기있는 자와 비겁한 자를 정확히 갈라놓는 시금석이다. 무사는 위기를 당하여 떳떳한 죽음을 택하지 비겁하게 사는 길을 택하지 않는다. 너희들이 포로가 되어 신분이 드러나면 적은 당연히 너희들을 이용하려 할 것이다. 너희들 가운데 그 누구도 행여라도 그들의 앞잡이가 되거나 협력해서는 안 된다. 명심하렸다."

그런 뒤 그는 며느리들과 딸을 보며 말했다.

"마지막으로 너희들에게 당부할 말이 있으니 내 유언이라고 생각하고 귀담아 들어라! 너희들 가운데 어른들은 이미 얼굴이 알려져 신분을 감추기 어렵다. 그러나 어린 아이들은 노비들과 섞이면 신분을 감출 수 있다. 중국인들은 항복한 적의 지도층을 포만과 안일, 미색에 물들여 몹쓸 인간으로 만든다. 그들의 상투적인 수법이지. 너희들은 이 어린 것들을 제대로 키우려면 너희들이 데려가지 말고 노비들에게 맡겨 종이 되게 해라. 그것이 힘들고 배고플지언정, 아이들을 제대로 길러 내는 방법이다.

내 일찍이 원광이라는 스님을 만났는데 그 분 말이 손자를 보거든 성(姓)을 바꾸라 했는데 아마 오늘날의 일을 미리 아신 것 같다. 만약 너희들이 그것을 원치 않는다면 차라리 저 포위망 속에서 적들의 칼날에 운명을 맡겨 백에 하나의 가능성을 보고 탈출을 시도하는 것만 같지 못 하다."

그리고는 자신의 오랜 당번병이자 늘 한 식구처럼 대해 온 대마근(大馬根)에게 따로 금 30푼을 주며 말했다.

"자네에게 모든 걸 부탁하네. 이것은 내가 이세민을 물리쳤을 때 조정에서 내린 선물이니 꼭 필요할 때 쓰도록 하게."

이어서 을지문덕에게서 받은 지도책 세 권과 그가 나름대로 몇 가지를 적어 묶은 책을 주며 당부하였다.

"이 책들을 목숨처럼 귀하게 여겼다가 나중에 우리 성에서 포로가 된 아이들 가운데 영걸이 될 만한 인물이 나오거든 전해 주게."

대마근은 공손히 절을 하고 받았다. 만춘의 가노들은 만춘과 소연이 그동안 노비라 천하게 여기지 않고 식구처럼 대해 와 만춘을 충심으로 따랐다.

만춘은 다시 손자들을 한데 모아 놓고 말하였다.

"너희들은 지금부터 성루에 올라, 이 할아비와 아비들의 마지막 모습을 똑똑히 지켜보거라. 너희들이 장차 아비와 할아비의 모습을 기억하고 고구려의 한을 풀어줄지 말지는 오로지 너희들의 노력에 달렸다. 옛날 월(越)왕 구천은 오(吳)왕 부차에게 원수를 갚고자 7년 동안 짐승의 쓸개를 핥으며 각오를 다져, 마침내 나라를 다시 세웠다고 한다. 너희들은 그보다 더 긴 세월을 각고해야 할지 모른다. 그러나 꼭 분발하는 마음을 잊지 말고 학문을 닦고 신체를 단련하여 큰 뜻을 이루기 바란다. 오늘 우리가 이 비극을 당한다 해서 낙심해선 안 된다. 세상이 우리를 버린다 해서 우리가 세상을 등져서는 안 된다. 하늘의 뜻은 결코 인간이 헤아릴 만큼 단순하지 않다. 명심하거라."

말을 마치고 난 그는 한 사람씩 손을 만져 보면서 작별을 하였다. 자옥의 차례가 되자 그는 한동안 마주 잡은 손을 놓지 못 하다가 마침내 두 볼에 눈물을 주르르 흘렸다.

이윽고 만춘이 군승·선백을 거느리고 군사들이 모인 곳으로 가자, 5천여 명이 대부분 모여 대기하고 있었다. 그는 말 위에 올라 영을 내렸다.

"오늘은 고구려의 혼을 유감없이 발휘하는 날이다. 각자 최선을 다하라!"

부슬비가 내리기 시작했다.

"성문을 열어라!"

전투에 나가지 못 하는 부상병들이 성문을 열자, 만춘은 말을 몰아 선두에서 뛰쳐나갔다. 고구려 군사들은 세 갈래로 나누어 돌진하였다. 만춘은 무더기로 달려드는 당군 기병들을 이리 찌르고 저리 베며 나아갔다. 군승과 선백이 그 뒤를 따랐다.

"저 왼손잡이가 양만춘이다! 잡아라!"

당군이 그를 표적으로 삼아 집중적으로 덤벼들었다. 몇 십 명을 베었을까? 적병 하나가 창끝으로 그의 왼쪽 어깨를 찔렀다. 만춘의 팔에 힘이 빠졌다. 이어 다른 적이 정면으로 달려들어 그의 가슴을 찌르려 하였다. 만춘이 가까스로 피하며 적의 목을 벤 순간 또 다른 놈이 창으로 그의 오른쪽 옆구리를 찔렀다. 만춘의 상체가 반쯤 고꾸라졌다.

"아버님!"

군승과 선백이 적병들을 헤치며 달려왔다.

"빨리 떠나거라! 명령이다!"

그는 손이 없는 오른팔로 찔린 곳을 막고 다시 상체를 일으키며 소리쳤다. 옆구리에서 피가 홍건히 배어 나왔다. 군승과 선백은 눈물을 머금고 다시 칼을 휘두르며 당나라군들을 헤쳐 나아갔다.

만춘은 상처 난 몸을 아랑곳하지 않고 한참 동안 이리저리 치고 막으며 처절하게 싸웠다. 마침내 온몸이 피투성이가 되어 말에서 떨어져 숨을 거두었다. 군승과 선백은 기적적으로 혈로를 뚫고 800여 명의 고구려 병사들과 함께 남쪽으로 달아났다.

성 위에서 조영 등 만춘의 손자들과 노복들이 함께 이 처참한 광경을 끝까지 지켜보았다. 잠시 뒤에 안시성에는 백기가 걸리고 성문이 열렸다.

안시성 최후의 모습이 어떠했을까?

1300년이 넘게 지난 지금, 그때 일은 오직 상상으로만 추정할 뿐이다. 그러나 고구려가 망한 이듬해(669년) 2월에 이적(李勣) 등이 당 고종에게 올린 보고서에서 "압록수 이북의 아직 항복하지 않은 11개 성" 목록에 안시성이 포함되어 있고(《삼국사기》 제37권 잡지 제6), 또 "함형(咸亨) 2년(671년) 신미년 가을 7월에 고간이 안시성의 남은 무리를 깨뜨렸다"는 기록이 있는 걸로 보아 안시성이 최후까지 고구려의 자존심을 지키며 고구려 멸망 후에도 최소 3년 이상, 당나라에 항거하였음은 분명한 사실이다.

어쩌면 실제 안시성 최후의 모습은 생각보다 더욱 더 비장하였으리라……

《삼국사기》 신라본기 문무왕 10년(670년) 기록에는 "3월에 사찬 설오유가 고구려 태대형 고연무와 각기 정예 군사 1만씩을 거느리고 압록강을 건너 옥골(屋骨)에 이르러" 말갈·당군과 싸운 기록이 있는데 이 고구려군 1만은 어디서 나타난 병력이었을까? 이때는 검모잠이 고구려 유민들을 일으켜 신라로 오기 이전이다. 이는 당연히 안시성을 비롯, 그때까지 항복하지 않은 고구려 성에서 차출된 병사들이었을 것이다. 그러므로 나당전쟁 초기에 안시성 등 고구려 세력들이 신라를 적극적으로 도운 사실 또한 인정하지 않을 수 없다.

보름 뒤, 고간의 군대는 안시성 주민 6천여 명을 붙잡아 장안으로 보냈다.

거기서 주민들은 분류되어 주요 장수들의 가족은 장안에 계속

억류되고, 나머지는 당시 3만 8천여 호의 고구려 포로들이 흩어져 거주하고 있던 강회(江淮)의 남쪽, 산남(山南: 호북성-섬서성 경계의 산악 지방), 경서(京西: 장안의 서쪽) 등지로 나뉘어 보내졌다.

군승과 선백의 아내는 장안에 남게 되고 노비들의 아이가 된 만춘의 손자들과 노비들은 다른 고구려 포로 일부와 함께 산남의 황무지로 보내졌다. 자옥은 도중에 죽고 경숙은 노비로 행세했다. 다행히 성 사람들이 의리를 지켜 고자질하지 않아 일반 주민들과 같이 가게 되었다.

11. 패잔병

구사일생으로 탈출한 군승·선백 등 고구려군 800여 명은 굶주린 창자를 움켜쥐고 수군 4천여 명이 칩거하고 있는 대장산도가 빤히 보이는 곳에 도착해 배를 타고 건너, 섬에 이르렀다. 그리고는 패수로 갈 길을 모색하였다. 소문에 따르면 신라가 이미 패수 일대를 장악하고 있다는 것이었다.

한편 고간은 신라군에게 고전을 면치 못 하고 있는 설인귀를 지원하기 위해 안시성을 떠나 4만의 병력을 거느리고 계속 전진하였다. 9월에 평양성 북쪽에 도착하여 도랑을 깊이 파고 보루를 높이 쌓았다.

이 무렵, 신라군은 자주 안동도호부를 넘보고 있어 안동도호부 소속인 평양 주둔 당나라군은 여러 가지 어려움을 겪어야 했다. 이에 안동도호부는 웅진도독부에 사람을 보내 식량을 요청하였다.

그러나 안동도호부로 식량을 나르던 당나라군 조운선 70여 척이 신라 수군의 습격을 받아 낭장 겸이대후(鉗耳大侯)와 100여 명의 당군이 사로잡히고 나머지 군사들과 식량은 모두 고기밥이 되었다. 평양 주둔 당군 주력 부대는 별수 없이 요동으로 후퇴하였다.

이듬해(672년) 초부터 신라-당나라 사이의 싸움이 격렬해졌다. 신라는 웅진도독부의 고성성(古省城)을 공격하여 이를 점령하고 이어 가림성을 쳤으나 이기지 못 하였다.

7월에는 고간의 부대 1만과 이근행의 부대 3만으로 이뤄진 당군이 다시 와서 평양 부근 여덟 군데에 진을 치고는 신라의 한시성(韓始城)과 마읍성(馬邑城)을 점령하였다. 당나라는 군사들을 더 남진시켜 백수성(白水城)에서 500보 떨어진 곳에 있는 대방(帶方) 들판에 군영을 설치하였다. 신라군은 의복(義福)·춘장(春長) 등을 보내 이들을 쳐 연전연승을 거둬 수천 명의 당군이 죽었다. 그러나 병법에 '100에 99를 이겨도 1로서 100을 무너지게 할 수 있다' 는 말이 있는데 이때 신라군들은 이 격언을 무시했다.

의복은 싸움 시작 전에 군사들의 전투의지를 돋우려고 적의 수급을 많이 벤 휘하 부대에 포상을 내리는 경쟁을 시켰다. 각 부대들은 적의 머릿수 확보하기에 급급하여 무조건 앞장서서 공격하려고만 하다가 뒤가 끊긴 줄도 모르고 적진 깊숙이 들어갔다. 고간과 이근행이 재빨리 신라군의 이 약점을 눈치 채고 말갈족 부대와 함께 신라군 지휘부에 역습을 가해 오자 순식간에 대아찬 효천(曉川), 사찬 의문(義文)·산세(山世), 아찬 능신(能申)·두선(豆善), 일길찬 안나함(安那含)·양신(良臣) 등 다수의 장수들이 목숨을 잃고 백수성은 당군 손에 넘어갔다.

이때 유신과 지소 사이에서 난 아들인 원술(元述)이 비장(裨將)이 되어 참전했었는데 적진에 혼자 뛰어들어 죽으려 하니 부관 담릉(淡凌)이 말렸다.

"대장부 죽는 것은 어려운 일이 아니라 죽을 곳을 가리는 것이 어려운 일입니다. 만약 죽어서 보람이 없다면 살아서 뒷날의 성공을 도모함만 못 할 것입니다."

"사내는 구차스럽게 살지 않는 것인데 내가 장차 무슨 면목으로 우리 아버지를 뵙겠느냐?"

원술이 말을 채찍질하여 적진으로 달려가려 하니, 담릉이 말고삐를 잡고 끝까지 놓지 않으므로 마침내 싸워 죽지 못 했다.

원술이 상장군을 따라 무이령(蕪荑嶺)으로 나오는데 당나라 군사가 추격하여 가까이에 이르렀다. 거열주(居烈州)의 대감인 일길찬 아진함(阿珍舍)이 상장군에게 말했다.

"공들은 어서 빨리 가시오. 나는 나이가 벌써 일흔 살이니 산들 얼마나 살겠소? 지금이야말로 내가 죽을 때이오."

아진함은 곧 창을 비껴들고 적진으로 거침없이 나아가 죽었다. 이를 보고 있던 아진함의 아들 또한 큰소리로 외치며 뒤따라 당군들 속으로 돌격해 들어가 죽었다.

패장들은 서라벌로 돌아왔으나 패전이 부끄러워 남몰래 조용히 들어왔다. 문무왕이 이 소식을 듣고 유신에게 상의하였다.

"군사들이 이 모양이 되었으니 어찌하겠소."

"고간과 이근행은 술수에 능한 장수들입니다. 우리는 그저 요충지를 지키고 수비에 치중했어야 했습니다. 제 아들 원술은 임금의 명령을 욕되게 했을 뿐만 아니라 또한 가훈(家訓)도 저버렸으니 목을 베어야 합니다."

"원술은 겨우 비장일 뿐인데 다른 사람은 놔두고 어찌 원술에게
만 중한 벌을 내린단 말이오."

문무왕은 원술의 죄를 용서했다. 원술은 부끄럽고 두려워 집에
들어가지 못 하고 시골에 숨어 지내다가 태백산(太伯山)으로 들어
가 버렸다.

두 달 뒤, 패수 하구에는 군승·선백·손세형이 이끄는 고구려
군 4800명이 배를 타고 나타났다. 당초에는 소문대로 신라군 진영
이 있다는 백수성에 들어갈 예정이었으나 백수성은 이미 당군이
점령한 상태였다. 고구려군은 일단 인근 백수산(白水山)에 진을
치고 나서 신라군에게 기별을 띄웠다.

요동에서 철수한 고구려군이 패수 근방에 모여 있다는 소식이
서라벌에 전해졌을 때 누구보다 관심을 가진 사람은 당시 와병중
이던 유신이었다. 그는 고구려군 사자를 불러 직접 만나 보았다.
고구려군 사자는 유신의 명성을 익히 알고 공손히 인사를 했다.

"내가 몸이 불편해 누워서 인사하는 결례를 용서하시오. 먼 길
을 오랑캐의 칼날을 피해 가며 오시느라 얼마나 수고가 많았소?"

"아닙니다. 나라를 잃은 백성이 어찌하여 험이(險易)를 가리겠
습니까?"

"지금 온 병사들 가운데 옛 수 양제와 세민의 무리를 물리친 안
시성 병사들이 있다지요?"

"그렇습니다."

"장하오. 우린 이제사 그 무리들의 정체를 뒤늦게 알고 싸우느

라 정신이 없구려. 훌륭한 경험을 살려 앞으로 우리에게 많은 도움을 부탁하오."

"천만의 말씀이십니다. 도움은 저희들이 받아야죠. 저희들이 기댈 곳이 신라밖에 더 있겠습니까?"

사자는 명성 높은 장군이자 여든에 가까운 원로가 젊은 자신에게 깍듯이 존대하자 송구스러워 어쩔 줄을 몰라 했다.

"혹시 요번에 오신 장수 가운데 양군승이란 장수가 있습니까?"

"예, 양만춘 장군의 아드님 말씀이군요. 요번에 그 아우님과 구사일생으로 탈출하여 지금 진영에 와 계십니다."

순간 유신의 가슴이 뛰었다. 전에 시득이 전해 준 소식을 사실로 확인했기 때문이었다.

"돌아가시거든 군승 장군에게 내가 꼭 만나고 싶어 한다고, 한번 다녀가라 전해 주시오. 그래, 지금 고구려군은 어디에다 진을 치고 있소?"

"예, 백수산에다 진을 치고 있습니다."

유신은 "앗" 하는 비명을 지르며 자리에서 벌떡 일어났다. 시중을 들던 사람들이 깜짝 놀라 진정시키려 했으나 그는 소리를 질렀다.

"빨리 흠순을 오라 해라!"

흠순이 헐레벌떡 뛰어오자 유신은 급히 말했다.

"고구려 군사들이 실수를 했는지, 지금 백수산에 진을 쳤다 한다. 나는 전에 그곳을 가 봐서 잘 안다. 그곳은 병법에서 말하는 이른바 비지(圮地)이다. 어서 떠나지 않으면 안 된다. 너는 곧 군사를 이끌고 가서 진지를 다른 데로 옮길 수 있도록 돕거라. 그리고

올 때 군승이란 장수를 꼭 모셔 오너라. 죽을 때가 얼마 안 남은 내가 뭘 숨기겠는가? 그 애는 내가 젊은 시절 한때 좋아했던 천관이 낳은 내 친아들이다. 죽기 전에 꼭 그 아이 얼굴을 한번 보고 싶다. 또 그들 중에 양만춘 성주의 식솔들이 있으면 모두 모셔 오라!"

흠순은 즉시 군사 1만 명을 거느리고 백수산으로 향했다. 그러나 그 사이에 고구려군은 4만여 당군의 공격을 받아 다수의 사상자를 남기고 호로하(瓠瀘河: 임진강)로 후퇴해, 패잔병들이 낡은 성 안에 모여 있었다.

흠순이 그곳으로 가서 군승의 행방을 묻자 병사가 어느 장막을 가리켰다. 흠순이 들어서니 한 장수가 중상을 입고 누워 있었다. 흠순은 얼굴 생김을 보고 그가 유신의 아들일 거라고 첫눈에 짐작했다.

"소장은 신라의 김흠순입니다."

옆에서 돌보고 있던 장수에게 인사를 건넸다.

"저는 고구려군의 양선백입니다."

"이 분이 군승이라는 분 맞습니까?"

선백은 고개를 끄덕였다.

"나는 이 분의 삼촌되는 사람입니다. 이 분의 아버지 김유신 장군께서 모셔 오라는 분부가 계셨습니다."

"지금 상태가 위중합니다."

선백이 침울한 표정으로 대답했다. 흠순이 상처를 살피니 어깨뼈 밑에 화살이 박혔다 빠진 자국이 있는데 독이 퍼져 살갗이 꺼멓게 변해 있었다. 환자는 가쁜 숨을 몰아쉬었다.

"이보게, 내가 자네 삼촌이야. 눈을 떠 보게!"

흠순은 군승의 몸을 흔들었다. 군승은 가느다랗게 실눈을 떴다.

"삼…… 촌……?'

군승은 웅얼거리며 그를 올려다보았다. 흠순은 비상용으로 가지고 있던 우황을 물에 개어 군승의 입에다 흘려 넣었다. 군승의 온몸은 불덩이 같았다. 환자의 상태가 심상찮아 선백과 흠순이 밤새 그의 곁을 지켰다. 군승은 의식을 회복했다, 다시 혼수상태에 빠졌다를 되풀이했다. 의식이 돌아올 때면,

"아버지…… 아버지……."

하고 부르짖다가 까무러쳤다.

새벽녘, 마침내 군승은 숨을 거두었다. 흠순은 관을 만들어 서라벌로 운구를 하였다. 선백과 고구려 무장 몇몇이 따랐다.

병석에 있던 유신이 나와 관을 열어 군승의 얼굴을 만져 보고는 눈물을 주르르 흘렸다.

"이 애비의 허물을 용서해다오. 곧 저승에서 다시 만나자꾸나!"

선백이 형의 장례식을 끝내고 고구려 진영으로 돌아가려 하니 흠순이 그에게 신라군에 자리를 마련해 줄 테니 서라벌에 머무를 것을 권했다. 시득도 와서 극구 거들었다.

"원수 고간의 목을 쳐서 아버님과 형님의 영전에 고하기 전에는 사양하겠습니다."

선백은 사양하며 호로하로 되돌아갔다.

이즈음 문무왕은 여러 중신들을 모아 놓고 국방 능력을 총점검해 보았다. 아무래도 당나라와의 전면전은 아직 무리인 것 같았다. 게다가 백수성 싸움의 패배로 신라군 사기는 많이 떨어져 있었다.

중신회의에서도 모두 침묵을 지키고 입을 열지 않았다. 일부 중신들 사이에는 패배주의 분위기가 감돌았다.

'그러게 당나라한테 싸움을 건 것 자체가 잘못이다. 손바닥 만한 땅으로라도 만족하고 있어야지. 여우가 호랑이 수염을 건드린 격이다.'

그러나 문무왕의 확고한 의지를 아는 대당 유화주의자들은 그들끼리 모인 자리에서만 수군거릴 뿐, 공식석상에서는 떠들지 못하였다. 또 주전파(主戰派) 장수들도 뭔가 뾰족한 돌파구를 찾지 못 해 침묵하였다.

문무왕은 답답하였다. 그가 철석같이 믿어 왔고 어려울 때면 그의 편에 서서 국면전환을 해 주었던 사람은 외삼촌 유신인데 그는 지금 노환으로 누워 있다.

그때 작은 외삼촌인 흠순이 무거운 침묵을 깨고 말했다.

"1년만 더 시간을 벌어 주십시오. 그때까진 모든 준비를 갖추겠습니다."

그것은 그의 독단적인 의견이 아니라 여러 장수들을 대표해서 한 말이었다. 비로소 문무왕은 큰 한숨을 쉬며 입을 열었다.

"알겠소. 난 오로지 경들만을 믿겠소. 내가 다시 한번 창피를 당할 테니 경들은 차질 없이 모든 일을 밀고 나가시오."

왕은 강수를 불러 당나라에 보내는 사죄 편지를 써서 사신 원천(原川)에게 주고 장안에 있는 김인문을 통해 전달케 하였다. 그 내용은 거의 굴욕에 가까운 것이었다.

'신(臣) 김법민은 죽을죄를 짓고 삼가 아룁니다. 옛날에 신의 처지가 거꾸로 매달린 것과 같았을 때 멀리서 건져 주신 은혜를 입어 겨우 죽을 것을 면하였으니, 몸이 가루가 되고 뼈가 바스러진다 해도 크나큰 은혜를 갚기 부족하고 머리가 부서져 재가 되고 먼지가 된다 한들 어찌 자애로우신 은혜에 보답할 수 있겠습니까?

그러나 원한 깊은 백제(웅진도독부를 가리킴)는 저희 신라 가까이까지 침입하면서 황제의 군사를 끌어들여 신을 죽이고 치욕을 갚으려 하였습니다. 신은 파멸의 지경에 놓여 스스로 살 길을 찾으려다가 억울하게도 흉악한 역적의 누명을 뒤집어쓰고 마침내 용서받기 어려운 죄에 빠지게 되었습니다.

신이 이런 일의 내용을 아뢰지 못 하고 먼저 형벌을 받아 죽게 된다면, 살아서는 천자의 명령을 거스른 신하가 되고 죽어서는 은혜를 저버린 귀신이 될까 두려워 삼가 일의 사정을 기록하여 죽음을 무릅쓰고 아룁니다. 엎드려 바라건대 잠깐 귀를 기울여 들으셔서 근본 이유를 명확히 살펴 주십시오.

신은 전대(前代) 이래로 조공을 끊이지 않았으나 근래 백제 때문에 두 번이나 조공을 빠뜨려서 마침내는 황제의 조정으로 하여금 조서를 내고 장수에게 명하여 신의 죄를 성토하게 하였으니, 신의 죄는 죽어도 오히려 남음이 있어 남산(南山)의 대나무로도 신의 죄를 다 기록할 수 없고 포야(褒斜)의 수풀로도 신을 처벌할 형틀을 만들기에 부족할 것입니다. 저희 종묘와 사직을 헐어 늪과 연못을 만들고 신의 몸을 찢어 죽이더라도 사정을 듣고 판단을 내려 주신다면 달게 죽음을 받겠습니다. 신의 관을 옆에 놓고 진흙 묻은 머리도 마르지 않은 채 피눈물을 흘리며 당나라 조정의 처분을 기다려 삼가 형벌의 명을 따르겠습니다.

엎드려 생각하건대 황제 폐하께서는 밝으심이 해와 달 같으셔서 포용의 빛을 구석구석까지 비추시고, 덕은 천지와 합치하여 동식물 모두 양육의 은혜를 입었으며 살리기 좋아하는 덕은 곤충에까지 멀리 미치고 죽이기를 싫어하는 어진 마음은 물고기와 날짐승에까지 이르렀습니다. 만일 복종하면 놓아주는 용서를 내리시고 허리와 머리를 온전하게 해 주는 은혜를 내려 주신다면, 비록 죽더라도 산 것이나 다름없을 것입니다. 바라는 바는 아니었지만 감히 마음속의 품은 바를 말씀드리며 칼에 엎드려 죽을 생각을 이기지 못 하겠습니다.

삼가 원천(原川) 등을 보내 글월을 올려 사죄하고 엎드려 칙명에 따르겠습니다. 저는 머리를 조아리고 또 조아리며 죽어 마땅하고 또 마땅합니다.'

신라측은 편지와 아울러 은 3만 3500푼, 구리 3만 3000푼, 바늘 400개, 우황 120푼, 금 120푼, 사십승포 6필, 삼십승포 60필을 같이 보냈다. 동시에 포로로 잡고 있던 당나라 낭장 겸이대후(鉗耳大候), 내주사마(萊州司馬) 왕예본(王藝本), 본열주 장사(本烈州 長史) 왕익(王益), 웅진도독부의 볼모 예군(禰軍), 증산사마(曾山司馬) 법총(法聰) 등 군관급 170여 명을 석방하여 보냈다. 무슨 수를 쓰든 1년만 시간을 벌자는 속셈이었다.

강수가 지은 편지와 김인문의 비상한 외교 활동 덕분에 한 1년 동안은 당나라가 대군을 보내지 않고 조용하였다.

이 시간 동안 신라는 기존 선단 외에 추가로 병선 100여 척을 새로 건조하여 대아찬 철천(徹川) 휘하의 서해함대를 보강하였다.

이때 새로 만든 배는 고구려·백제에서 넘어온 선박 기술자까지 총동원해 만들어 중국·일본 등 당시 어느 나라 배보다 튼튼한 것이었다.

또 국원성(國原城), 북형산성(北兄山城), 소문성(召文城), 이산성(耳山城), 수약주(首若州)의 주양성(走壤城), 달함군(達含郡)의 주잠성(主岑城), 거열주(居烈州)의 만흥사산성(萬興寺山城), 삽량주(歃良州)의 골쟁현성(骨爭峴城) 등을 새로 쌓고 사열산성(沙熱山城)을 증축하였다.

아울러 백제 멸망 후 폐지하였던 수(戍)자리 제도를 되살려 직업군인 외에 농병(農兵)의 예비 병력을 동원하였다.

673년 7월 1일, 유신이 79세를 일기로 죽었다. 18세 때 수도하던 굴에서 내려와 군문에 몸담은 이래 60년을 오로지 통일에 대한 신념을 불태우며 동분서주하여 말안장 위에서 보낸 시간이 앉아 있는 시간보다 많았다. 진평왕, 선덕왕, 진덕왕, 태종무열왕, 문무왕의 5대를 거쳐 왕을 보좌하면서도 오로지 군무에 열중했지 권력이나 세도에 관심이 없어 왕들의 신임을 얻었다. 가족·친인척들과 그 자신에 대해서는 지극히 엄격하면서도 부하들에게는 무척 관대했다.

수많은 전공이 있었음에도 한번도 생색을 내지 않았고 겸손했으나 원리원칙에 충실하여 이에 어긋나면 직위의 높고 낮음이나 적과 동지를 안 가리고 강경히 대응하였다.

성격이 굳건하면서도 용병에서는 무궁무진한 지혜를 짜내었고 선입관에 사로잡히는 일이 없었다. 그러한 그였지만 만년에 왕과 신하들이 한데 모인 연회석에서 왕이 그의 무용을 칭찬하자 자신의 결점을 솔직히 밝히기도 했다.

"대왕께서는 저를 불패(不敗)의 무장이라 하셨지만, 제가 못 이긴 장수가 하나 있습니다."

"그게 누구요?"

"계백입니다."

그의 솔직함에 군신이 웅성거린 적이 있었다.

'영웅호색'이라 했지마는 그는 애정문제에서는 미련할 만큼 순진한 면이 있었다. 모친의 반대로 천관과 맺어지지 않자 마음에 상처를 받고 50이 넘도록 결혼을 하지 않았고, 나이 어린 지소와 뒤늦게 혼인하고 난 뒤 가정에 충실하였다. 단지 662년 평양에 다녀온 뒤, 천관이 다시 그리워진 것인지 대의를 위해 몸 바치느라 한 여인에게 불행을 초래한 행위에 대한 속죄의 뜻인지 모르겠으나, 옛 천관의 집에다 절을 짓고 천관사(天官寺)라 이름하여 시주하고는 가끔 들러 예불을 하였다. 후세 시인이 이에 글을 지었다.

절 이름이 천관이라 그 옛적 무슨 사연 있었으리	寺號天官昔有緣
홀연히 내력 듣고 보니 한껏 마음 애처로워	忽聞經始日凄然
정 많은 공자는 꽃 아래서 돌아서고	多情公子遊花下
원망 머금은 가인은 말 앞에 흐느끼네	含怨佳人泣馬前
유정한 말은 오히려 옛길을 알았건만	紅髮有情還識路
하인은 왜 부질없는 채찍을 더했던가	蒼頭何罪謾加鞭

12. 삼국은 하나가 되었건만……

 예성강 하구의 석현성(石峴城)―

선백은 쪽빛 강물을 물끄러미 내려다보며 생각에 잠겼다. 그는 신라에서 사찬 벼슬을 제수 받아 지금은 석현성 5천여 관민을 거느린 현령이 되어 있었다.

그는 장인인 계백의 죽음을 생각했다. 5천여 결사대를 거느리고 황산벌에 섰을 때, 장인은 무슨 생각을 하고 있었을까……?

우연의 일치인지 자기 휘하에 있는 관민도 지금 5천여 명이다. 그와 맞서 강 너머에 포진한, 철천지원수 고간과 이근행의 군단은 도합 4만여 명―

한때 요동의 오골성 일대까지 진출하였던 신라군은 밀리고 밀리어 평양까지 내어 주고 지금은 이 석현성을 1차 방어선, 그리고 70리 뒤쪽의 호로하(瓠瀘河)를 최종 방어선으로 설정하고 있었다. 이 근처와 왕봉하(王逢河: 한강) 사이에는 이 밖에도 우잠성(牛岑

城), 대양성(大楊城), 동자성(童子城), 매소천성(買蘇川城) 등 한성
주 북부를 방어하는 여러 성들이 있었다.

'무슨 수를 쓰든 이 최종 방어선에서 밀리면 안 된다.'

—신라 조정의 뜻이었다. 그러면서도 신라는 이쪽을 지원할 여
력이 부족했다. 이미 신라는 옛 백제 땅에서 웅진도독부 소속 당군
과도 필사적인 싸움을 벌이고 있었기 때문이다. 말하자면 그 옛날
에 고구려와 백제가 한꺼번에 신라를 멸하고자 서쪽과 북쪽에서
총공격을 가하는 것과 같은 형상이었다.

사실 고구려·백제가 한꺼번에 온 힘을 다하여 신라를 공격한
적은 없었다. 왜냐하면 항상 수·당 등 중국 세력이 견제를 하고
있었기 때문에 고구려는 온 힘을 다하여 백제와 손잡고 신라를 맹
공할 수 없었던 것이다. 그런데 지금 신라는 아무런 후원 세력 없
이 옛 백제군 이상 가는 웅진도독부군과 고구려에 못지않은 당나
라의 협공을 받고 있는 상황이었다. 그러니 신라는 벅찰 수밖에 없
었다.

'아내는 어찌 되었을까? 아이들은? 지금 어느 이역만리 타국에
끌려가 어떤 고초를 겪고 있을까?

이미 나이 50인 선백에게는 장인, 부친, 형님의 연이은 죽음에
이어 아내와 혈육마저 이국에 포로로 끌려갔다는 사실이 견디기
어려운 회한이 되어 폐부를 찔렀다.

'나는 어떤 죽음을 맞아야 할 것인가……?

그는 크게 한숨을 쉬었다.

순간, 피를 흘리며 적의 창에 찔리어 말에서 굴러 떨어지던 아
버지의 모습이 갑자기 눈에 선명하게 떠올랐다. 선백은 솟구치는

적개심에 치를 떨었다.

며칠 전에는 밤중에 당군들이 대거 강을 건너 야습을 해 와 아군 병사 300여 명이 목숨을 잃었다. 오늘은 신라가 보복할 차례였다. 그런데 병력 숫자가 너무 차이가 나 함부로 공격할 수 없었다.

부관인 대사(大舍: 신라 17관등 가운데 열두 번째) 실모(悉毛)가 와서 보고했다.

"지금 아달성(阿達城)에서 지원군이 도착했습니다."

어두웠던 선백의 표정이 금방 밝은 빛을 띠었다.

"요번에도 그 소나(素那)라는 사람이 왔는가?"

"그렇습니다."

소나는 아달성 태수인 급찬 한선(漢宣)을 모시고 있었다. 그는 성격이 활달할 뿐 아니라 무예가 출중하여 선백이 첫눈에 호감이 간 사람이었다. 출신은 보잘 것 없지만 그의 아버지 심나도 과거 서북 변경에서는 소문난 장사였다는 이야기도 들었다.

선백에게 내려진 사찬이란 벼슬은 신라의 17관등 중 여덟 번째로서 선백이 이방인이라는 점을 고려하면 꽤 높은 것이었지만, 그는 같은 품계라도 신라 관리와 만나면 어쩐지 어색한 느낌이 들었다. 그런데 소나는 평민 출신이라 그런지 전혀 격의 없이 쉽게 친해질 수 있었다.

"또, 신세 질 일이 생겼습니다."

선백이 인사를 건넸다.

"허허, 원 별 말씀을…… 많이 거들어야 우리가 어려울 때 도움을 받을 게 아니겠소."

"신세야 꼭 갚아야지요. 그런데 우리 성이 가장 앞선 곳에 있으니 도움을 받을 일만 있지, 도움을 드릴 때가 있을는지 모르겠소.”

“그럼 나중에 술 한 말만 사시구려.”

선백은 소나의 이런 소탈한 성품이 마음에 들었다. 선백이 소나를 좋아하는 이유는 더 있었다. 그것은 대부분의 장수들은 공명과 출세를 밝히며 싸우지만, 소나는 그렇지 않은 것 같았다. 그는 순수한 적개심만으로 싸우는 듯 했다. 즉, 정말로 아달성의 백성들을 보호하고자 싸우는 것 같았다.

선백은 가끔 자문해 보곤 했다.

‘나는 무엇을 위해 싸우는가? 고구려는 이미 망했다. 나는 지금 고구려를 지키려고 싸우는 것이 아니다.’

그런 생각을 하면 허망했다. 그러나 현령이 된 뒤에 석현성 백성을 대할 때면 그들의 눈초리에서 자기네 고을 수령에게 의지하는 마음을 읽을 수 있었다.

‘그렇다. 나는 저 사람들의 생사를 책임지고 있다.’

그제야 그는 안시성을 책임지고 있던 선친 만춘의 처지를 어느 정도 헤아릴 수 있었다.

‘그래, 강 건너에 있는 저놈들은 아버지의 원수다.’

선백은 이를 뿌드득 갈았다.

선백은 소나를 성가퀴로 데리고 가 적진을 가리켰다.

“저기 강 너머에 무더기들이 보이지요? 적들은 북쪽에서 계속 물자들을 실어다가 저렇게 쌓아 두고 있소. 아마 머지않아 대공세를 취할 모양인데, 저걸 깨뜨려야 적의 공세를 늦출 수가 있소.”

“쉽지는 않겠는 걸…… 강을 건너야 하는데…….”

“그래서 말인데…… 전면을 피하여 강을 건너는 방법을 생각해 봤소. 일단 바다로 나갔다가 서쪽에서 뭍에 오르는 방법과 동쪽에 있는 저 산줄기를 타고 강 상류로 가서 건너는 방법이 있는데, 내가 배로 갈 터이니 공은 산줄기를 타고 가서 적이 물자를 나르는 길에 숨어 있다가 급습을 한 후 돌아오는 게 어떨까 하오."

"좋소. 그런데 우리가 데려온 사람들 가운데 물길에 능한 사람이 많으니 차라리 양 공이 산 쪽으로 가고 내가 바다 쪽으로 가는 게 더 좋을 성 싶소. 그러고 나서 도망쳐 나올 때는 같이 산길을 이용합시다."

선백은 잠시 생각하다가 마침내 동의하고 나서 말했다.

"내가 목적지에 도착하면 매 발에 암호를 묶어 날려 보내겠소. 둥근 점 앞에 작대기가 하나 쳐졌으면 보름 하루 전날 공격한다는 뜻이고 두 개 쳐졌으면 보름에서 이틀 전날 공격한다는 뜻이오. 다음, 둥근 점 뒤에 소나무 모양의 작대기가 하나 쳐졌으면 보름에서 하루 뒤, 즉 열엿샛날에 공격한다는 뜻입니다. 그 다음, 날짜 신호 밑에 원이 한 겹이면 자시, 둘이면 축시, 셋이면 인시에 공격한다는 뜻입니다. 그리고 답장을 쓸 때는, 동의하면 초승달을 그리시고 공격 개시 시각이나 날짜를 바꾸고 싶으면 반달에다 줄을 친 다음 먼저 말한 것과 같은 방법으로 표시하여 매 발에다 묶은 뒤 보내 주시오."

"그것 참 용의주도하군요. 적병이 설사 매를 잡는다 해도 알 턱이 없겠소."

소나가 고개를 끄덕이며 소리 내어 암호를 되풀이하여 보았다.

"공격 지점은 어디요?"

선백은 강에서 80여 리 북쪽에 있는 산맥 가운데의 협곡을 가리켰다.

"저기가 북쪽 방면에서 이곳으로 오는 거의 유일한 길이오. 저 근처에 숨어 있다가 적의 수송부대가 통과할 때 치고, 가능하면 적이 물자를 쌓아 둔 창고를 찾아내어 불태워 버립시다."

둘은 협의를 마치고 각자 1천 여명의 기마병들로만 이뤄진 기습병을 데리고 밤에 몰래 이동하였다.

선백은 석현성 동쪽으로 이어진 험한 연봉(連峰)을 타고 우회하여 사흘 만에 약속 지점에 이르렀다. 소나가 서해로 나갔다가 상륙하여 반대편 지점에 이르려면 하루쯤 더 걸리리라 짐작하고 숨어서 기다리며 적의 수송부대를 정탐하였다.

이틀 뒤에 소달구지 수십 대와 노새를 거느린 적의 수송대가 온다는 첩보가 들어왔다. 동시에 남쪽 5리 지점에 적이 쌀과 병기를 대량으로 쌓아 둔 창고들이 정탐되었다. 선백은 소나에게 공격 개시 시점을 알리는 서신을 매 발에 묶어 날렸다. 맞은편 산기슭에 있는 소나에게서도 알았다는 회신이 왔다.

반나절쯤 지나자 적의 수송부대가 꾸역꾸역 골짜기 안으로 접어들었다. 소달구지와 노새의 행렬이 10여 리에 뻗쳤고, 이들을 이끄는 병사들이 1천여 명가량 되어 보였다.

그들이 골짜기 안으로 거의 다 들어왔을 때쯤 오른쪽에서 소나의 부대가 먼저 이들을 공격하였다. 곧바로 선백의 기습병들이 수송부대의 꽁무니를 쳤다. 그리고는 물자들을 불태웠다. 연이어 신라 기병들은 계곡 남쪽에 있는 창고들을 기습하여 불을 질렀다. 후방에서 불길이 솟자 전방에 있던 당군이 몰려들기 시작했다.

"빨리 도망칩시다. 적의 본군이 밀려들기 전에……."

소나가 재촉했다. 신라 병사들은 우측에 있는 산기슭을 향해 말을 몰기 시작했다. 그러나 그들이 산기슭에 채 이르기 전에 당군의 선두 부대가 왔다.

"신라 잡병들은 게 섰거라!"

고함 소리에 선백이 고개를 돌려 바라보았다. 눈에 익은 대장기가 펄럭였다. 고간의 부대였다. 순간, 선백이 말 머리를 돌렸다.

"양 공, 뭐하는 거요? 돌아오시오. 시간이 없소."

소나가 소리쳤으나 선백은 듣지 않고 곧장 적장에게 달려갔다.

"고간! 잘 만났다. 안시성의 원수를 갚아 주마!"

선백의 칼이 고간을 겨냥하고 파고들었다.

"뭐라고? 흠, 고구려 잔당들이군."

고간의 칼이 선백의 칼을 막아 냈다.

"안 되겠다. 양 공을 보호하라!"

소나의 명령에 따라 도망치던 신라군들이 말 머리를 돌려 당나라군과 어울려 싸우기 시작했다. 소나의 무용은 출중했다. 당나라 병사에게서 창 하나를 휙 낚아채서는 선백의 주위에 있던 적병 여러 명을 순식간에 거꾸러뜨렸다. 소나가 선백과 고간 사이의 싸움을 거들려 하자, 선백이 소리쳤다.

"이 자는 내게 맡겨 주시오. 꼭 내 손으로 처치하겠소."

그러자 당나라군 여럿이 몰려들었다.

"대장군님을 보호하라!"

그러나 이들은 소나가 물리쳤다. 선백과 고간의 싸움은 꽤 시간을 끌었다. 선백의 무용도 뛰어났으나 고간도 알아주는 무용이었다. 그러나 선백의 칼에는 필살의 기운이 넘쳐 있었다. 마침내는 선백이 고간의 몸뚱이를 부둥켜안고 같이 말에서 굴러 떨어졌다. 둘은 땅에서 엎치락뒤치락한 끝에 선백의 칼이 고간의 가슴을 찔렀다. 그러고 나서 선백은 고간의 목을 잘랐다.

"빨리 말에 오르시오!"

소나가 선백의 말을 몰아오면서 소리쳤다.

"고맙소."

선백은 고간의 머리를 쥔 채 말에 올랐다. 둘은 몰려드는 적병들과 사투를 벌이며 산 쪽으로 도망쳤다. 다른 신라군들도 가세했다. 그러나 숫자가 우세한 당나라군이 겹겹이 에워싸 포위망을 벗어나기가 쉽지 않았다.

이때였다. 산기슭 쪽에서 갑자기 수백의 군마가 나타나 당나라 군사들을 공격했다. 그들은 승려 복장을 하고 있었다. 그들은 모두 철장을 하나씩 들고서 그것을 휘두를 적마다 적들은 헌 짚단 쓰러지듯 말에서 굴러 떨어졌다. 이 난데없는 괴승(?)들의 출현에 적이 주춤거리는 사이 신라군은 포위망을 뚫고 산으로 도망쳤다. 신라군과 승병들이 일단 등성이에 오르자 당나라군은 추격을 멈추었다.

"고맙소. 덕분에 위기를 모면했소. 우린 석현성과 아달성에서 온 신라군이오."

선백은 안전지대에 접어들자 승병들의 우두머리로 보이는 사람에게 고개 숙여 사의를 표했다.

"소인은 원술이라 합니다. 이 산 속 절에 숨어 있다가 당나라 놈들과 싸우는 것을 보고 뛰쳐나왔습니다."

소나가 눈을 둥그렇게 떴다.

"그럼, 돌아가신 태대각간 어른의 자제시란 말이오?"

"그 분의 성함을 입에 올리는 것조차 부끄럽습니다. 저는 죄를 지어 집에도 못 가는 형편입니다. 어찌 그 분의 아들이라 말할 수 있겠습니까?"

"그 무슨 말씀을······ 그 일은 우리 같은 무지렁이들도 들어서 익히 알고 있습니다. 장군이 죄를 지으신 게 아니라 태대각간 어른께서 너무 엄하셔서 그런 줄은 세상이 다 알고 있습니다. 이제 저희들과 함께 가시지요."

원술은 고개를 흔들었다.

"아직은 때가 아닙니다. 조용히 산속에서 지내겠습니다. 석현성은 가까운 곳이니 자주 찾아뵙지요."

선백도 그가 유신의 아들이라는 바람에 유심히 눈여겨보고 있는데, 소나가 소개를 했다.

"이 분은 옛 고구려 양만춘 장군의 자제 분이신데 지금은 석현성 현령으로 계십니다."

그러자 원술이 반색을 하였다.

"그러셨군요. 그 당 태종을 물리친······ 그때는 당나라가 고구려의 원수였지만 지금은 신라의 원수가 되었습니다."

"위기에서 구해 주신 은혜, 다시 한번 감사드립니다. 이 목은 고간의 것입니다. 오늘 아버지와 형님의 원수를 함께 갚았으니 돌아가서 이 목을 놓고 하늘에 제사를 올릴까 합니다. 바쁘지 않으시면 같이 와 주시면 영광이겠습니다."

"잠깐만······ 형님이라면 혹시 군승 형님을 말하는 게 아닙니까? 제가 김시득 공에게서 들은 바가 있습니다. 제 이복형님이 고구려 안시성주님의 양자로 계신다고······."

원술이 시득을 언급하자 선백도 적이 놀랐다.

"맞습니다. 형님은 작년에 돌아가셨습니다."

선백의 눈시울이 붉어졌다.

"그렇다면 저도 당연히 그 제사에 가야지요. 가십시다."

그들은 같이 석현성으로 돌아왔다. 선백은 고간의 목을 놓고 하늘에 제사를 올렸다. 제사가 끝난 뒤, 원술은 산속으로, 소나는 아달성으로 돌아갔다.

그 뒤에도 당군과 신라군은 호로하와 왕봉하 부근에서 무려 아홉 번을 밀리고 나아가는 싸움을 되풀이하였다. 신라군은 당나라군 2천여 명을 목 베었고 당나라 군사 가운데 강물에 빠져 죽은 자는 이루 셀 수 없이 많았다.

당나라 장안—

저녁 늦은 시각, 인문은 즉시 황궁으로 들라는 전갈을 받았다. 인문은 영문을 모른 채 얼른 의관을 챙겨 궁으로 들었다. 퇴청 시간이 훨씬 지났는데도 궁에는 고종이 옥좌에 앉아 있고 주요 대신들이 시립해 있었다. 인문이 옥좌 아래서 고개를 숙여 인사하자 고종은 소리를 버럭 질렀다.

"죄인 김인문은 무릎을 꿇라!"

인문은 전례 없는 심상찮은 분위기에 뭔가 잘못되어 가나 보다 생각하며 무릎을 꿇었다.

"너희 신라는 우리를 철저히 속였다. 알고 있겠지?"

고종의 목소리는 분에 못 이긴, 쇳소리가 섞인 소리였다.

"무슨 말씀이신지……."

인문은 태연을 가장하였지만 속은 조마조마하였다.

"봐라! 이게 너희들이 지난해에 내게 보낸 글이다. 뭣이? 종묘와 사직을 헐어 늪과 연못으로 만들고 몸을 찢어 죽이더라도 달게 받겠다고? 고얀 것들 같으니라고······ 그러면서 1년 동안 너희들이 한 짓이 뭔지 내가 말해 줄까? 그 1년 동안 너희들이 새로 쌓거나 증축한 성이 열아홉 개다. 또 전함 100척을 만들었다. 또 없앴던 수자리 제도를 다시 살리고 신병 3만 명을 뽑아 훈련시키고 있다. 또 3년 전에 안동도호부 군사들을 공격한 건 고구려 패잔병들이 아니라 절반은 고구려군으로 위장한 신라군들이었다. 내 말이 틀리는가?"

인문은 소름이 쭉 끼쳤다.

'누가 신라의 최고 기밀을 저렇게 속속들이 알려 줬단 말인가? 숫자까지 정확히······ 틀림없이 내부 밀고자가 있다. 그것도 최고 위층에····· 그게 어느 놈일까·····?'

고종은 잇달아 힐문하였다.

"그리고 너는 나와 황후의 총애를 크게 악용하여 신라에게 시간을 벌어 주려 하고 있다. 이것도 부인하겠는가?"

인문은 정신을 가다듬었다.

"폐하, 신라가 군비를 정돈하는 것은 방어 목적이지 공격을 위해서가 아닙니다. 어찌 소국이 감히 대국을 상대로 전쟁을 벌이겠습니까?"

말이 떨어지자 황제는 자리에서 벌떡 일어났다.

"금년 들어서만 너희들 손에 죽은 우리 병사들이 3만을 넘는다. 이래도 공격이 아니고 방어란 말이냐?"

그는 노기가 등등하였다. 그러나 인문도 지지 않았다.

"폐하, 선황 폐하께선 저희 돌아가신 태종대왕께 '백제와 고구려를 멸한 뒤에 패수 이남은 너희 신라 땅이다' 라고 약속하셨습니다. 그런데 약속은커녕 웅진도독부나 안동도호부의 장군들이 자꾸 저희 땅을 탐내어 그 경계를 무시하고 들어오니 저희는 막지 않을 수 없습니다."

황제는 답변이 궁해졌다. 고종은 일단 자리에 앉으면서 말머리를 다른 데로 돌렸다.

"너희는 죽은 김춘추를 태종, 태종 하는데 분명 우리가 먼저 태종이라는 시호를 썼거늘 어찌 높으신 황제의 휘호를 함부로 본받아 쓰는가?"

고종은 엉뚱한 것에 시비를 걸고 넘어졌다.

"폐하, 나라의 크기가 인물의 크기를 가늠하는 것은 아니지 않습니까?"

"뭣이라고? 감히 김춘추를 나의 어버이이자 위대하신 태종 황제께 견주려는 겐가?"

황제의 눈썹이 치켜 올라갔다.

"그렇습니다. 인물은 인물을 알아봅니다. 돌아가신 태종 황제께선 저희 태종무열왕을 친형제처럼 대하셨습니다. 말 그대로 호형호제하셨습니다. 태종 황제께서도 위대하신 분이지만 저희 태종대왕도 위대한 분이셨습니다. 선황제께서 훌륭한 어버이셨다면 저의 아버님도 훌륭한 분이셨습니다. 어찌 우열을 논하겠습니까?"

고종은 말로는 도저히 이 자를 이길 수 없겠다는 생각을 했다.

"그렇더라도 패수 이남 운운은 너희들 주장이고, 선황께선 아무런 유조나 근거를 남기지 않으셨으니 인정할 수 없다."

"그렇다면 저희들도 끝까지 싸울 수밖에 없습니다."

인문이 단호히 말했다. 황제는 다시 자리에서 벌떡 일어났다.

"네 이놈, 잡기가 제법이라 좀 봐줬더니 간뎅이가 부었구나. 이제 눈가림은 안 통한다. 내, 이미 50만 정예병을 신라로 출병하라는 명령을 내렸다. 황후의 추천으로 신라를 멸한 뒤에 너를 총독 자리에 앉히려 했더니 네 말투가 요망해서 못 쓰겠다. 여봐라, 이자를 당장 하옥시켜라."

인문은 졸지에 감옥에 갇히는 신세가 되었다.

선백은 오랜만에 석현성으로 놀러 온 원술과 장기를 두고 있었다. 그때 실모가 뛰어왔다.

"현령님, 아달성에서 봉화가 오르고 있습니다!"

선백이 자리에서 벌떡 일어났다.

"빨리 출동 준비를 하라!"

선백과 원술이 2천 명의 기병을 이끌고 아달성에 도착하니 성문은 열려 있고 말갈족 여럿이 성에 진입하여 소수의 신라군들과 싸움을 벌이고 있었다. 증원군으로 온 신라군들이 백병전을 벌여 마침내 말갈족 대부분을 죽이고 나머지는 도망치게 내버려 두었다.

선백은 소나를 찾았다. 그러나 소나는 이미 온몸에 화살이 고슴도치 털처럼 박혀 죽어 있었다. 그런데 그의 죽은 몸을 일으키자 소나가 죽기 전에 손가락에 피를 묻혀 쓴 것이 틀림없는 글자가 땅바닥에 쓰여 있었다.

'대구(大口)'

'口' 자가 '大' 자에 비해 작게 쓰인 글씨였다.

"대체 어떻게 된 일이냐?"

선백은 생존자를 붙잡고 물었다. 사정은 이러했다.

아침에 태수 한선은 병사들과 장정들을 모두 동원하여 삼(麻)을 심는다고 성 밖으로 데리고 나가고, 성에는 노약자·어린이 등과 더불어 소나를 비롯한 100여 명의 군사들만이 남아 있었다. 이때 갑자기 말갈족들이 들이닥쳤다. 소나는 어린애들과 노약자들을 한데 모으고 말갈족들과 싸우며 이를 보호하다가 온몸에 화살을 맞고 죽었다.

선백 등이 죽은 시체를 수습하고 있을 때 수천 명의 당나라군이 몰려왔다. 그들은 태수 한선의 목을 창끝에 매달고서 흔들며 항복하라고 소리쳤다. 악전고투 끝에 겨우 그들을 물리쳤다.

선백은 원술과 함께 소나·한선의 제사를 지낸 다음 의논했다.

"이건 분명 우리측에 내통자가 있어서 당한 겁니다. 그렇지 않고서는 성이 빈 시각에 맞추어 어찌 말갈족이 왔으며 태수를 성 밖으로 유인할 수 있었겠소?"

"동감이오. 태수를 움직이게 만들 정도면 졸개는 아닐 것이오."

원술이 고개를 끄덕였다.

"아까 소나가 죽기 전에 써 놓은 글이 마음에 걸립니다. '대구'라면 입이 큰 사람 아니오?"

"그렇지요. 성에 있던 자들 중 입이 큰 장교들을 유심히 살펴봅시다."

그들은 의논을 마치고 소감(少監) 이상의 장교들을 불러 조사하였지만 혐의가 가는 사람이 없었다. 장교들 대부분이 전사하고 10

여 명만 남았는데 그렇게 입이 특징적으로 크다 할 만한 사람이 없었다.

"혹시 성 밖에 있는 사람 아닐까요? 중앙에 있는 대신이라든가……."

"글쎄……."

원술이 고개를 갸웃했다.

"나도 조정에 있는 대신들까진 잘 모르오. 어쨌든 내가 서라벌로 가서 한번 알아봐야겠소."

서라벌로 간 원술은 사찬 벼슬에 있는 강수(强首)와 이를 상의하였다.

"입 큰 자라…… 내일 내가 등청하면 관리들의 입을 자세히 살펴봐야겠군. 열흘 뒤에 다시 오게."

강수의 말을 듣고 물러나온 원술은 열흘 뒤 다시 찾아갔다. 그러나 강수는 고개를 저었다.

"내가 대관대감(大官大監)과 상의하고 입 큰 사람 몇몇을 뒷조사했는데 혐의점이 없어. '대구'라고 쓴 게 확실한가? 혹 '口'자 안에 점이나 획이라도 없었던가?"

원술은 한참 생각하였다.

"제 기억으로는 '口'자 안에 아무 것도 없었습니다. 단지 '口'자가 '大'자보다 크기가 작았습니다."

"그으래?"

강수는 한참 생각하더니 입을 열었다.

"죽기 전에 피로 썼다면 혹 다 못 쓰고 숨을 거둘 수도 있지……

사람 이름을 쓰려 했던 건 아닐까? 어디 사람 이름 중에 '口' 자 변이 들어간 글자를 찾아봐야겠군."

강수는 다시 고급관리 명부를 가져다가, '大' 자와 '口' 자 변이 들어간 글자를 가진 이름을 찾아보았다. 그러나 없었다. 다음에는 지방관 명부를 가져다 조사하였다. 그러다 강수의 눈이 한 곳에 딱 머물렀다.

"아니? 이건……."

그것은 한성주 총관인 아찬 김대토(金大吐)였다. 아찬이면 사찬인 자신보다도 두 품계가 높은 직책이며 특히 한성주 총관은 요직이다.

강수와 원술은 바로 흠순을 찾아가 사정을 알렸다. 흠순은 즉시 은밀히 조사에 들어갔다.

그 결과, 문제의 그 날 아달성 태수 한선으로 하여금 삼을 심게 한 건 대토의 지시인 것으로 밝혀졌다. 그는 신라와 당에 양다리를 걸치고 신라의 군비 진행 상황을 당 조정에 낱낱이 고해온 것으로 드러났다. 보고를 받은 문무왕은 즉시 대토를 목 베어 죽이고 처와 자식들은 천인(賤人)으로 만들었다.

이제 신라의 전면전 준비가 몽땅 당나라에 알려진 이상, 서두르지 않으면 안 되었다. 아니나 다를까. 당나라군 50만 명이 쳐들어온다는 소식이 전해져 왔다.

"우리 신병들의 훈련은 어느 정도 끝났습니다. 그러나 이들을 이끌 장수와 중간 간부들이 무척 모자랍니다."

흠순의 보고를 듣고 문무왕은 결단을 내렸다. 그것은 옛 백제·고구려군의 간부들을 과감히 기용하는 것이었다. 그리하여 신라에 투항하거나 잡혀왔던 옛 고구려 · 백제의 관리들을 회유, 그들의 과거 관등을 감안하여 다음과 같이 벼슬을 내렸다.

옛 고구려 벼슬		신라 벼슬
3등관 대형(大兄)	→	7등관 일길찬(一吉湌)
4등관 소형(小兄)	→	8등관 사찬(沙湌)
5등관 경후사(竟侯奢) · 6등관 오졸(烏拙)	→	9등관 급찬(級湌)
7등관 태대사자(太大使者)	→	11등관 내마(奈麻)
8등관 대사자(大使者) · 9등관 소사자(小使者)	→	12등관 대사(大舍)
10등관 욕사(褥奢)	→	13등관 사지(舍知)
11등관 예속(翳屬)	→	14등관 길차(吉次)
12등관 선인(仙人)	→	15등관 대오(大烏)

옛 백제 벼슬		신라 벼슬
2등관 달솔(達率)	→	10등관 대내마(大奈麻)
3등관 은솔(銀率)	→	11등관 내마(奈麻)
4등관 덕솔(德率)	→	12등관 대사(大舍)
5등관 한솔(扞率)	→	13등관 사지(舍知)
6등관 내솔(奈率)	→	14등관 길차(吉次)
7등관 장덕(將德)	→	15등관 대오(大烏)

이방인들을 이처럼 대대적으로 끌어들여 관직에 앉히는 것은 전례 없는 파격적인 조치였다. 새로 받아들인 사람들은 전쟁에 대비하여 요처에 배치되었다.

　겨울이 되자 당의 본군이 밀려들기 시작했다. 유인궤, 이근행, 이필(李弼) 등이 이끄는 당나라-거란족-말갈족 연합군 20만 명이 먼저 호로하로 몰려들고 평양에는 30만 군사들이 포진하고 있었다. 이들은 우잠성, 대양성, 동자성을 점령했다.

　해가 바뀌어 674년 정월이 되었다.

　당나라 무후는 '문무왕을 신라왕 자리에서 박탈한다' 는 조서를 내렸다. 그리고 반 협박으로 장안에 있던 김인문을 왕으로 삼아 신라를 완전히 소멸시키라는 명령을 내렸다.

　그러나 김인문은 중도에서 당나라로 되돌아가 죽음을 무릅쓰고 왕의 지위를 사양하였다. 당은 할 수 없이 그를 임해군공(臨海郡公)으로 고쳐 봉하였다.

　신라는 당나라 대군에 맞서 필사적으로 저항했다. 압록수와 한수 사이에서는 1년 동안 밀고 밀리는, 피비린내 나는 싸움이 계속되었다. 그러나 워낙 수적 열세에 몰려 차츰 후퇴를 거듭하여 이듬해(675년) 2월경에는 칠중성까지 밀리게 되었다.

　신라군은 더 이상 후퇴할 수 없다는 결심으로 진지를 구축하고 결사 저항했다. 육군의 공세만으로는 신라를 누를 수 없다고 느낀 유인궤는 군대를 이근행에 맡기고 장안으로 돌아가 무후에게 수군을 요청하였다.

　무후의 명에 따라 설인귀가 수군을 이끌고 나섰다.

　설인귀의 함대에는 13년 전 직무유기죄로 처형 당한 김진주(金眞珠)의 아들 풍훈(豊訓)이 타고 있었다. 죄인의 자식이 아주 배신자가 되어 적의 앞잡이 노릇을 하는 것이다.

　풍훈의 길잡이로 바다를 건넌 당군 10만 명은 서해안으로 상륙하여 천성(泉城)을 공격했다. 동시에 이근행의 20만 군은 북쪽에서 밀고 내려와 매초성에 주둔하였다.

시득의 신라 수군이 설인귀의 부대와 싸워 1400명을 목 베고 병선 40척을 빼앗자 설인귀는 전마(戰馬) 1천 마리를 남겨 두고 도망쳤다. 신라의 수군과 육군은 다시 합동작전으로 매초성의 이근행을 쳐서 20만 군사 중 절반을 죽이는 대승을 거두어, 말 3만 380필을 빼앗고 이들을 다시 북쪽으로 몰아냈다.

당군은 다시 말갈족을 앞세워 반격을 시도했다. 칠중성이 그들의 집중 공격을 받았다. 그러나 겹겹이 둘러싼 적들을 상대로 신라군은 악착같이 방어하였다.

10월, 석현성—

선백에게 급보가 날아들었다.

"칠중성을 공격하던 이근행의 당나라군 10만 명이 적목성(赤木城) 쪽으로 몰려와 함락되었습니다. 그들이 이쪽으로까지 몰려오고 있습니다."

"뭐라고? 적목성 현령은 어찌되었느냐?"

"최후까지 싸우다 돌아가셨습니다."

적목성에서 탈출한 그 병사는 기진맥진한 상태로 성의 함락과 현령 탈기(脫起)의 전사 소식을 전하였다.

적목성은 석현성에서 겨우 50리 떨어진 곳이다.

선백은 부관 실모에게 지시하였다.

"빨리 매초성에 있는 수군에게 알려 원병을 청하고 싸움 준비를 하라! 매소천성에도 알려 방비를 단단히 하게 하라!"

매소천성은 석현성보다 더 남쪽에 있었는데 원술이 방어 책임을 맡은 곳이다.

'10만이라고? 오냐, 오너라!'

선백은 투구끈을 조이면서 전의를 다졌다.

두어 식경이 지나자 과연 헤아릴 수 없는 당나라군과 말갈족들이 꾸역꾸역 몰려들었다. 그리고는 성을 겹겹이 포위했다. 꽹과리 소리와 함성 소리가 귀를 멍멍하게 했다. 소리로 겁을 주어 성 안 사람들의 혼을 아예 빼놓으려는 듯 했다. 과연 10만은 족히 되어 보였다.

성 안의 5천여 관민은 눈코 뜰 새 없이 바쁘게 움직였다. 성벽에 기어오르는 적군에게 퍼부을 유황물을 끓이랴, 돌을 실어 성벽 위로 나르랴 정신이 없었다. 당군은 부대를 셋으로 나누어 밤낮으로 공격해 왔다. 압도적인 숫자의 우세를 이용하여 신라 군사들에게 쉴 틈을 안 주겠다는 뜻이었다.

선백은 이미 안시성에서 이와 비슷한 일을 겪은 바 있었다. 선백도 성 안의 인원을 반으로 나누어 이에 대응케 하였다. 치열한 공방전이 벌어졌다. 지옥을 방불케 하는 아비규환이 주야를 쉬지 않고 계속되었다. 열흘이 지나자 화살이 다 떨어졌다. 돌도 바닥났다. 이때부터 사다리를 타고 기어드는 적군과 신라군 사이에 처절한 백병전이 벌어졌다. 신라군은 창칼이 부러지고 방패가 우그러지도록 싸웠다.

한편 매초성에서는 시득으로 하여금 수군 3만을 거느리고 가 석현성을 구하게 하였다. 시득은 군사들을 배에 태우고 북상하여 벽란도 건너편에 상륙하였다. 이들의 상륙을 저지하기 위해 당나라군이 공격해 오자 매소천성의 원술이 당군을 배후에서 공격하여 신라군의 상륙을 도왔다. 시득의 수군이 석현성에 이르렀을 때, 당나라 군사들은 이미 성에 들어와 살육전을 벌이고 있었다.

"양 공! 내가 왔소. 힘내시오!"

시득은 선백을 찾았다. 수군의 응원에 힘입어 적들의 세력이 누그러지더니 이윽고 도주하기 시작했다.

"양 공! 어디 있소?"

시득은 선백을 찾았다. 선백은 한쪽 구석에서 온몸이 피투성이가 된 채 벽에 기대어 반쯤 누워 있었다. 옆에는 부장 실모가 이미 숨을 거둔 채 쓰러져 있었다. 시득은 달려가 그를 부둥켜안았다. 선백은 가쁜 숨을 몰아쉬었다.

"양 공, 정신 차리시오. 여봐라, 빨리 방사(方士: 의무병)를 부르거라!"

그러나 선백은 가볍게 고개를 저으며 시득의 손을 꽉 움켜잡았다.

"통일의 꿈을······ 꼭······ 이루시오······."

선백은 숨을 거두었다. 시득은 그의 눈을 쓸어 감기고 한참 동안 부둥켜안은 채 흐느꼈다.

한편 서남쪽의 신라군은 웅진도독부군 및 설인귀의 10만 대군과 싸우느라 정신이 없었다. 이 때문에 신라는 북쪽의 여러 성에 큰 지원을 못 하고 있었다. 그러나 북쪽 성의 장수들이 선백처럼 목숨을 걸고 지킨 덕분에 당군은 별다른 성과 없이 열여덟 번의 크고 작은 싸움에서 희생자만 늘어났다.

싸움은 바야흐로 옛 고구려와 신라의 경계선에서 한 치라도 더 땅을 차지하고자 밀고 밀리는 국지전에 돌입하였다.

이듬해(676년) 11월, 서남해 앞바다—

시득은 지휘함의 뱃전에 기댄 채 주위에서 물살을 가르며 나아
가는 120여 척의 배들을 지켜보았다.

"이제 신라의 운명이 그대의 이 깃발에 달렸소."

문무왕이 그에게 상장군의 깃발을 내려주면서 한 말이었다. 그
말은 격려의 말이라기보다는 왕의 절박한 심정을 담은 말이었다.

이즈음 당군은 전선의 교착 상태를 깨고자, 패수에 진을 치고
있던 설인귀 휘하의 모든 전함 300여 척을 동원하여 병력과 식량
을 평양에서 웅진도독부로 실어 나르고 있었다. 호로하 쪽에서의
남진 공세가 별 쓸모가 없자, 남진 공세와 더불어 추가 병력 수십
만을 사비하(泗沘河)로 상륙시켜 신라군의 허리를 자른 뒤 쳐 올
라가자는 작전이었다. 문무왕은 시득에게 이를 막으라는 명령을
내렸다.

시득은 쓸 만한 배들을 모조리 끌고 왔다. 거의 고물이 다 된 전
함 15척도 끌고 왔다. 다른 사람들이 말렸지만 그는 '다 쓸모가 있
을 것이다' 라는 말만 하며 끌고 왔다. 그럼에도 아군 함대 규모는
적 함대의 반도 안 되었다. 이 열세를 지리적 이점, 또는 다른 방법
으로 극복해야 만 했다. 시득의 고민은 바로 여기에 있었다.

이때 낭보가 날아들었다. 그때까지 서해의 여러 섬을 전전하며
끝까지 버티고 있던 고구려 수군 잔병 3천여 명이 신라에 귀의하
겠다는 뜻을 전해 왔던 것이다. 시득은 뛸 듯이 기뻤다.

"그래, 그들은 지금 어디에 있는가?"

"두내산현(豆乃山縣: 지금의 만경강 일대) 앞바다 섬들에 정박해 있습니다."

"귀의하는 조건은?"

"병사들의 안전을 보장하는 것입니다. 우리나라가 몇 해 전에 옛 고구려 육군 장수들에게 신라 벼슬을 주었듯이 그에 준하는 대우를 자기네에게도 해 달랍니다. 이것도 희망 사항일 뿐 전제 조건은 아닙니다. 그밖에는 없습니다."

"그렇다면 문제될 것도 없다. 수군의 지휘자는 아직도 손세형 장군인가?"

"그렇습니다."

"빨리 가서 모셔 오너라. 하늘이 우리를 도우시는 모양이다."

시득은 부관 무선(武仙)을 사자로 보냈다.

반나절 뒤에 고구려 수군 3천여 명을 태운 배 36척이 나타났다. 그들은 굶주려서 몸이 말라비틀어져 있고, 얼굴은 광대뼈가 드러나 있었지만 눈초리만은 독수리처럼 번쩍이고 있었다.

손세형이 지휘함에 올라와 시득 앞에 무릎을 꿇었다.

"망한 나라의 병사들이 의탁할 곳은 이제 신라밖에 없습니다. 너그러이 받아 주시기 바랍니다."

시득은 얼른 달려가 그를 일으켜 세웠다.

"손 장군! 일어나시오. 이게 무슨 짓이오? 내가 그대에게 신세 진 것도 못 갚았는데······."

시득은 손세형을 자기 옆에 나란히 세우고 부장들에게 훈시했다.

"이제 고구려군은 보급 · 처우 등 모든 면에서 신라군과 동등한

예우를 받는다. 이를 어기는 자는 즉시 참형으로 다스릴 것이다.”

그러고 나서는 고구려군들에게 의복과 음식을 넉넉히 나눠 주도록 지시하였다.

고구려 배 서른여섯 척은 생각보다 말짱하였다. 그 가운데서도 갑판 상부 모두를 방패로 덮은 공격선은 신라군에게는 특이한 존재였다. 시득은 손세형과 식사를 나누면서 작전을 협의하였다. 시득이 말했다.

“지금 우리는 적들보다 배 숫자가 훨씬 적습니다. 그래서 일단 지는 척 물러섰다가 적들을 기벌포 안에다 몰아넣고 이 두 섬 좌우를 연결하여 해안을 봉쇄할 생각입니다.”

“그것 참 명안입니다. 그들이 탈출하려 할 때는 꼭 우리 고구려군을 앞장세워 막게 해 주십시오. 밥값은 하겠습니다.”

“일단 적의 경계를 누그러뜨리게 헌 배를 앞세우려 합니다. 적들이 고구려 배들을 눈치 채지 않게 손 장군의 함대는 뒤쪽에 둡시다. 그 철갑선은 모양이 특이해서 금방 눈에 띄겠습디다.”

“철갑선은 공격선으로서는 더할 나위 없이 훌륭합니다. 적당히 위장한 후 일단 후미에 배치하였다가 나중에 써 먹읍시다.”

손세형은 식사 도중에 일어나 부하들에게 철갑선을 적당히 위장하도록 지시한 후 돌아왔다.

그들이 식사를 마칠 무렵이었다.

“적선이 보입니다!”

망대 위에 있던 척후가 소리쳤다. 시득이 북쪽 바다를 주시하자 과연 수많은 돛들이 수평선 위를 넘실거리며 남하하고 있었다.

“300척이 넘을 것 같은데요.’

망대 중간쯤에서 부관 무선이 시득을 내려다보며 말했다.

"우리 작전이 성공하려면 적의 자만심을 키워 줘야 한다. 고물 배들을 앞에 내세우고 배가 불타 가라앉으면 빨리 탈출하여 다른 배에 오르라 하라. 이들을 건질 배들은 모두 줄사다리를 준비하라고 하라."

"알겠습니다."

적선들은 숫자를 과시하려는 듯 100여 척씩 횡대를 만들어 접근해 왔다. 신라 전함들은 기함을 중심으로 열 척 씩 모두 10여 개의 무리를 만들어 접근했다.

"으하하! 저런 고물짝, 썩은 배로 우리와 해보겠다는 건가?"

설인귀는 코웃음을 쳤다.

해전이 시작되었다. 불화살이 난무하고 서로 우지끈, 뚝딱 부딪쳐 깨지는 소리가 수시로 들렸다. 신라의 고물 배가 이내 부서지거나 불탔다. 그러자 신라 배들이 도망가기 시작했다. 당나라 배들이 쫓았지만 신라 배들의 속도가 더 빨랐다.

설인귀는 이겼다고 생각하고 추격을 멈추게 한 뒤 기벌포에 상륙하였다. 그리고는 백강 어귀에 진을 쳤다. 부하가 '기벌포 입구의 죽도-개야도 두 섬에 걸쳐 신라 배들이 진을 치고 있다' 고 보고하자 설인귀는 콧방귀를 뀌었다.

"내버려 둬라. 식량이 떨어지면 열흘도 안 돼 저절로 물러갈 것이다."

그러나 신라 함대는 보름, 한 달이 되어도 물러가지 않았다. 이때 시득은 전에 선백에게서 들은 고구려 수군의 보급 비법— 찐쌀과 미숫가루를 전 수군에 보급한 뒤였다. 설인귀가 이를 알 턱이 없었다.

"저 자식들은 밥도 안 처먹나? 어떻게 바다에서 저렇게 오래 견디나?"

설인귀는 마침내 초조해지기 시작했다. 당장 식량을 수송해 와야 하기 때문이었다. 육지 쪽의 웅진도독부군은 세력이 퍽 약해져서 자기네들 식량 챙기기에도 급급한 실정이었다.

설인귀는 비로소 신라 수군이 해상봉쇄작전을 펼치고 있음을 깨닫고 돌파를 시도하였다. 그러나 신라 수군은 기벌포 앞바다를 철통같이 봉쇄하여 당군의 배가 나갈 틈을 주지 않았다. 특히 고구려 수군이 가세해 최선두에서 용맹을 떨쳤다.

10만의 대군이 굶주리기 시작하자 설인귀는 무려 22차례나 돌파를 꾀하였지만 4천여 명의 사상자와 수십 척의 배만 잃었다.

당나라의 전 함대를 백강 입구에 꽁꽁 묶어 놓은 신라는 서해의 제해권을 장악하였다. 이제 서해에서는 당나라 배 그림자도 볼 수 없었다. 신라의 배들은 압록수 어귀에서 남해안까지 안방 드나들 듯 돌아다녔다.

신라군은 마침내 대소 수송선에 고깃배까지 동원하여 5만여 명의 대군을 나눠 태우고 압록수 어귀에 상륙하였다. 그리고는 요동에서 평양으로 이르는 보급로를 끊었다.

동시에, 한동안 뜸하였던 안동도호부와 웅진도독부 관내의 농민들이 곳곳에서 조직적으로 들고일어나기 시작했다. 이는 물론 흠순 직속의 공작부대가 활동을 재개했기 때문이었다.

압록수 이남에 들어온 50만 대군 가운데 이때까지 남아 있던 30여만의 당나라 병졸들은 점점 눈에 띄게 전투력을 상실해 갔다. 바다가 막히고 압록수의 보급로도 막힌 상황에서 농민들까지 저항을 하며 곡식 징발을 거부하니 어떻게 해 볼 재간이 없었다.

장안에서도 점차 위기의식이 높아 갔다. 마침내 무후는 추가 파병을 언급하였다. 뜻있는 신하들이 말렸다.

적인걸이 말했다.

"신라는 수천 리 밖의 한 마리 여우입니다. 지금 담장 안에서 두무리의 승냥이 떼가 눈을 번들거리는데 어찌 담장 밖으로 군사를 더 보내려 하십니까?"

이 시기, 만리장성 북쪽에서는 골독록(骨篤錄)의 영도로 돌궐이 제2의 전성기를 맞이하여 호시탐탐 중원을 노리고 있었고, 서쪽에서는 토번의 찬보(贊普) 세력이 강성해져 언제 쳐들어올지 몰랐다. 이미 670년에 설인귀가 토번을 쳤으나 패배한 적이 있었다.

위원충이 거들었다.

"30년 전에 태종 황제께서 제신의 만류를 무릅쓰고 친정을 가셨다가 후회한 일을 거울삼으소서."

유인궤도 나섰다.

"동이(東夷)들은 외적은 잘 막으나, 저희들끼리 잘 다투는 버릇이 있습니다. 지금 우리에게 옛 고구려의 보장왕과 백제의 마지막 왕자 부여융이 있으니 그들을 각각 조선군왕과 대방군왕으로 명하여 내분을 일으키게 하는 게 좋을 줄 아옵니다."

무후는 웅진도독으로 오래 근무한 유인궤의 말을 받아들이기로 하고, 장안에 있는 김인문을 통해 신라와 협상을 시도하였다. 무후는 압록수 이남에 있는 당군의 무사 철수를 보장한다면 옛 백제 땅을 전부 신라에 넘길 뜻이 있음을 밝혔다. 문무왕은 이에 대해 '평양 이남의 땅을 신라에게 넘기기로 태종이 약속해 놓고 당나라가 신의를 배반해 군사를 일으켜 양국이 막대한 인적·물적 손실을 가져온 마당에 겨우 백제 땅으로 만족하라는 것은 말이 안 되므로 압록수 이남의 땅 모두를 넘겨라' 고 요구하였다.

결국 협상 끝에 평양 이남을 신라에게 넘기기로 합의가 되었다. 문무왕은 끝까지 압록강까지를 주장하고 싶었으나 그럴 경우 다시 확전이 불가피해지므로, 더 이상은 백성들의 전쟁 고통을 두고 보기 어려웠다.

677년, 당은 마침내 안동도호부를 신성으로 옮기고 당군은 철수하였다. 신라는 오랜 숙원이던 삼국통일의 꿈을 이루었다. 그러나 당나라는 패수 이남을 신라 영토라고 인정하는 공식적인 문서를 보내지 않고 계속 미루었다. 그로부터 58년이 지난 735년, 신흥 세력 발해를 견제하기 위해 신라의 힘이 절실히 필요해졌을 때에야 비로소 신라 사신 김의충(金義忠)을 통해 그 문서를 보내왔다.

681년, 문무왕이 세상을 떠났다. 그는 자신의 시신을 화장하여 서라벌 앞 동해 바다의 큰 바위 가운데에 장사 지내라는 유언을 남겼다. 왕은 죽기 얼마 전에 지의법사(智義法師)에게 이런 말을 한 바 있다.

"짐은 죽은 뒤에 나라를 지키는 용이 되어 신라를 돌볼까 하오."

지의법사가 물었다.

"용이 상서롭다 하나 짐승의 응보인데 어찌 사람으로 다시 태어나지 않고 짐승으로 태어나려 하십니까?"

"나라를 온전히 지킬 수만 있다면, 추한 짐승이 되더라도 그게 내가 바라는 응보이오."

그는 선왕 태종무열왕이 반쯤 이루다만 통일 과업을 훌륭히 완수한 영명한 군주였다. 그는 일찍이 부친의 명으로 중국을 드나들면서 강대국의 허실을 정확히 읽고 있었으며, 왕이 된 뒤에 강온(强穩)을 적절히 구사한 외교와 큰 안목에 따른 치밀한 군사작전으로 나당전쟁을 승리로 이끌었다. 당시 신라가 감히 당나라에 도전할 것이라곤 누구도 생각하지 않았다.

실제로 신라의 고위 관료 가운데에서도 문무왕의 이런 대당 강경정책에 불안을 느끼고 양다리를 걸친 자들이 있었다. 한성주 총관을 지냈던 수세·대토 같은 무리들이 대표적인 사례였다. 그러나 국가시책에 겉으로만 호응하고 속으로 또 다른 마음을 품은 이러한 기회주의자들은 그에 의해 가차 없이 목 베어졌다. 그는 강대국도 틈이 있고 소국도 힘을 집결하여 주도면밀하게 대응하면 이길 수 있다고 확신한 강단 있는 지도자였다.

그는 또 민족의식이 뚜렷하였고 민족이 단위가 되어 자존·자립을 이루어야 약육강식의 국제무대에서 살 수 있다고 믿었다. 그러기에 백제·고구려 유민들을 받아들여 관직에 기용하였고 중국과의 차별화를 꾀해 조정 안에 친당파가 생기는 것을 용납하지 않았다.

그가 통일을 이룰 수 있었던 또 다른 이유는 민생, 서민 복지, 빈자를 더 중히 여기는 정책을 펴 민심을 모은 데 있었다. 귀족들의 반발을 각오하고 사채동결령을 내렸고, 여러 차례 국고에서 영세민을 지원하여 그들이 스스로 살 수 있도록 하였다. 마침내 '곳간에는 곡식이 산처럼 쌓이고 감옥은 풀이 무성하게 되고, 하늘과 인간에게 부끄럽지 않은' 상태가 되었다.

그는 또 인재 등용술에도 남다른 포용력을 갖춘 왕이었다. 김유신 같은 원로들의 경험을 살리면서도 신세대들을 적재적소에 등용하여 전쟁을 승리로 이끌었으며 고구려인이나 백제인에게도 능력을 발휘할 기회를 주었다.

그는 지도자의 절대적인 덕목인 자기희생을 마다하지 않았다. 화려한 것을 싫어하고 검소한 것을 소중히 여겼으며, 미래를 내다볼 줄 아는 지도자였다. 당시의 매장 관념으로 볼 때, 물 속에 묻히는 것은 누구나 꺼리는 바였다. 그는 국가의 안녕을 위해서라면 짐승으로 환생해도 좋다며 동해 바다에 묻어 달라고 하여, 점차 성장하는 왜에 대한 경각심을 환기시켰다.

또 삼국통일의 위업을 달성한 왕이었으면서도 이를 뽐내지 않고 장례 절차를 지극히 간소하게 할 것을 미리 유조로 남겼다.

"오(吳)나라 왕의 북산(北山) 무덤에서 어찌 금오리 향로를 볼 수 있을 것이며, 위(魏)나라 왕이 묻힌 서릉(西陵)의 망루는 단지 동작(銅雀)이라는 이름만 전할 뿐이니, 한때 만 가지를 부리던 영웅도 한 줌 흙이 되어 나무꾼과 목동은 그 위에서 노래하고 여우와 토끼는 그 옆에 굴을 판다. 헛되이 재물을 쓰는 것은 서책(書冊)에 꾸짖음만 남길 뿐이요, 헛되이 사람들을 수고롭게 하는 것은 죽은 사람의 넋을 구원하는 것이 못 된다."

죽기 얼마 전, 서라벌에 성곽을 쌓으려고 준비를 다 갖추었는데 의상대사가 간청을 해 왔다.

"왕의 정치가 밝으면 비록 풀 언덕에 금을 그어 성이라고 하여

도 백성들은 넘지 않을 것이며 재앙을 씻어버리고 복업을 이룰 터이지만, 정치가 진실로 밝지 못 하면 비록 장성을 쌓는다 할지라도 재해를 없애지는 못 하는 것입니다."

이에 문무왕은 즉시 축성 계획을 취소시켰다.

그는 또 바다에 남다른 집념을 보인 지도자였다. 전함을 새로 지어 서해의 제해권을 장악함으로써 나당전쟁에서 결정적 승기를 잡았고, 선부서의 격을 높여 선부령(船府令)을 두었으며, 무인도 였던 남해안의 큰 섬에 사람들을 이주시켜 개간해 상군(裳郡: 지금의 거제도)을 설치하였고, 그때까지 조공만 받고 방치하였던 탐라국을 경략하였다. 이러한 해군력의 강화는 뒷날(731년) 왜가 병선 300여 척을 동원하여 대거 동해안을 침공했을 때 이를 단숨에 격퇴시키는 원동력이 되었다. 732년에는 발해가 당나라 등주(登州: 중국 산동 반도)를 점령하자 당나라는 신라와 '대(對) 발해 군사동맹'을 맺고자 신라 성덕왕에게 영해군사(寧海軍使) 벼슬을 주었다. 그런데 이게 도리어 서해의 제해권을 신라에게 통째로 맡기는 실마리가 되었다.

문무왕은 실사구시를 중시하고 허식을 배격한 인물이었다. 물류(物流)의 중요성을 깨달아 즉위하자 바로 장창(長倉), 좌창(左倉), 우창(右倉) 등 창고를 짓고 미곡과 병기를 곳곳에 저장하였다. 또 당과 집요하게 전쟁을 벌이면서도 종전 이후를 생각하여 단교(斷交)를 하지 않고 문물의 수입은 계속하였다. 단지 674년, 중국측에서 단교를 선언하였으나 김인문의 상주 외교로 이를 곧 극복하였다.

그는 자기 시호(諡號)대로 문과 무를 겸전한 인물이었다. 갖가지 제도를 확립하고 내정을 살피면서도 수시로 군대를 사열하고, 병법 시범을 관람하였으며 활쏘기를 관전하였다.

그가 통일의 위업을 달성할 수 있었던 것은 이와 같은 장점들이 그 바탕을 이루었기 때문이며, 결코 우연이나 무모한 도박으로 딴 행운이 아니었다.

후세 사람들 가운데 신라가 고구려 땅까지 차지하지 못 한 것을 문무왕의 탓으로 돌리고 오히려 고구려 주도의 통일을 운운하는 사람들도 있으나 이는 단지 낭만적 환상에 지나지 않는다. 문무왕이 고구려 땅에 대한 의지가 모자라서가 아니라 현실이 허용하지 않아 이루지 못 했음은 670년 3월 그가 사찬 설오유 등을 시켜 압록강을 건너 당나라·말갈 연합군과 싸우게 한 것을 봐서도 알 수 있으며, 안승을 고구려왕으로 봉하여 고구려의 대를 이을 것을 강조하고 왕업을 독려한 것을 봐도 알 수 있다.

고구려는 그때 이미 영양왕 당시의 찬란했던 국력을 다 까먹고 통일을 이룰 형편이 못 되었으니, 이는 중요한 시기에 20년 이상이나 정권을 잡고 있던 연개소문에게 전적으로 책임이 있다고 봐야 한다. 오히려 문무왕 같은 영걸이 제때에 나와 주지 않았더라면, 우리 겨레는 당시 중국 주변의 여러 민족들처럼 사라졌거나, 아니면 이 땅에 웅진도독부·안동도호부라는 식민정부가 수백 년 간 계속되었을 지도 모르는 일이다.

13. 뒷이야기

당나라에 포로로 잡혀간 고구려 주민들은 혹독한 시련을 겪었다. 산남(山南), 경서(京西) 여러 고을의 척박한 땅에 버려진 그들은 망국의 아픔을 참고 토지를 개간하고 가축을 길러 점차 생활의 안정을 찾아갔다.

그러던 어느 날, 682년 정월 추운 겨울. 당나라 병사들이 대거 들이닥쳐 마을을 포위하고는 하루 안에 그곳에서 모두 떠나라고 윽박질렀다. 반항하는 주민들은 가차 없이 창에 찔려 죽었다.

그 전 해에 당나라의 허수아비 벼슬인 '조선왕'으로 봉해진 보장왕이 섣불리 당에 반기를 들고 말갈과 내통하여 국권 회복을 기도하다 미수에 그친 여파 때문이었다. 고구려 유민들의 집단행동을 두려워한 무후는 이들을 다시 하남(河南), 농우(隴右: 황하 상류 靑海湖 서쪽의 산악 지방) 등 사람이 살 수 없는 극한 지역으로 알려진 곳들을 골라 이들을 뿔뿔이 흩어 놓기로 한 것이다.

고구려 유민들은 가재도구도 제대로 챙기지 못 한 채, 그간 피땀 흘려 가꾸어 놓은 땅을 뒤로 하고 당나라 군사들의 감시 속에 먼 길을 걸어야 했다. 추위와 굶주림에 시달려 노인들과 어린아이들이 무수히 죽었지만 땅이 얼어 제대로 무덤을 만들어 줄 수도 없었다. 당나라 조정이 정해 준 곳에 도착했을 때에는 인원수가 출발할 때의 절반도 못 되었다. 많은 사람들이 이동 도중에 얼어 죽었다.

봄이 되어 언 땅이 풀리자 유민들은 죽지 않으려고 당장 땅을 개간하여 곡식을 심어야 했다. 이동 도중에 호미와 괭이가 무기로 사용될 수도 있다 하여 당군들은 이마저 지참을 허용하지 않아서 농기구가 하나도 없었다. 할 수 없이 숟가락으로 밭고랑을 파고 나뭇가지로 긁어내어 물도랑을 만들었다. 그나마 이들이 죽지 않고 연명해 온 것은 된장 덕분이었다. 얼마 남지 않은 곡식에 풀뿌리를 섞어 죽을 끓여 된장 한 가지를 반찬 삼아 끼니를 이었다.

690년대를 전후로 당나라는 거대한 소용돌이 속에 휘말렸다. 돌궐이 다시 강성해져 만리장성 이남으로 세력을 뻗어 오고, 말갈 여러 부족 가운데서 가장 강성했던 흑수말갈(黑水靺鞨)이 남진하기 시작했으며, 서쪽에서는 토번이 여전히 국경을 넘보았다.

국내적으로는 무후의 전횡이 점점 심해져 이에 반발하는 봉기가 곳곳에서 일어났다. 그 가운데 대표적인 것이 이적의 손자 이경업이 양주(楊州)에서 궐기한 것과 월왕 정(越王 貞: 고종의 아우)의 봉기였다. 이때에 이르러 무후는 아예 당 왕조의 종언을 선언하고 주요 황족 30여 명을 모조리 죽인 뒤에, 국호를 '주(周)'라고 멋대로 바꿨다. 또 스스로의 이름을 조(照)라 고치고 제(帝)를 칭하자 민심이 더욱 흉흉해졌다. 이렇게 당 왕조가 혼란을 겪게 되자 변경 지역에 힘의 공백 상태가 생겼다. 고구려 유민들은 이를 기회로 삼았다.

696년 5월. 고구려 포로들이 모여 사는 해발 1600장(4800미터) 이상의 고봉이 즐비하고, 땅은 척박한 농우 지방—

기름진 요동 고향 땅이 보고 싶다고 칭얼대던 철없는 아이들이 어느덧 성장하여 부모가 되고 청춘시절에 끌려왔던 처녀들의 머리가 하얗게 세어 갈 무렵, 놀라운 소식이 들렸다.

동쪽 지역에서 거란인 이진충(李盡忠)과 손만영(孫萬榮) 등이 난을 일으켜 영주도독 조홰(趙翽)를 죽이고 거란족을 끌어들여 장안으로 진군하였다는 소문이었다. 나라 잃은 슬픔을 뼈에 사무치게 느끼며, 고구려 재건만을 꿈꾸던 유민들은 이 기회를 놓치지 않았다.

그들은 일단 농우에서 영주로 이동하였다. 농우에서 영주까지는 장장 4400리(1760킬로미터)—

그러나 타국에서 나라 잃은 설움에 시달린 이들에게 그 정도 거리는 문제가 되지 않았다. 그만큼 그들의 고구려 부흥 열망은 상상을 초월하는 것이었다.

이때, 대조영(大祚榮), 걸걸중상(乞乞仲象), 걸사비우(乞四比羽) 세 사람은 유민들의 정신적 지주 역할을 하고 있었다. 이들은 영주에서 틈을 엿보다가 그곳에 살던 말갈인들을 포함한 옛 고구려 출신 주민 모두를 이끌고 다시 동쪽으로 향하였다. 그들은 옛 고구려의 현도성 동쪽 큰 호수 부근에 이르러 임시로 집을 짓고 사냥과 낚시로 먹거리를 마련하며 해를 넘겼다.

당나라는 고구려 유민들의 집단 탈주 소식을 듣고 이들을 회유하고자 걸사비우를 허국공(許國公)에, 걸걸중상을 진국공(震國公)에 봉했으나 그동안 망국의 설움을 뼈아프게 겪은 그들이 이를 받아들일 리가 만무했다.

결국 당나라는 이해고(李楷固)를 시켜 고구려 유민을 모두 잡아 죽이게 했다. 당군의 출병 소식을 들은 대조영 일행은 추격을 피하여 세 갈래로 무리를 나누었다. 나중에 동남쪽 350리 지점에 있는 고구려의 옛 수도 홀본성(忽本城=卒本城: 지금의 중국 요령성 환인 지역의 오녀산성) 근처의 환인(桓仁) 호수에서 재집결하기로 하고 중상 일행을 선두로 조영과 비우가 각각 한 무리씩을 이끌고 그 뒤를 따랐다. 이해고는 이들을 추격하여 천문령(天門嶺) 입구에서 뒤쳐져 있던 비우 일행을 습격하였다.

제2진을 책임진 대조영은 백성들을 1진의 걸걸중상에게 맡기고 유민들 가운데 장정들을 뽑아 민병대를 짰다. 민병대가 걸사비우에게 달려가니, 비우는 백성들을 먼저 보내고는 역시 민병을 뽑아 고갯길을 막고 당나라군들과 격전을 벌이고 있었다. 그러나 걸사비우는 마침내 전사하고 대조영은 민병들을 이끌고 후퇴하였다.

대조영은 유민들이 당군의 칼에 제물이 되는 것을 막기 위해 걸걸중상과 함께 결사적으로 맞섰지만 열세를 이기지 못 하여 천문령 동남쪽의 산악 지대로 후퇴에 후퇴를 거듭하였다. 계속 밀리다가는 백성들이 사냥개에 몰린 토끼 신세가 될 판이었다. 대조영은 언젠가 할아버지가 물려줬다는 지도책을 불현듯 생각하고 걸걸중상과 함께 책을 펼쳐 보았다. 책에는 이 근방 지형의 높고 낮음, 길의 연결된 곳과 끊긴 곳, 숲의 크기, 병사를 숨길 만한 곳, 험형(險形)과 애형(隘形), 사지(死地)와 위지(圍地)가 놀랍도록 자세하게 표시되어 있었다.

"이상하군, 이쪽이 다른 쪽보다 유난히 자세하게 그려진 것 같아……."

"그러게 말이야. 이 지도를 그린 사람은 마치 여기서 무슨 일이 일어날 것인가를 미리 안 것 같잖아……."

대조영과 걸걸중상은 즉시 무리 가운데 남녀를 가리지 않고 돌멩이라도 나를 기력이 있는 사람들은 모두 모았다. 이들을 곳곳의 요충지에 숨겨 놓고, 또 당나라 군사들의 퇴로를 예상하여 섬멸 작전을 짰다.

연전연승의 당군은 엉성하게 무장한 민병들을 얕보고는 지형을 제대로 살피지도 않고 조영과 중상의 유인 작전에 걸려들었다. 당군이 문제의 지점에 다다르자 갑자기 사방 높은 지형에서 복병이 일어나 당군들에게 화살과 집채 같은 바윗돌을 퍼부었다. 깜짝 놀란 당나라군은 즉시 후퇴하였다. 후퇴하는 계곡 양쪽에도 어느새 대조영의 민병들이 나타나 화살을 퍼부었다. 부대원이 절반 넘게 전사한 당군은 반격을 시도했으나 고구려 유민들은 눈 깜짝할 사이에 몸을 숨기고는 보이지 않았다. 당나라군이 다시 행군을 시작하자, 어느새 후방에서 민병들이 번갈아 나타나 당군을 공격하고는 연기처럼 사라져 버렸다.

이런 일이 날마다 몇 차례씩 되풀이되었다. 당군은 산중에서 마치 귀신에게 홀린 기분이었다. 마침내 출정 당시 병력의 3분의 1도 안 남은 이해고 휘하의 당나라군은 무수한 시체를 남기고 물러났다. 고구려 유민들은 대장정 최대의 위기를 모면한 것이다. 그러나 이때 입은 부상으로 걸걸중상은 목적지에 도착한 뒤 얼마 안 되어 죽었다.

대조영은 일단 환인 호숫가에서 터를 잡았다. 그러나 주위의 지형이 적의 대규모 침입에 맞설 만한 곳이 못 되었다. 다시 예의 지도를 보니 동북쪽의 동모산(東牟山: 현재의 중국 길림성 돈화현)이 방어에 가장 좋은 곳이라고 나와 있었다.

1년 뒤, 조영은 다시 무리를 이끌고 800여 리 동북쪽에 있는 동모산으로 향하였다.

가는 도중에도 가끔씩 당나라군이 쫓아오기는 했지만 지도책의 도움으로 이들을 물리칠 수 있었다. 갖은 고초 끝에 마침내 동모산에 이르러 성을 쌓고 당나라의 공격에 대비하는 한편, 고구려 유민들과 태백산(백두산) 부근에 거주하던 옛 고구려 소속 율말부(栗末部) 말갈족들을 끌어 모으고 정식으로 국호를 정하여 진(震)이라 일컬었다.

이때가 699년의 일이다. 진국은 돌궐의 묵철칸(默輟可汗)에게 사신을 보내 대당(對唐) 공동전선을 펼 것을 합의하였다. 이미 당나라의 식민지 관청인 안동도호부는 유명무실해진 터, 구심점을 잃었던 고구려 유민들은 대조영에 관한 소문을 듣고 크게 고무되어 동모산으로 몰려들었다. 말갈의 여러 부족들도 이에 호응하니 진의 국세는 하루가 다르게 커져 갔다.

30여 년 전, 당나라는 고구려-말갈족을 갈라놓고자 '말갈 독립국'을 세워 주겠노라고 한 적이 있었다. 그러나 결국 이 약속은 거짓말이 되었다. 이 배신감 때문에 많은 말갈족들이 대조영 휘하로 모였다. 말갈족들이 나라의 기초를 닦는데 적잖이 도움을 주었으므로 대조영은 이에 보답하는 뜻으로 그들이 독실하게 믿던 경교

사원을 지어 주었다.(이것이 훗날 아브리코스 산―현 러시아 연해주 소재―의 발해 유적지에서 네스토리우스파 기독교의 십자가가 발견된 이유이다)

713년경, 조영은 고구려의 옛 땅을 거의 수복하였을뿐만 아니라 흑룡강 동쪽을 개척하여 이곳에 해삼위(海參威: 블라디보스토크)라는 항구를 건설함으로써 뒷날 동해안으로 진출할 바탕을 마련하고 국호를 발해(渤海)라 하니, 발해는 명실 공히 고구려의 후계자로서 동북아에 군림하는 패자(覇者)의 위치를 확립하게 되었던 것이다.

부록

7세기 전후 동아시아사 연표

연도	국 내	국 외
581	고구려: 흉년 백제: 수나라에 사신 파견	양견(楊堅), 주(周) 선제(宣帝) 로부터 황위 찬탈(수나라 건국)
583	고구려: 수나라에 사신 파견 신라: 선부서(船府署) 설치	수나라: 대흥성(大興城=장안) 으로 천도
584	신라: 연호를 '건복(建福)'이라 고침	수나라: 광통거(廣通渠) 개통
585	신라: 대궁(大宮) · 양궁(梁宮) · 사량궁 (沙梁宮)에 사신(私臣)을 둠	수나라: 의창(義倉) 설치 만리장성 축조
587	백제: 왜국에 사신 파견	수나라: 후량(後梁)을 멸함
589	백제: 수나라와 국교 성립	수나라: 진(陳)을 멸함
590	고구려: 평원왕 사망 영양왕 즉위	수나라: 양소(楊素) 강남 지역 반란 평정
593	신라: 명활성(明活城) · 서형산성 (西兄山城) 개축	수나라: 도참 서적 소지 금지령

연도	국 내	국 외
595	고구려: 거란족 출복 일당의 배반 사건	수나라: 인수궁(仁壽宮) 완공
596~597	고구려: 말갈족 만돌 · 돌지계 무리, 고구려와 싸우다 수나라로 도망	수나라: 남령만(南寧蠻) 정복
598	고구려: 제1차 여수전쟁	수나라: 고구려 원정 실패
599	백제: 혜왕 사망 　　　법왕 즉위	수나라: 의성공주(義成公主), 동돌궐 계민칸에게 출가
600	백제: 법왕 사망 　　　무왕 즉위	수나라: 태자 용(勇), 폐위하고 양광(楊廣)이 태자가 됨
603	고구려: 신라의 북한산성 공격 신라: 진평왕, 북한산성으로 출정	돌궐: 계민칸, 수나라 대리성(大利城)에 머물다가 귀국
604	신라: 북한산주 설치	수나라: 태자 광(廣), 황제 시해 (煬帝 즉위)
607	고구려: 돌궐 파견 사신, 계민칸의 장막에서 수 양제의 위협을 받음	수나라: 토곡혼 · 고창의 사신이 방문
608	신라: 원광법사, 걸사표(乞師表) 지음	
610	고구려: 담징(曇徵) 등을 왜국에 파견	수나라: 유구(流求) 정벌
611	백제: 수나라에 고구려 원정 군기 (軍期) 요청 신라: 수나라에 군사적 협력 요청	수나라: 대규모 고구려 원정 서돌궐: 사궤칸 즉위, 다시 강성해짐
612	고구려: 수나라 내침, 살수대첩	수나라: 고구려 원정군 패전
613	고구려: 수나라 재침, 격퇴	수나라: 양현감(楊玄感)의 반란
614	고구려: 수나라군 침입, 격퇴	수나라: 묘왕(苗王)의 반란
616	백제: 신라의 모산성(母山城) 공격	수나라: 임사홍(林士弘)의 반란
617	신라: 원효대사 탄생	수나라: 이연(李淵)의 궐기
618	고구려: 영양왕 사망 　　　　영류왕 즉위	수나라: 양제 피살 당나라: 이연, 황제 자처
619	고구려: 당나라에 사신 파견	

연도	국 내	국 외
622	고구려: 당나라와 전쟁 포로 교환	돌궐: 당나라 침공
623	백제: 신라의 늑노현(勒弩縣)을 습격	임읍: 당나라에 사신 파견
624	고구려: 당나라에서 도교경전과 도사 도입	당나라: 향학(鄕學) 설치 관제·세제 정비
625	고구려: 당나라에 사신 파견	동돌궐: 당나라 침공
626	신라: 당나라에 사신 파견	당나라: 태종(太宗) 황제 등극
628	고구려: 당나라에 힐리칸을 사로잡은 것을 축하하고 국경선 지도를 보냄	동돌궐: 힐리칸, 당나라군에게 사로잡힘
631	고구려: 당나라 관리 장손사(長孫師) 의 '경관(京觀)' 훼손 사건	임읍: 당나라에 사신 파견
632	신라: 진평왕 사망 선덕여왕 즉위	
633	백제: 신라의 서곡성(西谷城)을 공격, 점령	당나라: 장손무기(長孫無忌), 사공(司公)에 임명
636	신라: 자장율사, 중국 유학	당나라: 부병제(府兵制) 정비
637	신라: 알천(閼川), 대장군에 임명	당나라: 형주도독 무사확(武士 彠)의 딸, 궁중에서 재 인(才人)으로 발탁
638	고구려: 신라의 칠중성(七重城) 공격, 실패	당나라: 설연타칸의 두 아들을 '소칸'으로 책봉
639	신라: 동해 바다에 적조 현상	당나라: 돌궐족들에게 이간책 사용
641	백제: 무왕 사망 의자왕 즉위	당나라: 문성공주(文成公主), 토번으로 출가
642	고구려: 연개소문 정변 영류왕 피살 보장왕 옹립 신라: 고구려에 김춘추를 보내 군사동 맹을 제의했으나 실패	당나라: 신흥공주(新興公主), 설연타로 출가

연도	국　내	국　외
643	신라: 고구려-백제의 위협 때문에 당나라에 구원 요청(협상 결렬)	당나라: 태자 승건(承乾) 폐위 치(治)를 태자로 삼음
644	고구려: 당나라 사신 상리현장(相利玄奬) 방문, 신라 침공 중지 요청 (연개소문, 요청 거절)	당나라: 고구려 침공 결정 선발대 육군 6만 명 · 수군 4만 3천 명 출발
645	고구려: 당나라 내침, 안시성 전투	당나라: 고구려 원정 실패
646	고구려: 당나라에 화해 제의	당나라: 고구려의 제의 거절
647	신라: 선덕여왕 사망 진덕여왕 즉위	왜국: 관제 정비 당나라: 고구려 요동 지방 약탈
648	고구려: 당군, 박작성(泊灼城) 침범 백제: 신라의 10개 성을 점령했다가 신라에게 도로 뺏김 신라: 김춘추를 당나라에 파견	당나라: 태종의 측근 방현령(房玄齡) 사망(태종에게 '고구려와 화친하라' 는 유언을 남김)
649	백제: 신라의 7개 성을 빼앗았으나 김유신 군단에게 대패	당나라: 태종 사망('고구려와 싸우지 말 것' 을 유언으로 남김) 고종 즉위
650	고구려: 보덕화상(普德和尙), 연개소문 정권의 '배불숭도(排佛崇道)'에 실망하여 고구려를 떠남	당나라: 고간(高侃) 장군, 돌궐의 차비칸을 생포
651	백제: 당나라에서 조서를 보내 와 '신라와 강제 화의할 것' 을 협박	서돌궐: 사발라칸, 당나라에서 이탈하여 자립
653	백제: 왜국과 우호 강화	서돌궐: 출류칸 사망
654	신라: 진덕여왕 사망 김춘추, 즉위(태종무열왕)	당나라: 태종의 재인 무씨, 소의(昭儀)가 됨
655	고구려 · 백제: 양국 연합으로 신라 공격, 33개 성 점령 신라: 고구려 · 백제의 침공을 맞아 당나라에 구원 요청	당나라: 신라의 구원 요청 접수, 이에 따라 고구려 요동 지방 습격 무소의, 황후가 됨
656	백제: 좌평 성충, 의자왕에게 충언을 하다가 옥사	당나라: 태자를 폐하고 무황후의 아들 홍(弘)을 태자로 세움

연도	국 내	국 외
659	고구려: 당군 내침, 온사문(溫沙門) 장군이 횡산(橫山)에서 격퇴	당나라: 계필하력(契苾何力) 장군, 요동 전투 개시
660	백제: 나당연합군 내침 계백 장군 결사대의 황산벌 전투 의자왕 항복	당나라: 소정방, 백제 공략 고구려 원정군 편성 무후, 국정 장악
661	고구려: 당나라군 내침, 평양성 포위 백제부흥군: 왜국에 간 왕자 부여풍을 데려다 왕으로 옹립 신라: 태종무열왕 사망 문무왕 즉위	당나라: 원정군, 평양을 포위하긴 했으나 보급 곤란 서역 지방의 행정구역을 개편
662	고구려: 사수(蛇水)에서 당군에게 대승 백제부흥군: 왜국에 원병 요청 신라: 평양의 당군에게 양식 조달	왜국: 백제부흥 지원군 파병 당나라: 백제 마지막 왕자 부여융을 웅진도독에 임명
663	신라: 당나라, 제멋대로 신라를 계림대도독부(雞林大都督府)라고 정함	당나라: 40만 대군을 파견, 백제부흥군 공격
664	백제부흥군: 최후의 잔여 병력, 사비산성(泗沘山城)에서 항전	왜국: 관제 개편
665	신라: 당나라측, 부여융과 문무왕의 '맹약' 강요	
666	고구려: 연개소문 사망 개소문의 세 아들 사이의 내분을 빌미로 당군 대거 침입	당나라: 이적(李勣)을 고구려 침공 책임자로 임명
667	고구려: 당군 내침. 신성(新城), 남소성(南蘇城), 목저성(木氐城) 등 함락	
668	고구려: 당군, 부여성(扶餘城) 점령 신라군에게 사수에서 대패 보장왕 항복	당나라: 고구려 땅에 안동도호부(安東都護府) 설치
669	고구려부흥군: 안시성 등 11개 성에서 항전 계속	당나라: 고구려 유민 3만 8200호를 곳곳에 분산시킴
670	신라: 고구려부흥군과 연합, 당군 공격	왜국: 국호를 '일본'으로 고침
671	고구려부흥군: 안시성 함락	당나라: 신라 공격 준비

연도	국 내	국 외
672	고구려부흥군: 신라군과 연합, 백수성 (白水城) 부근에서 당군 격퇴 신라: 석문(石門)에서 당군과 전투	토번: 당나라에 사신 파견 일본: 임신(壬申)의 난
673	신라: 고구려부흥군과 합세, 당군 격퇴 철천(徹川)의 서해함대 출범	돌궐: 골독록의 영도로 재기(후 돌궐)
674	신라: 안승을 보덕왕(報德王)으로 책봉	
675	신라: 매초성(買肖城) 전투	일본: 점성대(占星臺) 건립
676	신라: 기벌포 해전	
677	옛 고구려·백제 지역: 당나라, 보장왕 과 부여융을 각각 '요동주도 독 조선왕(遼東州都督 朝鮮 王)', '웅진도독 대방군왕(熊 津都督 帶方郡王)'으로 임명	당나라: 연남생을 안동도호로 임명하여 보장왕을 감 시케 함
680	옛 고구려 지역: 보장왕, 말갈족과 손잡 고 고구려 부흥 시도	당나라: 배행검(裵行儉), 돌궐 (후돌궐)의 침입을 저지
681	신라: 문무왕 사망 신문왕 즉위	당나라: 보장왕을 소환하여 공 주(邛州)로 유배
683	신라: 보덕왕 안승에게 소판(蘇判) 벼슬 과 김(金) 씨 성을 하사	당나라: 고종 사망 중종 즉위
688		당나라: 무후, 주요 황족들 살해
690		당나라: 무후, 국호를 '주(周)' 로 고치고 황제 자처
696	신라: 서쪽 지방에 가뭄	주나라: 고구려 유민-거란족 궐 기, 영주(靈州) 공격
698	옛 고구려 지역: 대조영 무리의 대장정 동모산(東牟山)에 터를 잡고 국호를 진국(震國)이라 제정	주나라: 돌궐 침입, 적인걸(狄仁 傑)이 저지
705	진국: 대문예(大門藝)를 당나라에 사자 로 파견	주나라: 장간지(張柬之) 등의 궐 기로 '당(唐)'으로 복구
713	진국: 국호를 발해(渤海)로 확정	일본: 도량형 정비